그대에게

그대 잠시 귀 좀 빌려줄 수 있겠나.
내가 오늘 귀하고 복된 소식을 전해 주려 하오만
도통 이 귀한 소식을 들으려고도, 보려고도 하질 않으니
내 애가 녹고 안타까워 속이 타들어 가고 있다네.
자네가 불쌍하고 가련해서

기회라는 녀석이 여유가 있으면 좋으련만,
인석이 매정하고 차갑다는 사실은 삼척동자도 다 아는 바라
무작정 떼를 쓸 수도 없는 노릇이라오.

나도 이 복된 소식을 귀의 성을 통해 들었소만,
소식 전한 자의 희생과 눈물을 알게 되었다네.
내가 장성한 뒤에 말일세.

자네도 이 소식을 눈으로 보고, 귀로 듣고, 마음에 새기게 된다면
역시나 눈물 골짝, 슬픔의 언덕, 괴롬의 산을 오르고 지날 테지만
자네 손엔
능력의 지팡이, 소망의 양식, 생명의 말씀이 함께하고 있을 걸세.

그러니 염려는 말게나.
우리 모두 그 길을 지나왔고, 또 지나갈 터이니.
기쁨으로 그리고 넉넉한 믿음으로 말이지.

돌아보면 은혜로 덧입혀진 발자국이 줄 지어 왔음에,
가슴 벅찬 감격과 환희로 심장이 뜨거워질 걸세.
나도 그랬으니 말이지.

마음이 좀 더 고요해지면,
눈으로 더듬어 확인해 보게.
그분의 발자국이 자네의 자국 아래 있었음을 발견할 것일세.
그러니 귀 좀 잠시 열어 주구려.

이 복된 소식을 내 눈물에 담아 넣어 줌세.
정성과 간절함으로,
긍휼과 사랑의 맘으로 전하리다.

자네도 자네를 위한 것은 열 길 마다하지 않고,
그것이 무엇이 되었건 다 들으려 하지 않았었나.
생각해 보오.

하물며……

이 복음은 자네 생명과 영생과 축복을 위한 것인데
귀 따위가 무엇이겠나.
목숨보다 소중했다는 것을 알게 될 걸세.
자네가 거듭날 때쯤엔 말이지.

그저 그때가 찾아오면
기억해주면 좋으리.

나란 사람보다도
나를 통해 자네에게 꼭 전하길 바라셨던,
자넬 위해 물과 피를 쏟으셨던 그분 말일세.
그분이 복음의 주인공일 테니 말이지.

그분은 맘 졸이며 그 소식만을 기다리고 있다오.
그리고 소식이 전해지면,
그분은 좋아서 하늘에서 덩실덩실 춤을 추며 기뻐할 걸세.
그대가 들어 줘서 고맙고 애썼다고 말이오.

당신의 목숨보다,
그대의 귀를 조금 내어 준 것을 더 기뻐하시는 분이
바로 그분이라네.

나도 나중에야 알았지 뭔가.
그래서 나도 많이 울었지.
너무 죄송하고 미안해서
사람이 염치가 없어 고개도 들 수 없겠더군.
가슴이 먹먹해졌다네.
심장이 뜨거워지며 눈물을 쏟아 내고 말았지.

그 은혜의 깊음과 넓음과 높음에
입술에는 감사와
마음엔 감격과 감동으로 한동안 멍했었지.

인생의 기가 막힐 웅덩이와 사망의 수렁에서
날 건져 주신 분이

바로……

그분이었다는 사실을
깨닫고 나서야 말일세.

이제 이 복된 소식을 풀어 보겠네.
하던 일을 잠시 뒤로 하고 차분한 마음으로 보고 듣기만 해 주오.
이제 시작하네.
건투를 빌겠네.

무명의 파수꾼으로부터

에브라임 산 위에서 파수꾼이 외치는 날이 있을 것이라
이르기를 너희는 일어나라 우리가 시온에 올라가서
우리 하나님 여호와께로 나아가자 하리라
– 예레미야 31장 6절

아름다운 소식을 시온에 전하는 자여 너는 높은 산에 오르라
아름다운 소식을 예루살렘에 전하는 자여 너는 힘써 소리를 높이라
두려워하지 말고 소리를 높여 유다의 성읍들에게
이르기를 너희의 하나님을 보라 하라
– 이사야 40장 9절

영 적 전 쟁

엑 소 더 스

거 듭 남 의   비 밀

목차

주 예수를 믿으라 그리하면 너와 네 집이 구원을 얻으리라

- 사도행전 16장 31절

1장. 복음

"족장님!"

어둠의 날카로운 칼날에 빛이 사라지고 암흑과 적막의 권세가 장악한 바빌론의 지하 동굴에 다급한 음성이 울려 퍼졌다. 소리 일부가 굴 밖으로 빠져나가 안의 사정이 적들에게 노출될까 봐 잔뜩 긴장하며 절박하고 다급하게 족장을 부르는 소리였다.

"전령사인가요?"
"네, 맞습니다. 족장님."

이들은 서로의 얼굴을 확인하고서 가슴 절절한 회한의 눈물을 쏟으며 두 손을 맞잡았다. 곧 동굴 안에 있던 모든 이도 복잡하고 참담한 현실에 흐느끼며 눈물을 닦았다.

족장은 의의 영이며, 전령사는 희망의 영이다. 둘이 만난 지 벌써 수십 년이 흘렀으니 그 반가움이 얼마나 컸겠는가. 더불어 여러 두령과 방백도 마찬가지였으니 이곳은 희망이 사라진 절망과 어둠의 땅이었던 것이다.

이 동굴이 위치한 곳은 악한 영들이 지배하고 있는 시날 평원의 깊은 지하 동굴이며, 의의 족장과 함께 여러 선한 영이 포로로 끌려온 곳이다. 족장과 함께 있는 이들도 악한 영들의 감시를 피해 목숨을 걸고 탈출해서 이곳에 숨어 있었다. 이들은 세겜 땅이 중심에 있는 마음 동산에서 끌려왔고, 동산은 현재 악하고 해로운 영들이 완전히 장악하고 있는 상태였다.

시날 평원은 붉은 강이 마음 동산을 적시고 흘러 나와 갈라져 첫째 강[1]이 비손Pison으로 베델리엄과 호마노가 풍성했던 하윌라의 온 땅을 두른 뒤, 둘째 강은 기혼Gihon이고 구스의 온 땅을 두르고, 셋째 붉은 강은 힛데겔Tigris이며, 넷째 붉은 강이 유브라데Euphrates였다. 이들이 있는 이곳은 시날 평원 갈대아 우르 지역이며 주위로는 힛데겔의 붉은 강이 흐르고 시날 평원에는 거대한 바빌로니아 제국이 건설되고 있었다. 그리고 이들은 아카드족 혹은 갈대아족으로 불리는 악한 영들이 지배하고 있는 곳이었다.

족장 이하 여러 방백과 두령은 시날 평원에서 하몬곡의 골짜기[2]로 피했다가 다시 힛데겔 붉은 강의 습지에서 한동안 숨어 지냈고 이후 그발의 붉은 강을 따라 이곳 바빌론의 깊은 지하 동굴로 거처를 옮긴 상태

---

1 "강이 에덴에서 흘러 나와 동산을 적시고 거기서부터 갈라져 네 근원이 되었으니" (창 2:10-14)

2 '하몬곡'은 '곡의 무리'라는 뜻으로 곡이 지휘하는 마곡 연합군이 모두 궤멸되어 이 골짜기에 매장당할 것이라는 에스겔의 예언을 말한다. "그 날에 내가 곡을 위하여 이스라엘 땅 곧 바다 동쪽 사람이 통행하는 골짜기를 매장지로 주리니 통행하던 길이 막힐 것이라 사람이 거기에서 곡과 그 모든 무리를 매장하고 그 이름을 하몬곡의 골짜기라 일컬으리라" (겔 39:11)

였다.

이들은 주로 벨 신전과, 바빌론 도성 안에 있는 바벨의 교만의 탑을 건설하는 고된 노역과 학대 속에 수많은 세월을 보내고 있었다. 이들뿐 아니라 다른 동료들은 더 멀리 타국으로, 더 험한 산지로 차꼬에 목과 손발이 묶인 채 악한 영들의 포로, 노예, 용병으로 끌려갔던 것이다.

이 같은 수십 년간의 포로 생활로 이들의 삶은 참담 그 자체였다. 기쁨도 평안도 없고 터럭만큼의 소망도 없으며 매일이 고통이고 절망이었다. 이런 비참한 상태에서 수십 년 만에 희망 전령사가 찾아왔으니, 상상할 수 없을 만큼 감격스럽고 반가웠던 것이다.

"살아 있었군요. 저는 죽는 날까지 더 이상 우리 전령사님을 못 볼 줄 알았습니다. 살아 있으니 이런 기적 같은 날도 오는군요. 이제 눈을 감아도 여한이 없을 것만 같습니다."

"네, 족장님도 무사하셔서 정말 다행입니다. 여기 모인 여러분도 다시 뵐 수 있어서 꿈만 같습니다. 모두 살아 계셔서 감사합니다."

"오는 길은 위험하지 않던가요?"

"위험했죠. 공중에 악한 영들과 해로운 영들이 어찌나 많던지, 적들에게 들키지 않으려고 죽을힘을 다해 달려왔습니다."

"천만다행입니다."

모두 서로의 안부를 물으며 반가워했다. 조금 진정이 되자, 전령사는 서둘러서 이곳에 왜 오게 되었는지 그 이유를 전하기 시작했다.

"여러분, 제가 이렇게 급하게 달려온 이유는 다름이 아니라 최근에 우연히 귀의 도성에서 전갈을 받았는데, 이 내용이 뭔가 심상치 않은 것 같았기 때문입니다. 그래서 전갈을 받아 들고서는 여러분의 소재를 파악하고 곧장 이곳으로 목숨 걸고 달려왔습니다."

"네, 그 전갈이라는 것이 도대체 뭐기에 이렇게 위험한 곳까지 오셨는지 정말 궁금합니다. 그게 대체 뭐죠?"

"네, 제가 받은 전갈은 바로 이것입니다. 보세요."

전령사는 숨도 제대로 고르지 못한 채 족장 앞에 무릎을 꿇고 천으로 싼 작은 상자를 조심스럽게 펼쳐 보였다. 족장과 수하의 영들은 상자 속을 주목했다. 그리고 엉뚱하게도 상자 안에는 자세히 주의해서 보지 않으면 볼 수 없는 겨자씨만큼이나 작은 씨앗 하나가 있었다.

"어이쿠, 도대체 이게 뭐죠? 이건 그냥 씨앗 아닌가요?"

"네, 맞습니다. 그런데 이것은 믿음의 씨앗이라고 하더군요. 얼마 전 귀의 도성에서 아론이라는 전도사를 통해 복음이 들어왔는데요, 그때 진리의 영이신 성령님이 비둘기처럼 오셔서 복음과 함께 이 작은 씨앗을 주시면서 누구든지 복음을 듣고 마음으로 받아들여 이 씨앗만 한 믿음을 소유하게 되면 구원을 받게 된다고 말씀하셨습니다.[3] 또한, 복음이라는 것은 하나님의 아들 예수라는 분이 인류의 죄를 대속해서 십자가에 못 박혀 죽으셨고, 3일 만에 죽음에서 부활하여 사망 권세를 멸하셨으며 그를 믿으면 천국의 유업을 얻고 세세토록 구원의 축복을 누린다고 하셨습니다. 이 복음을 믿기만 하면

---

3 "만일 너희에게 믿음이 겨자씨 한 알 만큼만 있어도 이 산을 명하여 여기서 저기로 옮겨지라 하면 옮겨질 것이요 또 너희가 못 할 것이 없으리라" (마 17:20)

모든 죄가 사해지고 영원히 구원의 은총을 누린다고 합니다."

전령사의 얼굴은 상기되었고 흥분한 상태로 다음 이야기를 쉬지 않고 덧붙여 갔다.

"또 성령님께서는 그룹들이 지키고 있는 뿔라[4]의 포도원에 이 씨앗을 심어야 한다고 하셨고, 포도원은 마음 동산 중심의 세겜 땅에 있다고 했습니다. 그런데 이곳에 가려면 반드시 도는 칼과 가공할 불의 문을 지나야 하는데, 오직 회개의 방패가 있어야만 이곳을 통과할 수 있다고 합니다. 이 방패가 없으면 진노의 칼과 심판의 화염 불로부터 누구도 살아남을 수 없다고 합니다. 그 가공할 '정죄'와 '공의의 권세'가 심판과 진노의 불을 쏟아부어 호흡하는 모든 자를 멸하고 영혼마저 뜨거운 불꽃으로 살라 녹여 버린다고 했습니다."

"아니, 그럼 그 방패라는 것은 어떻게 구한답니까?"

옆에서 집중하며 듣고 있던 백부장이 진지한 표정으로 질문했다.

"네, 반드시 이 회개의 방패를 구해야 하는데, 이 방패는 오로지 바로가 그 마음을 겸손하게 하고 주께로 나가 죄를 고백하고 용서와 자비를 구해야만 얻을 수 있다고 합니다. 허나, 바로는 완고한 고집으로 회개 따위는 할 게 없다고 거절한 상태입니다. 기적처럼 바로가 회개를 한다면 저희가 그 방패를

---

4 '결혼하다'라는 뜻으로 '땅'이 결혼한 여자처럼 축복을 받는다는 의미이다. "다시는 네 땅을 황무지라 부르지 아니하고 오직 너를 헵시바라 하며 네 땅을 뿔라라 하리니 이는 여호와께서 너를 기뻐하실 것이며 네 땅이 결혼한 것처럼 될 것임이라" (사 62:4)

받아서 동산 그룹들 사이를 지나 뿔라의 포도원에 이 믿음의 씨앗을 심기만 하면 됩니다."

희망 전령사는 온 마음과 정신을 집중하며 들은 바를 전했다. 더불어 어둡고 절망적인 동굴 안으로 조금씩 희망이 피어오르고 있었다.

"아, 맞아요. 오래전 마음 동산에서 프시케[5]님과 바로가 평화롭게 소통하고 지낼 당시 얼핏 들었던 것 같습니다. 동산 중심의 가장 깊은 숲속에 있던 거로 기억하는데, 그 주변에는 항시 안개가 자욱했고 악한 전령 까마귀가 수시로 맴돌면서 경계하고 있던 곳이었어요. 그런데 과연 이런 상태에서 저희 중 누가 그곳까지 갈 수 있을 것이며 더구나 악하고 해로운 영들이 온 땅을 장악하고 있는데, 이 삼엄한 경계와 적들을 피해서 어떻게 그 먼 곳까지 갈 수 있을까요. 현실은 절망적인 것 같습니다. 한마디로 불가능한 것 같습니다."

의의 족장 말은 사실이었다. 이 씨앗을 들고 마음 동산까지 가서 씨앗을 무사히 심는다는 것은 죽은 자가 살아나는 것만큼이나 어렵고 불가능한 것이었다. 모든 선한 영이 다 악한 영들에게 붙잡혀서 포로로 노예 생활을 하고 있고 그나마 도망친 족장과 두령, 방백 모두가 함께 나선다고 해도 이것은 계란으로 큰 바위를 깨뜨리자는 격이었다. 잠시 들떴던 기분은 차분해지다 못해 절망의 늪 속으로 급속히 빨려 들어가는 것처럼 어두워져 갔다.

---

5 Ψυχή, Psyche, 헬라어로 '영혼'을 의미하며 마음 동산의 주인 '바로'의 영혼이다.

그런데, 바로 그때였다.

"제가 가겠습니다!"

침묵을 깨고 누군가가 어두컴컴한 동굴 중앙으로 천천히 걸어 나온 것이다. 그리고 걸어 나오는 그를 자세히 보니, 두 다리가 온전치 않아 절룩거리고 있었다. 서서히 어둠을 뚫고 얼굴을 드러낸 그는 다름 아닌 절름발이가 된 용사 '용기의 영'이었다.

그는 사실 수십 년 전까지만 해도 이곳에 있는 영 중 가장 용감했고 누구보다도 강했던 장수였다. 그러나 바로가 성공과 부를 위해서 공중의 악한 영과 타협하고, 급기야 그들에게 비굴하게 아첨하고 빌붙어 지내면서 용기가 꺾이고 약해져서 이제는 결국 늙고 병든 절름발이 신세가 된 것이다.

그는 비록 지금은 절름발이에 힘도 능력도 사라진 상태였지만, 구석에서 희망이 전한 소식을 들으면서 청년 시절 용사로서 강인했던 기억이 그를 자극했고 이 마지막 소명을 위해서라면 죽어도 좋겠다며 희망과 믿음의 씨앗에 의지해서 한쪽 다리에 힘을 실어서 걸어 나온 것이다.

절룩거리며 걸어오는 용기를 보며 굴 안에 있던 모든 이의 눈가에는 그렁그렁한 눈물이 맺히기 시작했다. 대견하기도 하고 고맙기도 하고 안쓰럽기도 하고 미안하기도 한 여러 감정이 섞인 눈물이었다.

"귀하고 큰 결단을 해 주셔서 진심으로 감사합니다. 그리고 이런 상황에서 큰 힘을 실어 드리지 못하여 족장으로서 통탄하고 미안하고 죄송한 마음뿐입니다. 정말 죄송합니다."

그랬다. 절룩거리며 나오는 그를 보니 족장으로서 가슴이 더욱더 아팠던 것이다. 그러나 마지막이 될지 모를 이 기회에 족장은 다시 마음이 급해졌고 마음을 굳게 먹었다.

"자, 세월이 얼마나 흘러야 할지 모르겠지만 우리 모두 이 믿음의 씨앗에 의지해서 마지막 희망을 한번 걸어 봅시다. 그러려면 먼저 지금의 현실과 상황을 철저히 분석하고, 앞으로 어떻게 대처해야 할지 구체적으로 방안을 강구할 필요가 있을 것 같습니다. 현재 적들의 동태와 포로로 끌려간 선한 영들의 상태와 각 성읍의 상황 등을 철저히 검토하고 분석해 봅시다. 현재 전체적인 상황뿐만 아니라 전령의 말처럼 정말 회개의 방패를 얻을 수 있을지, 용기의 영은 앞으로 어떤 루트로 포도원까지 가야 하는지 이런 구체적인 문제들을 놓고 여러 두령의 의견을 좀 듣고 싶습니다. 모두 모여 봅시다."

족장은 모두 모아 놓고 대책 회의를 이끌어 갔다.

"먼저 지금 바빌론의 탑 공사는 얼마나 진행되었고 전체적으로 어떤 상태인지 지혜 백부장님이 설명을 좀 해 주시죠."

백부장은 지혜의 영이었고, 얼마 전까지만 해도 바벨탑 공사장에서 노역을 담당하다가 가장 최근에 이곳으로 탈출한 상태라 각 성읍의 상태를 누구보다 잘 알고 있었다.
그는 진지한 마음으로 상황을 설명하기 시작했다.

2장. 세겜 남서쪽

"먼저 용기 백부장님과 전령사님 덕분에 이런 자리를 만들 수 있어서 진심으로 감사의 말씀을 드립니다. 저는 바벨탑 공사가 한창이던 때 탈출해서 그발[6]의 붉은 강 습지에서 도피 생활을 전전하다가 얼마 전 이곳으로 피신해 왔습니다. 그래서 바벨탑 공사와 상황을 누구보다 잘 알고 있습니다.

현재 바빌로니아에 포로로 끌려온 이들은 아시다시피 의의 족장님 이하 자비와 양선의 백부장 및 오십 부장 등 일부가 이곳에 도피 중이고, 나머지 저희 동료는 바빌로니아의 대제국을 위해서 그리고 각각의 성읍과 요새를 증축하는 데 동원되고 있습니다. 무엇보다 바벨의 탑을 좀 더 넓고 크게 그리고 높고 또 높게 지어서 하늘에 닿게 하려는 악한 미혹의 영 덕분에 모두 피로가 심각하게 누적되어 있고 영적 상태들 또한 참담한 지경입니다. 여기저기 병들고, 채찍에 맞아 멍들고, 고통과 압제 속에 괴롭고 힘든 날들을 보내고 있습니다.

여러분도 알다시피 바로의 교만이 높아질수록 공사의 속도가 빨라졌고,

---

6 히브리어로 '케바르', 아카디아어(Akkadian)로 '매우 넓은, 큰'이라는 의미이다. 메소포타미아에 있는 강으로 포로로 끌려간 유대인들이 거주하던 곳이다. 에스겔이 이곳에서 하나님의 계시를 받았다. (겔 1:3).

선한 영들은 죽어 갔습니다. 특히 겸손 지파의 겸양, 겸허, 겸비의 영들은 지금 거의 생명이 위태로운 상태입니다. 더불어 충분한 양분이 공급되지 않아서 아사 직전에 놓인 영들도 태반이며 거의 모두가 마르고 기력은 심각하게 소진되어 있습니다. 극심한 피로와 주림에 차마 두 눈으로 볼 수조차 없을 만큼 절망적인 상태입니다. 더구나 최근 몇 년간은 상황이 급속도로 악화되어 가고 있습니다. 수년 전만 해도 힘든 노역이 끝나고 숙소로 돌아가는 길에는 밤하늘에 소망의 별이 한두 개 남아서 소망의 끈을 놓지 않았으나, 바빌론에서 탈출할 무렵에는 마지막 하나 남았던 소망의 별마저 수명이 다한 초의 불꽃처럼 그 빛이 거의 약해지고 희미해진 상태였습니다."

"생각보다 더욱더 참담하군요. 그럼 의식의 바다는 어떤 상태인지 아시나요?"

모두가 깊은 한숨을 쉬며 백부장의 말을 듣고 있었고, 족장이 안타까워하며 질문했다.

"네, 저도 현재로서는 정확한 소식은 잘 모르지만, 제가 탈출할 무렵에 들었던 소식에 따르면 지금 의식의 바다도 심각하게 훼손되고 기능이 거의 마비가 될 정도라고 합니다. 이미 오염된 지 오래되어 맑은 바다의 모습은 사라졌고 심하게 더럽혀지고 파괴되어 지금은 쓰레기 바다처럼 변해 버렸다고 들었습니다. 한때는 푸르렀던 바다의 모습은 더 이상 볼 수 없으며 대부분 타르와 기름 덩이처럼 시커멓게 변해 버렸고, 한 치 앞을 볼 수 없을 만큼 썩어 가고 있으며 오직 해롭고 더러운 영들만 바닷속에서 급격하게 늘어나고 있다고 합니다."

"정말 심각하군요. 그럼 인지의 영 벨루가[7]는 어떤 상태죠?"

구석에서 듣고 있던 십부장이 벨루가와 함께 수영하면서 즐겁게 지냈던 추억을 떠올리며 질문했다. 그의 눈에는 벨루가를 향한 애끊는 그리움으로 가득했다.

"네, 여러분도 아시다시피 인지의 영 벨루가와 함께 수영도 하고 물놀이도 하면서 지냈던 때가 엊그제 같습니다. 그러나 지금의 현실은 저 또한 받아들이기 힘들 만큼 괴롭고 암담합니다. 현재 인지의 영과 그와 항상 함께 하는 '지각'과 '기억' 그리고 '사고'의 영들은 모두가 물속 깊은 곳에서 쇠창살에 갇혀 있습니다. 더불어 매일 악한 영들은 이들이 바른 사고와 인지를 할 수 없도록 쇠꼬챙이로 몸을 찌르고 몽둥이로 때리면서 고문을 하고 있습니다. 너무 오랜 기간 이들에게 고문과 학대를 당한 터라 온전한 사고와 기억과 지각은 불가능하여 인지 기능은 총체적으로 거의 마비되어 있고 쇠꼬챙이로 찌를 때마다 고통스러워 비틀리고 왜곡된 반응을 할 수밖에 없는 상태입니다.

탄력 있고 윤기가 났던 피부와 영롱한 눈빛, 아름답고 부드러운 꼬리도 다 병들어서 이제는 건강한 판단도 올바른 반응도 더 이상 기대할 수 없습니다. 온몸을 자세히 보면 심한 고문과 채찍질로 양 지느러미와 꼬리의 피부가 다 벗겨졌고 새하얗던 피부색도 회색빛으로 변하고 여기저기 진물이 나고 곪고 있으며 머리는 너무 심하게 쇠꼬챙이로 찔러 대서 피부가 깊이 파일 정도로 심각한 상태입니다.

눈, 목 안쪽과 치아의 상처가 심해서 똑바로 볼 수가 없고 생각과 판단을

7 북극해에 사는 4~5m 크기의 하얀색의 귀엽고 사랑스러운 고래이다.

곱씹는 기능이 완전히 마비되었습니다. 되새김질하며 깊게 생각해야 할 것들도 목이 아프고 고통스러워서 더는 생각을 곱씹지 못하여 충동적으로 반응하며 피부와 머리가 상하여 지각과 사고의 기능은 거의 마비되었고 기억의 기능도 심각하게 훼손되고 왜곡되어 버렸습니다.

또한 온몸이 무거운 사슬에 묶여 움직일 수가 없으니 온 근육, 신경, 뼈가 마르고 굳어 가고 있습니다. 악한 영들의 학대가 너무 심해 이제는 벨루가의 생명이 위태로운 지경이며, 이 상태에서 정상적인 기능은 사실상 불가능하게 되었습니다. 한마디로 비참하고 극도로 심각한 상황입니다."

그의 눈은 촉촉이 젖어 있었다. 벨루가와의 행복했던 추억들이 머릿속에 잠시 스치면서, 아파하고 힘들어하는 그를 생각하니 가슴이 저미듯이 괴롭고 힘들었다. 잠시 숨을 고른 뒤 그는 다시 집중해 가며 설명을 이어 갔다.

"또한 의식의 바다뿐만 아니라 깊은 무의식의 심연도 혼탁해지고 오염되었습니다. 여러분도 모두 추억이 있겠지만, 마음 동산이 평화로웠을 때는 누가 더 깊은 무의식의 심연까지 잠수할 수 있는지 경주하고 수영하며 지냈던 시절도 있었는데, 이제 무의식도 완전히 깜깜한 흑암이 되어 버렸고 절망과 공포의 심연이 되어 버렸습니다.

의식의 바다가 깨끗하고 건강할 때는, 그 안에 벨루가와 함께 선한 영들도 평화롭게 수영하며 지냈으나 지금은 이들도 다 끌려가고 병들고 죽어서 선한 영들은 볼 수 없게 되었습니다. 그리고 그곳은 악한 영과 죄의 쓴 뿌리만이 깊고 깊은 심연 속으로 파고들어 가 의식도 무의식도 모두 암담한 상태입

니다. 이로 인해 비틀린 사고, 왜곡된 기억, 병들고 마비된 지각과 인지 기능
의 반응으로 파괴와 살상, 싸움과 위험한 전쟁이 언제 어디서 터질지 예측할
수 없는 매우 위험한 시한폭탄과 같은 곳이 되었습니다."

그랬다. 이처럼 의식이 병들고 마비되면 더러움의 개념을 인지하지
못하게 된다. 더불어 지각, 기억, 사고가 함께 병들게 된다. 백부장은 더
욱더 진지하게 설명하기 시작했다.

"특히나 지각이 마비되어 기능을 잃게 되면 선과 악이 왜곡됩니다. 그래서
선한 것을 악으로, 악한 것을 선으로 왜곡해서 반응하기에 이릅니다. 이같이
인지와 지각이 영적으로 심각하게 병들면 마치 뜨거운 여름에 악취가 나는
음식물 쓰레기 더미의 비닐을 찢고 부패하고 냄새나는 음식물을 꺼내서 바
닥에 고인 구정물에 이들을 씻어서 먹고 있는 것과 같아집니다. 한마디로 더
러움을 인지하지 못하게 되는 것입니다. 모든 기능이 마비되고 병들어 냄새
도 모르고 썩고 부패한 상태도 인지하지 못하게 되며 성적으로도 타락하여
변태적으로 변하기도 하는 것입니다.

실제로 시체 성애자[8]와 같은 이들도 있습니다. 이들은 시체뿐 아니라 짐승
이나 다른 비정상적인 것으로 성적 욕구를 표현하고 병적이고 퇴폐적으로 타
락하게 됩니다. 이들뿐 아니라 목에 손가락을 넣어서 토사물을 통에 쏟아붓
고는 이것을 다시 마시며 성행위를 하는 경우도 있으며, 변과 소변을 먹고 빨

---

8 Necrophilia, 시체를 사랑하는 이상 성욕을 의미한다. '시체 애호증' 혹은 '시간(尸
    姦, 屍姦)증'이라고도 하며 밤중에 무덤을 파서 시체와 성관계를 하거나 절단하거
    나 먹기도 하는 성도착증 환자이다.

고 마시며 변태적인 성적 욕망을 채우기도 하는데 이들을 골든과 스캇[9]이라고 부릅니다.

이들은 마치 '똥 치매'에 걸린 노인이 똥을 만지고 먹는 것과 같이 됩니다. 인지 기능이 망가져서 더러운 것을 인지하지 못하는 것입니다. 심각하게 타락하여 지각이 병들면 남자, 여자, 노인, 소인을 막론하고 배운 자나 못 배운 자나 부유하거나 가난하거나 모든 조건을 떠나 이처럼 비참한 지경에 이르게 되는 것입니다.

죄가 관영하고 타락해서 나타나는 또 다른 증상은 시끄럽게 떠들고 깔깔대며 저급한 오락을 즐기게 되는 것입니다. 더불어 주위에는 불량하고 음란하고 천박한 잡류가 늘어나거나[10] 또는 정반대로 정신병에 걸린 사람처럼 혼자만의 세계에 고립되기도 합니다.

인지 기능이 타락하고 지각이 병들면 영적으로 건강한 사람을 알아볼 수 없으며, 스스로 불결하고 퇴폐적인 문화를 좋아하게 되므로 점차 이런 자들과 어울리게 되는 것입니다. 입는 것, 먹는 것, 보는 것, 듣는 것, 만지는 것들이 점차 혼란스럽고 무질서해지며 요란해지고 더럽고 음란하고 위험한 것들을 좋아하고 집착하게 되는 것입니다. 마치 영유아나 치매에 걸린 노인들처럼 행동하게 됩니다. 더욱더 타락하면 죄와 악에 연단되어서 죄를 세련되고,

---

9 '골든(Golden)'은 여성의 오줌을 받아먹는 것을 말하고 '스캇(Scat)'은 대변을 받아먹는 것을 말한다.

10 에스겔을 통해서 타락한 사마리아를 음녀 '오홀라'로, 타락한 유다를 음녀 '오홀리바'로 빗대어 이들의 악한 음행과 하나님 외에 애굽과 같은 나라를 의지한 영적 간음과 죄악을 책망하시는 말씀이다. "그 무리와 편히 지껄이고 즐겼으며 또 광야에서 잡류와 술 취한 사람을 청하여 오매 그들이 팔찌를 그 손목에 끼우고 아름다운 관을 그 머리에 씌웠도다" (겔 23:42)

신선하고, 멋있다고 인지하기에 이릅니다. 더불어 인지 기능이 병들어 기억 또한 왜곡되고 사람에 대한 사고와 환경과 상황에 대한 판단이 뒤틀리고 비틀리게 됩니다.

삶은 죄와 악과 음란을 중심으로 이루어집니다. '죄악'이라는 더러운 쓰레기들로 인지의 바다가 오염된 결과이며 악한 영들이 벨루가를 괴롭히고 학대하여 만들어 낸 결과입니다. 죄악으로 타락한 인간들의 민낯인 것입니다.

안타까운 것이 생식기는 노폐물을 배설하는 기관이며 자궁은 태아의 집이요, 여성의 가슴은 아기들이 먹는 모유의 공급기관이요, 입과 혀는 먹고 마시며 말하는 것이 주된 기능인데 인지 기능이 심각하게 병들면 이 모든 것을 오로지 음란하고 이상하고 병적으로 상상하게 되는 것입니다. 창조주께서 아름다운 성과 기쁨의 호르몬을 주셔서 이 기관들을 통해 기쁨과 행복감도 주신 것은 맞지만 이 기능들을 온통 음란하게 상상하며 인지를 왜곡하게 되는 것입니다. 음란한 동물들이 어디 있습니까. 오로지 타락한 인간들만이 이 같은 어리석고 병든 사고와 인지를 하게 되는 것입니다. 모두가 지독한 죄 때문입니다.

이처럼 죄로 타락하게 되면 배우고 똑똑한 사람일지라도 자식에 대한 애정과 사랑은 뒷동산의 멧돼지만도 못하게 되고, 컴컴한 동굴 속에 사는 박쥐보다도 한 치 앞을 못 보며, 붕어보다도 이해력이 떨어지게 되고, 오소리보다 뻔뻔하고 저급해지며, 구더기보다 심하게 더러워지며, 밴댕이는커녕 새우젓보다도 더 속이 좁고 유치해지며, 하이에나보다 더 잔인하고 악랄해지게 되는 것입니다. 더불어 의식의 마비는 개인뿐 아니라 사회까지 죄의 영향력을 퍼뜨려서 시민 의식의 마비를 불러와 나라 안과 밖으로 죄악의 전염병이 퍼져서 약탈과 방화와 무력시위 등으로 사회는 극심한 혼란과 무정부 상태에까지 이르게 되는 것입니다."

"아, 그렇군요. 눈물이 납니다. 우리가 어쩌다 이 지경까지 오게 되었는지 기가 막힌 상황에 말문이 막힙니다."

경건의 영은 눈을 지그시 감으며 잠시 한숨을 쉬고서는 법궤의 안부를 물었다.

"그럼 마음의 법궤는 지금 어디에 어떤 상태로 있습니까?"

"네, '양심의 법' 판이 담긴 궤는 지금 세겜 땅 남서쪽 블레셋에 있는 다곤[11] 신전 앞에 방치되어 있습니다. 여러분도 아시다시피 '양심의 법' 판을 담은 법궤는 선조 때부터 내려오던 것입니다. 이는 엘로힘[12]께서 마음의 법과 양심의 법을 잘 지켜야 한다며 선한 법을 판에 새기시고 동산 중앙에 놓고 정직, 신실, 진실, 성실의 영들에게 잘 지키게 하셨으나 블레셋의 악한 영들은 법궤와 함께 이 선한 영들을 포로로 끌고 가서 다곤 신의 우상을 깎고 만드는 노역을 시키고 있는 상태입니다.

안타까운 것은 다곤의 악한 영들이 마음의 법궤에다가 화인을 치고 인봉을 해 버려서 더 이상 선한 소리가 나올 수 없게 된 것입니다. 오래전 법궤에서 나왔던 선하고 바른 소리는 이제 더 이상 들을 수 없으며 이로써 양심의 기능은 완전히 사라져 버렸습니다.

알다시피 다곤 신은 먹는 것을 주관하는 신인데 바로가 오로지 잘 먹고 잘 살기 위한 욕망에 사로잡혀 법궤를 사탄에게 노예로 팔아 버려서 다곤 신전

---

11 다곤(Dagon) 또는 다간(Dagan)이라고 하며 메소포타미아 북서부에 살던 셈족과 동부 셈족의 '다산의 신'을 말하며 '곡물, 생선, 어업'의 신으로 표현되기도 한다.
12 '재판장'이라는 뜻으로 하나님을 가리키는 용어이다.

앞에 방치되어 있는 것입니다.

사실 어린 시절에는 바로 또한 법궤에서 나오는 아로새긴 은 쟁반에 금 사과 같은 경우에 합당하고 지극히 바른 소리 듣기를 좋아했고 프시케 님의 영도 맑았던 때라, 그때는 자비의 은은한 곡조와 긍휼의 멋진 가락에 맞춰 춤추기를 기뻐했고 정직한 노래를 좋아했었습니다. 하지만 바로가 세상 권세에 빠지게 되는 순간부터 양심의 소리는 듣기에 거슬리고 듣기 싫은 말만 한다며 미워하기 시작했고[13] 곧 거짓의 영이 말하는 '평안하다, 잘하고 있다, 네 소견이 옳다'라는 미혹된 소리만 듣기 좋아하더니 결국 이 지경이 되어 버린 것입니다."

"심각하군요. 그렇다면 치유의 연못은 어떤가요?"

희망 전령사는 예전에 낙심의 영이 쏜 불화살을 맞아서 힘들었던 때가 있었는데, 그때 베데스다[14] 치유의 연못에서 사랑의 영과 온유, 배려, 온정, 위로 등의 따뜻한 영들이 상처를 정성스럽게 씻어 주고 치유되어 다시 희망이 회복된 때가 있어서 그때의 기억을 떠올리며 질문을 했다.

"네, 연못 소식도 얼마 전 알게 되었습니다. 안타까운 일이지만, 사실 이곳도 별반 다르지 않습니다. 알다시피 사랑의 영이 있는 베데스다 치유의 연못은 온유, 배려, 위로, 인자, 긍휼, 자비, 양선의 영들이 항상 연못을 따뜻하고

---

13 아합 왕이 바른 소리를 하는 미가야 선지자를 미워하듯이 "그는 내게 대하여 길한 일은 예언하지 아니하고 흉한 일만 예언하기로 내가 그를 미워하나이다" (왕상 22:8)

14 '자비의 집'으로 예루살렘 동북쪽 양문 곁에 있던 연못을 일컫는다(요 5:2). 천사들이 내려와 물을 움직일 때 제일 먼저 못에 들어가 몸을 담그는 사람만이 고침을 받는다는 전설이 있어서 이곳에는 항상 병자들이 많이 모여 있었다.

아름답게 만들고 있어서 프시케 님이 상처를 받거나 선한 영들이 질병에 걸리고 문제가 생기면 이곳에 와서 씻고 치유되어 나았습니다. 하지만 이제 이곳도 냉혹, 무자비, 몰인정, 야박, 냉대, 냉혈, 잔인, 잔혹, 악랄, 악독 등의 해로운 영들이 연못을 장악해 버렸습니다. 그래서 이전에 따뜻하고 포근했던 연못은 이제 차가운 수준을 넘어서 물에 닿으면 모든 것이 얼어 버릴 지경이 되었습니다.

여러분도 한 번쯤은 상처를 받아 영적인 생명력이 소진되어 차가워지면 이곳 베데스다 치유의 연못에 와서 치료를 받고 회복되어 다시 영적인 생명력이 되살아났던 기억들이 있을 것입니다. 허나, 지금은 이곳에서 더 이상 회복과 치유를 기대할 수 없습니다."

"아, 모든 상황이 너무 절망적이어서 어디서부터 어떻게 손을 대야 할지 막막할 뿐이군요. 그럼 애굽의 노예로 끌려간 이들은 지금 어떤 상황입니까?"

족장은 먹먹한 가슴을 쓸어내리고 다시 회의에 집중해서 다음 질문을 이어 갔다.

"네, 애굽에서도 태양신 라와, 비돔과 라암셋의 도성을 건축하는 곳에 악한 감독관들을 세워서 가혹한 중노동을 시키고 있으며 모진 핍박과 박해를 받고 있습니다. 더불어 갈수록 역사役事를 엄하게 하여 흙 이기와 벽돌 굽기와 같은 여러 가지 일로 모두 고통을 받고 있는 상황입니다. 최근에는 미혹의 영이 선하고 어린 영들은 모두 씨를 말려 죽이라고 지시를 내려서 현재 초비상 상태에 있습니다."

선하고 아직은 취약한 어린 영들을 다 죽이라는 말에서는 모두가 깊은 한숨을 내쉬었으며, 더러는 눈을 감고 그저 공허하게 고개를 젖히고 있을 뿐이었다. 모두가 고통을 받고 있는 동료들의 소식을 듣고 생각했던 것보다 훨씬 심각한 상황에 당황했으며 대부분 슬픔과 비탄 속에 훌쩍거리며 그저 눈물만 훔칠 뿐이었다.

3장. 각 성읍과 요새

"현재 각 장기의 성읍과 면역부대, 방어부대에서 다루는 항상성[15]과 버퍼[16]의 기능은 얼마나 망가진 상태인가요? 저는 얼핏 들어 알고는 있지만, 다른 방백들과 부장님들은 지금 상황이 어떤지 그리고 어떤 일들이 벌어지고 있는지 잘 모르고 있기 때문에 이번에는 면역부대 백부장님이 직접 설명해 주시면 감사하겠습니다."

소개를 받고 나이가 지긋한 백부장이 나와서 이들이 어떻게 성읍과 요새를 지키고 있는지 자세하게 설명하기 시작했고, 모두가 집중하며 듣기 시작했다.

"저희가 하는 일과 기능들에 대해 자세히 전해드리고 싶지만, 여러분도 잘 아시다시피 창조주 하나님께서 워낙에 생명체를 정교하고 상상할 수도 없는 하늘의 지혜로 지으셔서 전체를 설명하기란 사실 불가능합니다. 그래서 세균

---

15 Homeostasis, 생리적 기능 및 체액과 조직의 화학적 조성과 관련하여 체내의 평형 상태가 일정하게 유지되는 과정이다.

16 Buffer, 체내의 항상성을 유지하기 위해 산-염기 평형을 신장, 폐, 효소 등의 기능이 체내의 산, 염기를 조절하는 것으로 '완충'의 의미이다.

이나 바이러스와 기타 이물질 등의 해로운 적들이 침입해 올 때 저희가 어떻게 반응하는지 최대한 간략하게 설명해 드리겠습니다."

백부장은 잠시 숨을 고른 뒤 진지하게 설명하기 시작했다.

"우선 생명체가 탄생하면, 창조주께서는 '선천적인 면역부대'를 이미 만들어 놓으셔서 적들이 침입하면 가장 먼저 물리 화학적으로 방어진을 구축하게 됩니다. 주로 피부 요새에서는 지방산과 라이소자임 등의 무기를 써서 방어합니다. 소화 기관의 각각의 성읍에서는 위산, 소화 효소, 담즙 등의 특수 무기로 적들을 녹여서 진멸하고 기관지 요새에서는 상피세포의 성벽에서 점액과 섬모 운동, 기침 유발 작전 등을 통해서 방어하게 됩니다.

이보다 더 깊은 세포 단위의 작은 요새들에서는 백혈구, 대식세포, 수지상세포, 자연살해세포, 자연살해T림프구 등의 용사들이 적들과 백병전白兵戰[17]으로 치열하게 싸우게 됩니다. 또한, 항원제시세포[18]나 주조직적합성 복합체[19] 등의 용사들과 서로 긴밀하게 협조하여 적의 항원[20]의 모양을 인식하고 판단해서 발견하는 즉시 싸워서 진멸하게 됩니다.

'적응면역 방어부대'에서는 특정 항원에 대한 T림프구와 B림프구의 장수

---

17 白兵戰, 도검 등 근접 전투용 무기를 이용한 전투이다. 백병은 칼, 검, 창 등의 무기를 장비한 병사를 의미한다.

18 抗原提示細胞, Antigen Presentation Cell, 대식세포나 수지상세포 등이 체내에 침입한 항원을 T세포가 감지하도록 제시하는 세포이다.

19 Major Histocompatibility Complex, MHC로 개체를 구별하는 독특한 생화학적 지표가 되는 세포 표면 분자 그룹이다.

20 Antigen, 인체에 침입하여 면역 반응을 일으키게 하는 물질이며 체내의 항체와 반응한다.

들이 염증 사이토카인[21]의 특수 부대원들과 긴밀히 협조하면서 항체의 생성을 유도하여 즉각적인 방어를 담당합니다.

구체적으로는 세균이나 바이러스 등의 '항원'으로 이루어진 적들이 쳐들어오면 최전방인 피부의 성벽에서 지방산, 라이소자임 등의 무기들로 방어하고 이어 다른 요새에서 상황에 따라 신속 정확하게 협조하며 대응합니다. 이때 1차 방어선이 무너지게 되면 2차 방어선인 세포 부대가 출동하게 됩니다. 먼저 수지상세포 용사가 항원을 인식해서 T림프구에 제공하고, 동시에 사이토카인 특수 부대원들이 협공하게 됩니다. 항원을 인식한 T림프구는 B림프구를 자극하여 항원 특이적인 항체를 생성하여 특정 항원이 표시된 적들만을 공격하도록 유도합니다. 그리고 사이토카인 특수 부대에서는 면역계를 활성화시켜서 백혈구, 대식세포 등의 용사들을 불러서 적들을 구별하여 맹공격을 하게 되는 것입니다. 이때 보조 체계 역할을 담당하는 부대의 용사들도 협공하면서 적들의 사멸을 돕습니다."

"정교하고 복잡하군요. 더 자세한 설명보다는 현재 바로의 상태에 초점을 맞추어서 설명해 주실 수 있습니까?"

의의 족장은 바로의 상태가 궁금하여 진지하게 질문했다.

"네. 현재 바로는 심장과 폐의 성읍, 위장관 및 손, 발의 요새 등이 많이 붕괴된 상태입니다. 저희는 악한 영들을 위해 일하지는 않으나 바로의 삶의 패턴과 의식의 바다, 마음 동산, 여러 선한 영들의 영적 상태에 따라 크게 좌우

---

21 Cytokine, 면역 세포가 분비하는 단백질을 통틀어 일컫는 말이며 종류로는 인터루킨(IL-1, 2, A⋯), 인터페론 감마(INF-γ), 티엔에프 알파(TNF-α) 등등이 있다.

되기 때문에 이들이 나빠지면 저희도 감당할 수 있는 역치를 넘어서게 되어 갖가지 질병과 암까지도 발생할 수 있는 것입니다. 따라서 현재 저희 아군의 상태도 여러분과 크게 다르지 않습니다. 모두가 지쳐 있고 부상이 크며 일부는 심각하게 기능이 마비되고 병들어 있습니다."

백부장은 잠시 숨을 고르고 설명을 이어 갔다.

"지금 바로는 모르지만 최근 들어 생활 패턴이 엉망이며 술, 담배가 급작스럽게 늘어 가면서 상태가 악화되고 있습니다. 노출된 손과 발의 요새에서도 사실 버거병[22]이 서서히 진행되고 있고, 장의 성벽이 많이 무너져서 크론병도 시작되고 있습니다. 모르실 테니 크론병에 대해서만 간단하게 설명하겠습니다.

크론병은 만성적인 염증성 장 질환입니다. 사실 염증은 인체 내에서 필요한 반응이지만, 과도하게 항진되면 문제가 발생하는 것입니다. 크론병의 정확한 원인은 창조주만 알고 있으나 보통은 생활 습관, 유전자의 돌연변이, 세균, 담배 등에 의한 면역 항진과 관련이 있는데, 한마디로 '소화관 내에서의 과도한 면역 반응'이라고 보시면 됩니다. 특히나 흡연과 밀접하게 연관되어 있기 때문에 바로의 증상이 악화되고 있는 것입니다.

장관 성벽은 점막, 점막하층, 근육층, 장막층의 단단한 4개의 성벽으로 겹겹이 구성되어 있으며 세균이 이 점막의 성벽을 뚫고 침투해 오면 우선 1차 방어 기지에서 전투를 벌이면서 염증 사이토카인의 특수 부대가 출동합니다.

22 Buerger's disease, 말초 동맥의 혈전성 염증으로 인한 동맥의 폐색에 의해 증세가 나타나며 심하면 괴사가 진행되어 절단 수술을 해야 한다. 질환을 발표한 '레오 버거'의 이름을 따서 1908년에 명명되었다.

이들은 주로 인터루킨, 인터페론 감마, 티엔에프 알파 등으로 구성된 특전 용사들이며, 이들이 다양한 물질을 분비해서 면역계를 활성화하고 더 많은 지원군을 불러들입니다.

이때 대식세포 등의 용사들이 와서 칼과 창을 들고 백병전으로 싸우게 되는데, 문제는 이렇게 치열한 전투가 지속되면 아군들도 막대한 피해를 보게 된다는 것입니다. 전쟁 통에 민가에 피해가 생기는 것처럼 말입니다. 이로 인해 점막의 성벽이 깎이면서 깊은 궤양이 생기게 되고 심하면 점막에서 장막층의 성벽까지 이중, 삼중의 성벽들이 무너지기도 합니다. 이를 '통벽성(通壁性)궤양[23]'이라고 부르며 성벽이 군데군데 무너지게 되면 조약돌처럼 보여서 '조약돌점막상궤양'이라고 저희끼리 부르고는 합니다. 이 성벽들의 붕괴는 위장관의 성벽 어디든 생길 수 있어서 구강 요새에서는 '아프타성궤양', 항문 요새에서는 '치루, 치열, 농양' 등이 발생할 수 있는 것입니다.

더불어 버거병은 손과 발의 요새가 말초부터 썩게 되는 지독한 병이며, 이 또한 원인으로는 흡연 시 생기는 니코틴과 일산화탄소의 해로운 성분들이 혈관에 염증을 일으키는 동시에 피를 끈적끈적하게 만들어 피떡을 만들기 때문입니다. 병이 진행되면 손발이 차가워지고 더 악화되면 괴사하여 결국 절단해야 하는 상황이 오게 됩니다.

현재 바로는 알다시피 성공하고 출세하면서 양심과 부딪치는 일이 많아지자 스트레스와 불안 등으로 담배를 하루에 두세 갑씩 피우고 있습니다. 성공하고 부와 명성이 쌓이면서 동시에 음주량, 흡연, 수면제 등은 기하급수적으

---

23 Transmural ulcer, 장벽의 전층을 침범한 궤양이고, 조약돌점막상궤양 (cobblestone appearance ulcer)은 점막이 돌출되어서 마치 조약돌을 깔아 놓은 것처럼 보이는 궤양이며, 아프타궤양(aphthous ulcer)은 구강 점막 부분에 생기는 구강 궤양을 의미한다.

로 늘어나고 있으며 평안이 사라졌습니다. 그리고 밤새워 권세가들과 어울리면서 음란하고 퇴폐적인 유흥 문화에 빠졌고 당연히 생활 습관은 엉망이 되어 가고 있는 상태입니다.

더욱이 계속되는 야근, 스트레스, 술, 담배, 무절제한 식습관으로 삶의 질이 형편없으며 실제로 설명해 드렸던 고혈압뿐만 아니라 크론병과 버거병도 시작된 상태입니다. 그리고 이 상태가 계속되면 5년 내에 폐에서 유전자가 돌연변이를 일으켜서 전구 암 단계[24]로 진행되고 10년이 지나면 폐암으로 진행될 가능성이 꽤 높은 상태입니다. 그럼에도 정작 바로는 현재 전체적인 몸 상태의 심각성을 전혀 모르고 있습니다.

영혼과 마음, 양심과 의식이 모두 병들고 망가지면 당연히 육신도 무너지게 됩니다. 안타까운 것은 세상은 오로지 육신만을 소중히 여긴다는 것입니다. 정말 중요한 것은 '영혼'이라는 사실을 모르기 때문입니다. 그래서 아무리 크게 성공해도 그 영혼이 병들어 있으면 모래 위에 지은 집과 같아서 인생의 시련과 어려움이 찾아올 때 광풍은커녕 찰싹거리는 파도에도 버티지 못하고 쉽게 무너지게 됩니다. 영적 파산으로 진정한 기쁨과 행복을 얻을 수 없으며 무엇보다 영혼의 깊은 평안을 누릴 수 없게 되는 것입니다. 참으로 안타까울 뿐입니다."

---

24 Precancerous lesion, 암으로 진행되기 전 나타나는 단계이다.

4장. 마음 동산

"백부장님의 설명 잘 들었습니다. 한시라도 빨리 모든 기능이 회복되어 바로의 영과 혼, 육이 건강해지기를 소원합니다. 그럼 다음 가장 궁금한 마음 동산의 상태에 대해서는 다시 지혜 백부장님께서 설명해 주시면 감사하겠습니다."

의의 족장은 다시 지혜의 영인 백부장에게 설명을 부탁했고, 그는 다시 무거운 마음으로 설명하기 시작했다.

"네, 현재의 암담하고 참담한 상황이 하루빨리 회복되기만을 진심으로 기원하겠습니다. 그래서 간절하고 진지한 마음으로 다시 상황을 설명하겠습니다."

백부장은 잠시 호흡을 가다듬고 집중해서 발언을 이어 갔다.

"현재 여러분이 생각하시는 것처럼 악한 영들은 세겜 땅의 남쪽에 위치한 축복의 그리심 산을 황폐하게 만들어 버려서 축복이 끊긴 지 꽤 오랜 세월이 흘렀습니다. 그리심 산과 들은 이제 생명의 호흡을 기대할 수 없을 만큼 심각한 돌산으로 변해 버렸고, 축복의 제단은 다 헐리고 파괴되어 한마디로 버려진 산이 되었습니다. 모든 축복의 자원은 신속하게 북쪽 저주의 에발 산으로 옮겨졌고 주로 총명, 총기, 명철, 이해, 분석, 정리, 판단의 영들이 이곳에서 노역을 감당하고 있습니다. 또한 틈이 날 때마다 악한 영들을 위한 저주의 싸움에 동원되고 있습니다. 그래서 이들 손에는 늘 창과 칼과 화살이 쥐어져 있으며, 언제 어디서든 저주의 싸움이 시작되면 이들은 악한 영들에게 끌려가서 그들을 위하여 즉각적으로 싸우도록 훈련을 받고 있습니다. 그리고 매일 싸움과 다툼, 분쟁과 전쟁의 기술만을 배우고 익히고 연마하고 있습니다.

지식의 영에게 칼을 쥐여 주어서 비열하게 돈을 벌고 사람들을 유린하고 억압하고 속이고 갈취하고 학대하고 노략하고 무시하고 조롱하고 우습게 여기고 상처를 주고 이용해 먹고 스스로는 자고해지고 교만해지는 기술과 방법들만을 배우고 있습니다. 아시다시피 이들은 주관하는 영이 선하면 선하게 쓰임을 받고, 악하면 악하게 쓰임을 받는 영들이기 때문입니다. 또한 싸움이 없을 때는 시온 산의 서쪽에 위치한 도벳의 골짜기에서 몰렉 신전과 제단을 만드는 역사에 동원되고 있습니다.

프시케 님은 기럇아르바 곧 헤브론 골짜기에 있는 막벨라 굴에 잡혀 있는 상태입니다. 아직도 기억이 생생합니다. 그날 양심의 법궤는 블레셋 다곤 신전으로, 프시케 님은 막벨라 굴에 포로로 끌려가자 하늘에서는 유난히도 천둥과 번개가 심하게 내리쳤고 더불어 뿔라의 포도원 주위로도 불의 화염은 더욱더 거세졌고 칼과 가공할 불의 권세도 강력해졌습니다.

프시케 님과 세겜의 꽃밭에서 함께했던 행복한 추억이 많이 있는데, 아름다웠던 동산은 이제 악한 영들이 다 장악해서 황무한 땅이 되었고 일곱 족속의 악한 영들이 세력을 키웠으며 주변으로는 블레셋과 멀리는 애굽, 더 멀리에는 바빌로니아 제국이 건설되었고 선한 영들은 이곳에 노예와 포로로 끌려간 상태입니다.

동산의 일곱 족속은 기쁨, 평안, 평강 등의 영들을 노예로 삼고 온갖 우상을 만들게 하고 성읍과 성벽을 건축하게 하고 있습니다. 지금은 사실 마음 동산뿐만 아니라 온 땅이 악하고 더러운 우상들로 가득해졌습니다.

그 시절 프시케 님과 함께 동산에서 뛰놀던 때가 아직도 눈에 선합니다. 그때는 매일이 기쁨의 축제요, 평화의 잔치 같아서 석양이 질 때면 모두가 동산 들녘에 앉아 소망의 별을 바라보며 내일의 희망을 노래했습니다. 그리고 헤르몬 산의 선선한 바람이 불어올 때면 동산 언덕에 앉아 바람과 함께 근심과 시름을 날려 버렸고, 찬란한 브니엘²⁵의 태양이 떠오르면 가슴 벅찬 비전을 품기도 했었는데, 지금은 모든 곳이 암울하고 참담한 상태일 뿐입니다.

사실 그 시절에도 해로운 영들이 공존하기는 했으나, 그때는 선한 영들이 바로와 잘 소통하고 기쁨의 영도 충만했습니다. 하지만 바로가 점차 세상 죄에 빠지기 시작하면서 상황은 급속히 악화되었던 것입니다. 알다시피 세상은 육신의 정욕, 안목의 정욕, 이생의 자랑²⁶이라는 거대한 수레바퀴들이 맞물려서 돌아가는 곳이잖습니까. 또한, 타락하고 음란한 문화와 해롭고 악한 영들 그리고 공중 권세의 사탄에게 노예로 전락하면서 결국 모든 것이 폐허처럼 황폐해져서 절망의 땅이 되어 버린 것입니다.

---

25 '하나님의 얼굴'이라는 뜻이며, 야곱이 브니엘에서 하나님을 만남으로 새 아침을 맞이하게 된다(창 32:24-30). 이곳에서 야곱은 하나님을 위한 단을 쌓는다.

26 "이는 세상에 있는 모든 것이 육신의 정욕과 안목의 정욕과 이생의 자랑이니 다 아버지께로부터 온 것이 아니요 세상으로부터 온 것이라" (요일 2:16)

더구나 해가 갈수록 해로운 영들은 더욱더 악해지고 독해지고 있으며 마음 동산은 흑암의 권세로 가득해졌습니다. 이런 악하고 해로운 영들은 더럽고 지저분하고 무질서하고 혼란을 좋아해서 점점 더 몰염치해지고 더러워지고 뻔뻔해지고 악해지고 저급하고 잔인하고 폭력적이고 음란해지게 됩니다.

선조 아담 때로부터 시작된 죄의 영향력은 수천 년이 흘러 왔고, 그 뿌리에 박힌 죄의 유전자는 세대를 거쳐 계속해서 전해지고 있으며 묵시가 없는 지금은 더욱 더 타락해 가고 있습니다.[27] 엔트로피의 법칙[28]이 바로 죄의 속성이라는 사실을 세상은 잘 모릅니다.

바로도 자라면서 가장 먼저 저항과 반항부터 배웠고 이후 폭력과 음란에 빠졌으며 청년 시절부터는 사탄과 거래를 하면서 돈과 세상 권세를 얻는 조건으로 양심과 영혼까지 노예로 팔아 버려서 이 지경이 된 것입니다. 속히 믿음의 씨앗을 통해 동산이 회복되고, 영들이 풀려나는 날이 오기를 고대하고 소망합니다. 이상입니다. 경청해 주셔서 감사합니다."

죄가 들어온 이 낮 땅[29]에서 모든 것은 거래로 이루어졌다. 대부분은 지식과 재능, 발품과 열심, 성실과 근면 등을 팔아서 돈을 샀지만, 더 많은 돈과 권세와 명예 등을 사기 위해서 양심과 영혼까지 파는 이들이 많았다. 이것까지 팔아서 막대한 돈과 부와 권세를 산 이들은 겉으로는

---

27 "묵시가 없으면 백성이 방자히 행하거니와 율법을 지키는 자는 복이 있느니라" (잠 29:18)

28 열역학 제2법칙에 따라 계의 무질서의 정도를 나타내는 양(量)으로, 무질서가 심해질수록 엔트로피는 증가한다. 보통 물 컵에 잉크를 떨어뜨려서 잉크가 무작위로 퍼지는 것으로 이 법칙을 설명한다.

29 죄 때문에 에덴에서 쫓겨난 인간들이 거하는 에덴 동쪽의 땅이다(창 4:1-24).

부요해진 것처럼 보이나, 사실 영혼과 양심의 보이지 않는 내면은 극도로 초라해지고 끔찍하게 빈곤해진다는 사실을 알지 못했다.

모든 상황 설명이 끝나자 생각했던 것보다 훨씬 더 암울한 현실에 동굴 속은 무거운 침묵과 비통한 슬픔만이 가득했다. 깊은 절망이 어두운 지하 동굴 안에 쌓여만 갔다.

5장. 데빌기업

"바로시여, 하늘에서 높임을 받으소서. 바로 님의 지혜와 마음의 지식은 하늘에 맞닿고 있습니다. 그 누구도 우리 바로께 도전할 수도 간섭할 수도 없으니 바로시여, 시에 따라 때에 따라 소견에 옳은 대로 행하소서. 바로 님이 진리요, 천하의 주재이시니, 바로께서는 온 땅의 왕이시며 섬들의 신과 같이 귀한 존재이십니다. 주께서는 지혜가 궁창의 별처럼 빛나며, 총명은 바다 위의 저녁놀처럼 은은하고 섬세하십니다. 이에 찬송과 높임을 받기에 합당하십니다."

거짓의 아비요, 악하고 가증한 미혹의 영은 바로를 왕처럼 높였다. 항상 그를 왕처럼, 더 나아가 가끔은 신처럼 추켜세웠고 스스로가 높아질수록 바벨의 탑은 한없이 높아졌다. 할 수만 있다면 하나님의 자리까지 높이고 싶어 그의 갈라진 궤사의 혀는 오늘도 쉴 새 없이 바빴다.

"바로 님의 존귀와 부와 명예는 옛 시절 해상에서 찬란하게 번영했던 두로 왕[30] 때와 다를 바가 없습니다. 곧 두로 왕이 누린 화려했던 부와 번영을 우리 바로 님께서도 똑같이 누리실 것이기 때문입니다. 두로 왕이 그 시절 각종 보석과 재물, 귀한 물품들과 훌륭한 지혜자들을 거느리며 바다와 온 섬과 열방의 왕으로 이름을 떨치고 누렸던 것처럼 우리 바로 님 또한 두로왕이 소유했던 화려하고 멋진 인생의 선박을 갖게 될 것입니다.

선박의 외판은 스닐의 잣나무로 만들고, 쭉 뻗은 돛대는 레바논의 백향목으로 달고, 가볍고 단단한 노는 바산의 상수리나무로 조각하고, 깃딤 섬의 황양목 위에 상아로 꾸며 갑판과 보강판을 만들고, 애굽의 수놓아 촘촘한 가는 베로 만든 돛과 엘리사 섬의 청색과 자색 베로 차일을 달아서 온 섬 중에 가장 견고하고 아름다운 배를 소유하게 될 것입니다.

또한 바산의 황소 같은 강한 시돈과 아르왓 사공들이 인생의 배를 힘차게 저어 갈 것입니다. 열방의 지혜자들이 배를 관리하고, 그발의 박사들이 배의 틈을 막아 명성과 권세가 조금도 새지 않을 것이며 바사와 룻과 붓의 용사들이 근위대를 이루어 우리 바로 님의 부와 명예를 지켜 줄 것이며 아르왓의 장병들이 망대를 파수하여 그 누구도 감히 바로 님의 영광에는 손도 대지 못할 테니 바로 님께서는 두로 왕의 때와 같이 가장 화려하고 멋진 인생을 누리실 것입니다. 모든 것이 다 우리 바로 님의 것입니다.

또한, 우리 영들이 쉬지 않고 땀과 수고로 바벨의 탑을 쌓아 올려서 거의 하늘에 닿게 되었고, 마음 동산에서부터 애굽과 힛데겔 붉은 강까지 수많은

---

30   두로는 지중해 연안의 항구 도시 중 하나로, 해상 무역을 통해 많은 재물을 얻은 나라이다. 두로 왕을 사탄으로 보는 학자들도 있다. "인자야 너는 두로 왕에게 이르기를 주 여호와께서 이같이 말씀하시되 네 마음이 교만하여 말하기를 나는 신이라 내가 하나님의 자리 곧 바다 가운데에 앉아 있다 하도다 네 마음이 하나님의 마음 같은 체할지라도 너는 사람이요 신이 아니거늘" (겔 28:2)

바알과 아세라 신전과 제단이 빼곡히 채워졌으며 특히나 몰렉 신전 공사도 그 끝이 코앞에 왔습니다. 게다가 이 모든 제단과 우상의 신전이 완공된다면, 이제 우리 바로 님은 부와 명성과 권세를 얻어 영화로 관을 쓰고 부귀의 말을 타서 온 천하의 족속과 온 열방이 바로 님 앞에 엎드려 신처럼 경배하게 될 것입니다.

양심의 법궤도 화인을 쳐서 인봉하여 더 이상 케케묵은 입바른 소리를 낼 수 없고 걸리적거리는 정직과 윤리, 도덕 같은 싸구려 감상질도 사라졌고 욕망의 걸림돌인 의식의 바다도 혼탁하게 만들어 꼼짝 못 하게 했고, 인지의 영 벨루가도 숨통을 꽉 쥐고 있어서 바로 님께서는 소견에 옳은 대로 결단하기가 한결 쉬워졌습니다. "

바로를 왕처럼 한껏 높이고 난 뒤, 그는 분위기를 바꿔 간사하게 눈을 실룩거리며 바로의 귓가에 속삭이기 시작했다.

"그런데 말입니다. 최근에 선한 영들의 족장과 일당이 하몬곡 골짜기와 바빌론의 깊고 깊은 지하 동굴에 쥐새끼들처럼 숨어서 왕을 해칠 모사를 꾸미고 있다는 전갈을 받았습니다. 그러니 이제는 야망과 포부에 걸리적거리는 것들은 끝을 보시는 것이 어떨지 아룁니다.

해서 법궤는 불에 태워 버리시고, 벨루가의 마지막 남은 숨통도 끊어 버리시고, 의의 족장 이하 많은 방백이 숨어 있는 굴은 급습해서 씨를 말려 버리는 것이 어떨지 아룁니다. 이것들 때문에 바로 님의 부와 명예와 권세가 속도를 내지 못하고 있고 탑의 가치도 훼손되고 있으니 꼭 바로 님께서는 귀담아 들으시고 소견에 옳은 대로 행하시길 바랍니다. "

그리고 미혹의 영과 악한 영은 모두가 바로를 위한 찬양의 노래를 불렀다.

바다 위의 배들은 돛을 올리고
아르왓 사공들은 힘차게 노를 저으라.

다시스의 보석은 황홀하고
메섹의 놋그릇은 광채가 도는구나.

달리는 말과
도갈마는 전장의 군마들이요.

드단의 박달나무는 단단하고
워단의 계피 향은 향이 그윽하구나.

아람의 푸른 산호는 훌륭한 광택제요
유대의 나드 향기름은 귀한 향품이라.

오늘 밤
다시스의 배들이 떼를 지어 도착했으니
다메섹의 진한 헬본 포도주로 축배를 올리자.

바로 왕께서는 이 모든 영광을 받으시고
높아지고, 높이시고, 높아져서 천하를 굽어보소서.

바로는 내면에서 들리는 속삭임에 잠시 생각에 잠겼다가 결심한 듯이 데빌기업 상무와의 약속 장소로 걸음을 재촉했다. 곧 모두가 한자리에 모였다.

"우리 바로 변호사야말로 우리 로펌의 자랑이요, 능력이야 말할 것이 없으니 나는 이번 재판은 걱정도 안 하고 있네. 아마 이번 일이 잘 마무리되면 성과급이 꽤나 두둑할 것 같더군. 자네한테만 말해 주는 것인데, 우리 회장님과 데빌기업 회장님 사이는 호형호제하는 사이로 각별하단 말이지. 그래서 이번 기회에 회장님에게 눈도장만 제대로 찍으면 이제 자네도 나도 꽃길만 걷게 될 거라고. 그리고 이번 재판은 내가 자네한테 넘겨 준 거니까 나도 자네 덕 좀 보자고. 하하하."

함께 참석한 부장변호사는 바로와 긴밀히 얘기했고, 옆에 있는 데빌기업 상무는 분위기에 맞춰서 열심히 술잔을 채워 주었다.

"네, 근데 자살한 친구는 몇 살이었죠?"

"아마 14살일 걸? 이 친구가 자살하는 바람에 일이 터진 거지만, 어쨌든 자네도 양심 따위는 개나 줘 버려. 자네도 나도 처자식 먹여 살리려고 이 짓하고 사는 거 아니겠나? 우리도 먹고는 살아야지 않겠나. 선배로서 얘기하네만, 자네나 나같이 배경 없는 사람들은 이 같은 기회가 오면 다른 것 다 제쳐 두고 꽉 붙잡아야 하네. 오직 처자식만 생각하라고. 또 권력 맛도 보고. 이왕이면 떵떵거리며 살면 좋지 않나? 열심히 사는 것이 뭐가 흠이 되겠는가. 내 말이 틀려? 맞잖아?"

"네, 맞습니다."

둘은 급하게 독한 술을 마시는 바람에 벌써 취기가 올랐다.

"혹시, 자네 집 지금 시세로 얼마나 하지?"

"아, 네. 아마 27억 조금 못 될 겁니다."

"그것 봐. 나도 자네 같은 집에 살던 때가 있었네만, 나는 78억짜리 빌라를 계약해서 다음 달에 이사 갈 거야. 사는 세계와 시야가 달라지고 있단 말이지. 이 시계 얼마일 거 같나?"

"글쎄요, 고급스럽게 보이네요."

"그럼 자네 시계는 얼마인가?"

"아, 제 거는 800만 원입니다."

"하하하, 귀엽네. 이 시계는 5천만 원인데, 어때? 멋지지? 하하. 근데 말이야. 내가 오늘 기분이 너무 좋아서 이 시계 자네한테 줄 테니 앞으로 줄 한번 제대로 서 봐. 그리고 자네는 고향 후배를 넘어 친동생처럼 생각할 테니 앞으로 사석에서는 '부장님'이라고 부르지 말고, 그냥 '형님'이라고 하라고. 기념으로 자네 시계는 내가 찰게. 자네 가인 국장님 알잖나? 나도 오늘처럼 국장님한테 시계 선물을 받았던 때가 있었지. 그때 당시에는 3천만 원짜리였는데 그때가 벌써 27년 전이니 세월 참 빠르네. 허허."

부장변호사는 쉴 새 없이 말을 이어 갔다. 그는 이 재판에 대한 기대가 상당히 컸기 때문이었다.

"그리고 나도 이참에 부국장 자리로 승진하면 뭐 더 바랄 게 어디 있겠나. 하하하."

부장변호사는 바로의 손목에서 시계를 빼서 본인 것과 바꿔 차고는 뿌듯한 미소를 던졌다. 바로도 나쁘지 않은 표정으로 "감사합니다, 형님."이라고 하면서 분위기를 맞췄다. 부장 또한 이번 재판으로 부국장 자리까지 오를 생각에 초흥분 상태였고 바로가 이 일을 잘 해결하기를 바라고 있었다.

"이번 일이 잘 성사되면 아마 특별 수당으로 집값 정도는 생각하고 있는 것 같더군. 자네도 알다시피 데빌기업은 이런 불미스러운 일들에 대비하여 비자금으로 항상 500억 정도를 만들어 놓고 있거든. 그리고 회장님 눈에만 들게 되면, 정계 쪽으로도 인맥을 터 줄 거야. 우리 회장님이 기침 정도만 해도 나라가 들썩일 정도니까 말이지."

부장과 바로는 진지하게 이야기하고 있었으며 기업 상무는 잔에 술이 비워지기가 무섭게 독한 양주를 계속해서 채우고 있었다. 셋이서 진지하게 한 시간가량 대화를 나눴고 이야기가 마무리되어 갈 즈음, 상무가 잘나가는 아가씨들을 부르자 곧 그들만의 환락의 밤이 시작되었다. 배움과 직업을 떠나 이런 곳에서는 가장 저급하고 천박하고 부끄럼 없는 행동과 말들이 튀어나왔다. 그리고 감춰 두었던 퇴폐적인 음행의 봉인이 풀리자 이들은 음란에 취하고 술에 취했다. 모두가 밝게 웃으며 호형호제하고 오빠와 여동생이었으며 서로 안아 주고 입 맞춰 주고 다독여 주며 즐거운 시간을 보내고 있다. 사람이 '생활 속에서 기쁘고 즐겁고 만족을 느끼는 상태'를 '행복'으로 정의하고 있으니 지금 이곳에 모인 이들은 단어의 정의대로 하자면 '행복한 사람들'이었다.

바로는 소란스러운 틈에서 자살한 아이의 얼굴이 떠오르자 서둘러 독한 술을 털어 넣으며 마음을 잠재웠다. 분위기가 후끈 달아오르는 중에 잠시 아침에 만났던 전도사가 바로의 머릿속 필름 사이로 스쳐 지나갔다.

6장. 아론 전도사

"안녕하세요?"

"네, 근데 실례지만 누구신지……."

이른 아침 출근하려 나서는 바로에게 어떤 낯선 이가 다가와 인사를 건넸다. 바로는 기억을 더듬어 가며 그에 대한 정보를 찾느라 머릿속이 분주해졌다. 그러나 워낙에 수많은 사람을 만나다 보니 정확히 누구인지는 자신할 수가 없었다. 다만 그는 말할 수 없이 평온해 보였고, 설명할 수 없는 어떤 신비한 분위기를 풍기고 있었다. '이이는 도대체 누구지?' 바로는 속으로 생각하며 최대한 선한 얼굴로 대꾸했다.

"아, 네. 저는 저기 보이는 복음교회 전도사로 오게 된 아론이라고 합니다."

바로는 '에이, 젠장. 낚였네. 기분 잡치는 아침이구먼.'이라고 생각하며 김샌 마음이 들었지만 최대한 내색을 하지 않고 할 수 있는 선에서 마지막 남은 친절을 쥐어짜 가며 미소를 지었다.

"아, 안녕하십니까? 전도사님, 그런데 제가 지금 너무 바빠서 빨리 가 봐야 합니다. 죄송합니다."

바로는 서둘러 불편한 자리를 뜨려고 몸을 돌렸다. 그런데, 전도사는 아랑곳하지 않고 어떤 중요한 말을 전하려는 사람처럼 최대한 정중하게 그의 앞을 막아섰다.

"변호사님, 딱 5분만 시간을 내 주시면 좋겠어요. 제가 기도하는 중에 변호사님에게 가서 전하라는 메시지를 받았기 때문입니다. 그리고 서둘러 복음을 받으시고 예수님을 믿고 회개하여 영원한 천국을 유업으로 받으세요."
"아, 네. 알겠습니다. 좋은 말씀 감사합니다. 그럼 이만 저는 가 보겠습니다."

바로의 인내는 여기까지였다. 일굴은 급속도로 구겨졌다. 그러나 전도사는 말로 그의 길을 막아섰다.

"예수님은 더디 믿어도, 그 사건은 맡지 마시길 바랍니다. 만일에 데빌기업 사건을 맡게 된다면, 앞으로 회개할 때까지 너무나 많은 희생을 치르게 될 테니까요."

바로는 순간 멈칫했다. 아니, 이 은밀한 일을 일개 전도사가 어찌 알았을까 싶은 마음에 심히 당황했기 때문이다. 부장님과 몇 안 되는 이들만 알고 있는 은밀한 내용이자 기밀과도 같은 이 일을 도대체 이 처음 보는 전도사라는 자가 어떻게 알고 있는지 놀랍고 당황스러운 것이다.

더불어 이 상황이 너무나 불쾌해졌고 기분이 상해서 입에서 욕과 저주가 쏟아지려는 것을 간신히 참고 말을 이어 받았다.

"당신이 이 일을 어떤 루트로 알게 되었는지 모르겠지만, 당신이 관여할 바가 아닙니다. 주제넘은 짓은 이제 여기서 멈추시고, 그 입을 조용히 닫아 주시면 서로에게 더러운 기억은 남지 않을 것 같습니다."

"네, 알겠습니다. 그렇지만 만일에 변호사님이 그 사건을 맡게 된다면, 앞으로 많은 재앙이 일어날 것이고 그 모든 재앙이 끝날 때에 비로소 변호사님은 복음을 받아들이게 될 것입니다. 복음을 받기까지 너무 큰 희생을 치룰 것이기 때문에 이렇게 실례를 무릅쓰고 말씀드리는 것입니다. 지금은 받아들이기 힘들겠지만 이 문제는 변호사님 인생에서 가장 시급한 문제요, 목숨보다 더 중요한 문제이기 때문이며 주님께서는 변호사님을 구원하기로 택하셨기[31] 때문입니다. 복음을 받아들이는 시간이 길어질수록 전쟁 같은 상황과 희생으로 주변은 폐허처럼 될 것입니다.

납득하시기 어렵겠지만, 앞으로 하나님께서는 변호사님이 만드신 우상들을 차례로 멸하실 것입니다. 하나님은 인간이 만든 우상들을 끔찍하게 싫어하시기 때문입니다. 그래서 결국 변호사님과 하나님과의 전쟁이 될 것입니다.

사실 모세의 출애굽 과정도 10가지 재앙을 통해 우상 신을 깨뜨리는 과정이었습니다. 우상 신이 얼마나 많으면, 고대 로마에서는 우상들이 정원에서 무럭무럭 자라고 있다는 얘기가 있을 정도였습니다. 화덕의 재도 정원의 부

---

31 "주께서 사랑하시는 형제들아 우리가 항상 너희에 관하여 마땅히 하나님께 감사할 것은 하나님이 처음부터 너희를 택하사 성령의 거룩하게 하심과 진리를 믿음으로 구원을 받게 하심이니" (살후 2:13)

추도 양파도 모두 우상 신으로 섬겼으니까요. 그러나 수천 년 전이나 지금이나 인간은 탐심을 비롯하여 하나님을 떠나서 풍요와 번영을 누리기 위해 끊임없이 우상을 만들고 있습니다.[32] 모두가 죄 때문이죠.

인간은 자신의 힘으로 잘 사는 것 같으나 하나님의 복이 아니면 대부분 사탄이 주는 것이 많습니다. 그래서 하나님을 경홀히 여기는 자가 성공하여 '하늘은 스스로 돕는 자를 돕는다.'라고 말할 때 그 돕는 자는 사탄일 확률이 높습니다.

하나님이 막으시는 은혜를 거두고 내버려 두시면 인간은 곧 더럽혀지고 음란해지고 욕되며 타락하여 죄의 늪으로 깊이 빠져들어 결국 망하게 됩니다.[33] 마찬가지로 하나님은 지금도 저를 통해서 재앙을 막을 기회를 주고 계신 것입니다. 하나님을 떠나면 죄와 벗하게 되며 죄의 삯은 사망이며, 사망의 쏘는 불화살은 재앙과 멸망을 몰고 오기 때문입니다. 그래서 주님이 죄를 깨닫게 해서 죄악에서 돌이키게 하는 것이 귀하고 값진 은혜요, 축복인 것입니다. 제 말 꼭 명심하셔서 하루빨리 복음을 받아들이세요. 그리고 그 사건은 제발 맡지 마시길 바랍니다. 제가 전할 말은 여기까지입니다."

바로를 쫓아가면서까지 전도사는 계속해서 말을 이어 나갔다. 그만큼 바로를 긍휼히 여기는 마음에서 열심을 낸 것이다.

"당신, 더 쫓아오면 더러운 꼴을 보게 될 거니까 여기서 멈추는 것이 좋을

---

32 "그러므로 땅에 있는 지체를 죽이라 곧 음란과 부정과 사욕과 악한 정욕과 탐심이니 탐심은 우상 숭배니라" (골 3:5)
33 "그러므로 하나님께서 그들을 마음의 정욕대로 더러움에 내버려 두사 그들의 몸을 서로 욕되게 하게 하셨으니" (롬 1:24)

거야. 여기서 선을 더 넘으면 당신 교회까지 내가 가만두지 않을 테니 적당히 하지? 당신의 주제넘은 충고와 쓰레기 같은 조언은 내 좋은 덕담으로 넘어가 줄 테니 앞으로 시답잖은 소리를 다시 할 것 같으면 다시는 마주치지 않는 게 좋을 거요, 전도사 양반."

바로는 수위를 조절하며 험악한 표정으로 전도사를 향해 저주하듯 엄포를 던지고서는 자리를 황급히 떠났다.

7장. 여룹바알

"누구시죠?"

"네, 저는 성령입니다."

백부장이 동굴을 빠져나와 악령들을 피해서 걷고 있을 때 하늘에서 성령의 비둘기가 빛을 내며 용기에게 나타난 것이다. 그리고 성령님은 용기에게 중요한 말을 건넸다.

"용기 백부장님, 제 말을 잘 새겨들으셔야 합니다. 백부장님은 이 길로 곧장 뒤도 돌아보지 마시고 바벨의 높은 탑까지 쉬지 말고 달려가셔야 합니다. 그리고 그곳에 도착하면 먼저 탑을 향해 만들어진 바알 제단과 나무로 만든 '아세라' 신상神像을 찾으셔야 합니다. 그런 다음에는 마음을 극히 담대히 하여 바알의 제단은 헐고, 곁의 아세라 상은 찍어서 여호와를 위해 규례대로 제단을 쌓으셔야 합니다. 그리고 찍은 아세라 나무로 번제를 드리시고 어둑해지는 초경[34]이 되면 반드시 '바알' 신상의 눈을 향해 힘을 다하여 물맷돌을 던지셔야 합니다."

---

34 유대인의 구약 시대 시간으로 해질 때부터 오후 10시 사이의 저녁 시간을 말한다.

용기는 성령님의 충고를 새겨들으며 잔뜩 긴장한 상태로 대답했다.

"네, 알겠습니다."

"여호와께서 새 일을 행하시고 도우실 것이니, 이전 일은 기억하지 마시고 절룩거렸던 옛날 일도 생각하지 마십시오.[35] 만군의 하나님께서 도우실 것이니 포기하지 마시고 힘을 내시기 바랍니다. 그리고 이제 백부장님은 여룹바알[36]이 되어서 바알의 우상들과 싸우는 자가 되어야 합니다. 백부장님의 어깨가 무거울 테지만 여호와께서 함께하실 것이니 이 믿음의 씨앗을 의지해서 믿음으로 나가세요. 반드시 승리하실 것입니다."

성령은 이 말을 전하고 사라졌다. 그리고 용기는 힘을 얻어 거친 숲길을 헤치고 절룩거리며 달리고 또 달렸다. 뒤도 돌아보지 않고 꽤나 오랜 시간을 달렸더니 곧 바벨의 높은 탑이 시야에 들어왔다.

그런데, 막상 도착해서 보니 탑의 높이는 상상할 수도 없을 만큼 높아져 있었고, 안과 밖으로는 개미 떼만큼이나 수많은 악한 영이 다니고 있었다. 저 멀리 감독관들에게 채찍을 맞고 쓰러지는 동료들이 보였고 시야에 들어온 참혹한 광경에 용기는 다시 겁이 나기 시작했다.

---

35 "너희는 이전 일을 기억하지 말며 옛날 일을 생각하지 말라 보라 내가 새 일을 행하리니 이제 나타낼 것이라 너희가 그것을 알지 못하겠느냐 반드시 내가 광야에 길을 사막에 강을 내리니 장차 들짐승 곧 승냥이와 타조도 나를 존경할 것은 내가 광야에 물을 사막에 강들을 내어 내 백성 내가 택한 자에게 마시게 할 것임이라 이 백성은 내가 나를 위하여 지었나니 나를 찬송하게 하려 함이니라" (사 43:18-21)

36 '여룹'은 '다투다', '대항하다'라는 의미이며 '여룹바알'은 '바알과 다투다', '바알에 대항하다'라는 뜻이다(삿 6:25-32).

한때는 사자와 힘을 겨룰 만큼 강했던 '용맹의 영'도, 곰을 향해 힘차게 물맷돌과 화살을 날렸던 '기백의 영'도 늘 함께했고 그도 강했기 때문에 두려움 따위는 없었으나 지금은 이들 대부분이 칼에 맞아 죽고 포로로 끌려가서 볼 수가 없었다. 거기다 지금은 절름발이 신세요, 손발도 마르고 비틀어져 있으니 소명으로 나섰으나 마음 한구석에는 두려움이 가득했던 것이다.

초경 무렵이 되자, 다행히 감시망이 풀어져서 제단과 신상 주변으로 얼씬거리는 영이 보이지 않았다. 용기는 성령님이 명하신 대로 마음을 굳세게 하여 아세라 상을 철저히 부쉈고 그 부순 나무로 번제를 드렸다. 그리고 이제 멀리 바알을 앞에 두고 기도하기 시작했다.

"주님, 도와주소서. 믿음도 없고 용기도 다 사라져서 이제는 타 버린 불쏘시개요, 겨울의 앙상한 나무와 같지만 그럼에도 심음이 있으면 거둠이 있었고 여름이 지나면 겨울이 왔으며[37] 언 땅에도 생명의 싹은 그 땅을 비집고 나오며 아주 희미한 빛일지라도 광대한 흑암을 뚫고 들어가나니 어둠이 감히 그 빛을 막을 수 없습니다.

또한, 바위 사이로 집을 짓는 사반은 그 바위 때문에 가장 안전하며 궁에 사는 도마뱀도 극히 약한 존재이나[38] 임금 덕분에 가장 강한 존재임을 이제

---

37 "땅이 있을 동안에는 심음과 거둠과 추위와 더위와 여름과 겨울과 낮과 밤이 쉬지 아니하리라" (창 8:22)

38 "땅에 작고도 가장 지혜로운 것 넷이 있나니 곧 힘이 없는 종류로되 먹을 것을 여름에 준비하는 개미와 약한 종류로되 집을 바위 사이에 짓는 사반과 임금이 없으되 다 떼를 지어 나아가는 메뚜기와 손에 잡힐 만하여도 왕궁에 있는 도마뱀이니라" (잠 30:24-28)

는 이 씨앗을 의지해서 믿습니다. 하오니 이제 제가 가장 약할 때 주께서 저를 가장 강하게 하시어 작은 물맷돌일지라도 포효하는 사자와 같게 하시고 할퀴는 곰의 앞발 같게 하시며 무너지는 바윗돌 같게 하시어 저 더러운 바알의 권세를 깨뜨려 주소서. 이 손은 약하나 우리 만군의 하나님 여호와께서는 강하시니 이제 우리 주 여호와의 이름으로 던지겠나이다. 주여~!"

용기는 주님의 성호를 속으로 외치며 바알의 눈을 향해 있는 힘껏 물맷돌을 던졌다.

8장. 재앙 1막

"앗! 누구야?"

바로는 멀리서 날아온 돌멩이에 정통으로 눈을 맞았다. 당황한 바로는 눈에서 뿜어져 나오는 피를 손바닥으로 대충 막아 대며, 돌이 날아온 방향을 얼핏 돌아보고는 서둘러 차에 탑승했다.

이곳은 법원 앞이며 광장에는 그를 규탄하는 시민단체와 여기저기서 피해자들의 일가족과 관련된 사람들이 떼를 지어 일대에 가득했다. 바로가 법원 밖으로 나와 차량으로 이동하는 중에는 그 흥분이 극에 달하여 군중 속 누군가가 계란 투척을 넘어 돌멩이까지 던졌던 것이다. 시위자들과 이들을 저지하는 경찰들이 뒤섞여 현장은 한마디로 아수라장이 되었다.

이날은 바로가 데빌기업을 변론하고 나서는 재판 날이었으며 재판은 해가 질 무렵까지 이어졌다. 그리고 아침부터 법원 앞은 수많은 사람이 운집해서 대형 로펌과 데빌기업을 향해 집회와 시위를 벌이고 있는 상황이었다. 중학교 1학년, 티 없이 맑고 귀엽고 예쁜 여자아이가 자살한 이 사건은 온 국민의 공분을 샀으며 언론과 심지어 정계에서도 관심을 갖게 된 재판이었던 것이다.

"재판 결과는 어떻게 되었습니까? 데빌기업 때문에 어린 피해자들이 수십 명이라는 사실은 알고 계신가요? 정말 데빌기업이 잘못이 없다고 생각하십니까? 자살한 A 양 유가족에게도 한 말씀을 해 주시죠, 변호사님."

변론이 끝나고 법원을 나서는 바로를 붙잡고 질문 세례가 이어지고 광장 앞에서는 점점 더 고성과 야유가 심해지고 있던 때였다.

"데빌기업에서는 정한 법과 원칙의 테두리를 벗어나지 않았으며 자살한 A 양과는 아무런 관련이 없습니다. 그리고 자살한 A 양은 이 일이 있기 전부터 정신과 약을 복용했었고, 그녀의 자살과 데빌기업과의 인과 관계는 성립되지 않습니다."

바로 뒤를 따라 많은 취재진이 꼬리를 물고 있었다.

"자, 모든 것은 재판 과정에서 드러날 것이니 앞으로 지켜봐 주시기 바랍니다."

곁에 있던 사무장이 질문을 손과 팔로 차단하면서 바로와 함께 변호인단 차량으로 빠져나가는 찰나에 어디선가 돌멩이가 날아온 것이었다. 워낙에 사람이 많고, 날이 어두워져 가는 무렵인지라 이런 상태에서 돌을 던진 사람을 찾아낸다는 것은 불가능한 일이었다. 놀란 바로와 사무장은 흘러내리는 피를 손으로 막고서 허둥대며 차량에 탑승했다. 워

낮에 사람이 많은 상황이라 차량이 법원을 빠져나가는 일도 만만치가 않았다. 흥분한 이들이 차량 위로 뛰어올라 쿵쿵거리며 발을 구르기도 했고, 일부는 차량 앞에서 팔짱을 끼고서는 드러누워 길을 막아섰으니 광장은 난리요, 한마디로 난장판이었다.

출혈이 너무 심한 바로는 고통 속에 울부짖으며 빨리 응급실로 가라고 고래고래 소리를 질러 댔고, 차량은 사람들을 칠 각오로 밀어붙이며 신속히 빠져나가 병원 응급실로 향했다.

"위급한 상황입니다. 지금 당장 응급 수술을 해야 합니다."
"네?"

병원 의료진은 응급 상황이고 당장 수술하지 않으면 위험한 상황이라며 서둘러 수술 준비에 들어갔다. 바로는 출혈과 통증이 너무 심해 소리를 지르고 허공을 향해 쌍욕을 늘어놓기도 했다. 눈 상태가 심각해서 수술이 필요하며 눈이 돌에 정통으로 맞아서 안구가 파열된 것이었다.[39] 어이없는 상황에 바로는 돌을 던진 사람을 찾아내라고 소리치고 고함을 질러 댔다. 하지만 어두웠고, 수많은 인파 속에서 돌을 던진 사람을 찾기는 사실 불가능했다.

회복실에서 돌아와 한참의 시간이 흘렀다. 바로는 온몸의 마취가 풀리면서 악몽 같은 현실이 여울 파도처럼 몰려오자 수술 부위의 통증뿐 아니라 분한 혈기까지 차오르기 시작했다. 이제 눈 하나밖에 없는 장애

---

39 "만일 네 오른 눈이 너로 실족하게 하거든 빼어 내버리라 네 백체 중 하나가 없어지고 온 몸이 지옥에 던져지지 않는 것이 유익하며" (마 5:29)

인으로 평생을 살아야 하는 이 끔찍한 상황을 받아들이기 힘들었고 억울하고 분해서 견딜 수가 없었다.

몸에서 치명적인 맹독을 뿜어 대는 독사처럼 마음속 깊은 곳에서부터 저주의 맹독이 뿜어져 나오는 것 같았다. 온갖 악한 상상과 살의와 분노로 마음은 펄펄 끓는 시뻘건 용암처럼 흘러내렸고, 닥치는 대로 던지고 깨부수고 싶은 충동에 주먹 쥔 손은 부르르 떨리기 시작했다.

"변호사님, 기운 좀 차리세요."

"뭐? 지금 그게 할 말이야? 옆에서 막지 않고 뭐한 거야? 당신 뭐하는 사무장이야? 입이 있으면 말해 봐!"

바로는 나이도 띠를 넘게 많은 애꿎은 사무장한테 모든 악감정을 쏟아 내기 시작했다.

"변호사님, 다름이 아니라, 말씀을 드려야 할지 말아야 할지 이 상황에서 정말 어찌 해야 할지 판단이 서지 않지만 그래도 변호사님 어머님이시니 말씀을 드리지 않을 수가 없네요. 변호사님 어머님이 좀 전에 돌아가셨습니다."

바로는 사무장의 입에서 새어 나오는 충격적인 소식에 둔기는 고사하고 쇠망치로 뒤통수를 맞은 느낌이었다. 정신을 차릴 수가 없었다. 마취도 덜 깬 상황에서 이 같은 소식을 듣게 되니 상황이 사람을 죽이기로 작정한 것 같았다.

무슨 말을 해야 할지 그저 지그시 눈을 감고 있을 뿐이었다. 그리고 눈을 감고 있는 바로의 머릿속으로 주마등처럼 많은 그림이 스쳐 지나

가기 시작했다. 돌멩이, 맹인, 죽음, 어머니, 데빌기업, 자살한 아이 등이 잔골재, 굵은 골재, 자갈, 모래들이 되어서 분노의 시멘트와 섞이더니 알 수 없는 기이한 형상이 만들어졌다. 모양은 기괴한 괴물 같았고 이는 곧 유황불처럼 벌건 형상으로 풀어지더니 주변의 모든 것을 불태워 버릴 것만 같았다.

"변호사님 집이 워낙에 크잖습니까. 그리고 계단도 너무 많고 소리쳐도 들리지 않는 곳도 많고요. 사실 조금만 더 일찍 발견했다면 생명에는 지장이 없었다고 합니다. 사인은 계단에서 굴러 넘어지면서 뇌출혈과 골절이 심하여 과다 출혈로 인한 쇼크사였다고 합니다. 발견되었을 때 이미 돌아가신 상태였다고 하네요. 변호사님이 아끼시는 강아지 머루가 짖지 않았으면 아마 발견조차 어려웠을 거라고 합니다."

바로는 도저히 믿기지가 잃있고 이 황망하고 혼란스러운 상황에 이제는 소리치며 분노할 힘도 없었다. 가족들은 장례를 치르느라 병원에 오지 못했고, 대신 사무장이 자리를 지키고 간병인이 들락거렸다.

어린 시절 비록 가정 형편은 어렵고, 어머니는 못 배웠어도 바로만큼은 출세해야 한다며 온 형제와 어머니는 고생을 많이 했었다. 그리고 아버지가 뇌출혈로 수십 년을 누워 지내면서 어머니는 아버지 병간호에, 형제들 뒷바라지에 힘들고 거친 세월을 살아 오셨다.

바로는 워낙에 공부를 잘했다. 유별난 수재였고 독하기로 소문난 공붓벌레였다. 어떻게 해서든 출세하고 성공하기 위해 바로는 죽을힘을 다해서 공부했고 명문대를 수석으로 입학하고 졸업했으며 잘나가는 대형 로펌에 파격적인 연봉을 받고 스카우트되어서 일하게 된 능력자였다. 잘생긴 얼굴에 뛰어난 언변으로 여기저기서 대통령 아니면 최소한 국무총리는 할 사람이라고 믿었던 청년이었다.

바로는 너무 가난해서 항상 반지하 집에서 살았기에 크고 화려한 집에 대한 집착이 컸고 출세하자마자 큰 집으로 이사를 했다. 또한, 어머니는 바로에게 있어 세상에 하나밖에 없는 아군이었다. 세상 사람 말은 다 무시해도 어머니의 말씀은 듣는 시늉이라도 할 만큼, 바로에게 있어 소중한 존재였던 것이다. 그런 어머님이 넓은 저택 계단에서 넘어져 돌아가셨으니 이 당황스러운 현실과 비통함, 황망함에 바로는 할 말을 잃어버린 것이다.

"그 바로 변호사가 저 사람이에요."

정신없이 장례도 끝나고 세월은 또다시 급히 흘러갔다. 워낙에 상처가 커서 수술 부위는 덧이 나고 염증도 심했다. 이런 탓에 상처가 잘 아물지 않더니 급기야 심한 농양이 생기는 바람에 바로는 꽤나 오랜 기간 병원을 들락거려야 했다.

어느 날, 바로는 외래 진찰로 상처를 소독하고 있었는데 갑자기 커튼 뒤에서 사람들의 속닥거리는 소리가 들렸다. 간호사들이 수군대고 있었던 것이다.

"네, 맞아요. 그리고 저 사람이 일하는 로펌은 사람들 피를 먹고 사는 변호사들로 유명하잖아요. 악덕 기업들, 재벌 자식들, 나쁜 정치인들만 변론하고 유죄를 무죄로 만들어서 엄청난 돈을 벌고 사는 흡혈귀 같은 인간들이죠."

주거니 받거니 몰래 숨어서 이야기를 하는 모양인데, 마치 귓가에 스피커를 대고 큰 소리로 떠들어 대는 것처럼 그들의 험담이 선명하게 들리기 시작했다. 예전에도 한두 번 이런 험담을 들은 적은 있었지만 이렇게까지 확성기를 틀어 대는 것처럼 요란하고 크게 들린 것은 처음 있는 일이었다.

"이 사람 눈 병신 되었잖아요. 얼마나 쌤통인지 몰라요. 세상에 변론할 기업이 없어서 그런 악마기업을 변론해서 돈을 벌고 싶은지. 에이, 더러운 인간. 이 사람은 지옥에 가도 션찮을 인간이라니까요. 그 꽃다운 나이에 죽은 애가 얼마나 가엾던지 저도 그 아이 떠도는 사진 봤는데, 얼마나 앳되고 예쁘던지 내 친딸 같아서 너무 너무 맘이 아프더라고요. 그 아이 대신 이 양반이 죽었어야 하는데, 귀신은 도대체 저 인간 안 잡아가고 뭐 하나 몰라요."

머리가 순간 핑 돌았다. 바로가 듣기에는 상당히 곤욕스럽고 힘든 내용들이었다. 요새 너무 힘든 상태에서 이런 뒤에서 나누는 악담과 험담을 듣는 데는 상당한 멘탈을 요구하고 있었기 때문이다. 계속해서 얻어터진 상태에서 작은 카운터펀치를 맞은 것처럼 아찔한 순간이었다. 태어나 얼굴이 빨개진 적이 없었는데, 오늘만큼은 머리에 숯을 올린 것처럼[40] 얼굴이 화끈거리고 붉어지기 시작했다. 소독으로 인한 화끈거림보다 이들의 험담 때문에 더욱더 화끈거리고 힘들었다. 그 순간 재앙을 경고했던 전도사가 생각이 났다. 바로는 보이는 한쪽 눈에 의지하여 서둘러 복음교회로 향했다.

40 "그리 하는 것은 핀 숯을 그의 머리에 놓는 것과 일반이요" (잠 25:22)

"전도사님!"

"아, 변호사님이 여긴 어떻게 오셨나요? 그리고 눈은…….."

바로는 '당신이 말한 대로 재앙이 시작되었는데 내가 너무 버티기 힘드니까 제발 좀 도와주시오.'라고 말하고 싶었으나, 이렇게까지는 말하지 못하고 그냥 쭈뼛거리며 간단하게 대답했다.

"네, 그냥 지나다 들렀습니다. 눈은 작은 사고가 있었고요."

"그렇군요. 심경의 변화는 오던가요?"

"그냥 억울할 뿐입니다. 다만 궁금한 것은 왜 이런 일이 생기며 내가 뭘 그렇게 잘못했는지 저는 납득이 안 됩니다. 다만, 전도사님께서 좀 더 하실 말씀이 있으신지 궁금해서 온 것입니다."

바로는 그동안 있었던 일들을 간단하게 말했다. 그리고 전도사는 잠시 앉아서 이야기를 나누자며 교회 안으로 자리를 옮겼고, 둘은 이야기를 나누기 시작했다.

"많이 힘드시고 당황스럽고 두려우시죠?"

"…….."

바로는 자존심 때문에 대꾸하지 않았다.

"안타깝고 유감스럽습니다. 여호와께서는 이스라엘과 타락한 인생들을 향하여 소도 임자를 알고, 나귀도 주인의 구유를 알건마는 패역한 인간들은

자신들을 지으신 분을 몰라본다며 한탄을 하십니다.[41]

온 우주와 인간을 하나님이 지으셨는데, 피조물인 인간은 그분을 믿지 않고 심지어 무시하고 우습게 여깁니다. 더구나 택한 제사장 나라인 이스라엘조차도 그분을 무시했으니까요. 소도 나귀도 그 주인을 알아보고, 심지어 주인의 구유까지도 알아보는데 말입니다. 소나 나귀보다도 더 어리석고 멍청한 존재가 인간인 것입니다. 그래서 하나님은 '이들은 범죄한 나라요, 허물진 백성이요, 행악의 종자요, 행위가 부패한 자식'이라고 여기며 '거룩한 하나님을 만홀히 여기는 어리석은 자'라고 개탄하신 것입니다.[42]

아비가일의 남편인 미련한 나발[43]은 장차 일국의 왕이 될 다윗을 몰라보고 그를 무시했다가 결국 비참한 죽음을 맞습니다. 이이처럼 의와 평강의 왕이시며 성자 하나님이신 예수님을 몰라보았던 바리새인과 허다한 무리와 뭇 백성들과 그리고 복음을 거부하는 이들 또한 이 나발과 같은 인생이며 결국 이들이 가야 하는 곳은 스올[44]의 컴컴한 무덤일 수밖에 없는 것입니다.

인간은 얼마나 어리석은지 조금만 착한 척을 하면, 수십 명을 죽인 살인마조차도 못 알아보고 좋은 사람이라며 깜빡 속아 넘어갑니다. 첨단을 자랑하는 과학자들과 각 분야의 전문가들에게 양심에 손을 얹고 그들이 알고 있는

---

41 "소는 그 임자를 알고 나귀는 그 주인의 구유를 알건마는 이스라엘은 알지 못하고 나의 백성은 깨닫지 못하는도다 하셨도다" (사 1:3)

42 "슬프다 범죄한 나라요 허물 진 백성이요 행악의 종자요 행위가 부패한 자식이로다 그들이 여호와를 버리며 이스라엘의 거룩한 자를 만홀히 여겨 멀리하고 물러갔도다" (사 1:4)

43 '어리석고 미련한 자'를 뜻한다. "내 주는 불량한 사람 나발을 개의치 마옵소서 그의 이름이 그에게 적당하니 그의 이름이 나발이라 그는 미련한 자니이다" (삼상 25:25)

44 Sheol, 히브리어로 '보이지 않는 세계', '죽은 자들의 세계'를 뜻한다.

지식과 지혜가 정말 참이고 진짜 정답이라고 확신하는지 물어보십시오. 의사들에게 모든 질병의 정확한 원인과 정확한 진단과 정확한 치료를 얼마나 자신할 수 있는지, 조직 검사와 모든 영상 장비가 찾아낸 병변에 대해 그 결과를 얼마만큼이나 확신할 수 있는지, 그리고 정말 숨은 병변을 다 찾기는 하는지 가슴에 손을 얹고 답해 보라고 해 보십시오. 본인이 정답이라고 주장하는 사람은 실은 나발과 같은 존재일 뿐입니다.

이처럼 세상이 오류투성이인 이유는 세상의 지혜는 죄와 욕망으로 인해 하나님께 어리석은 것이기 때문이며,[45] 세상을 하나님과 죄와 사탄을 빼놓고 생각하기 때문에 그들의 답이 엉터리 천지인 것입니다.

아내가 남편을 피해서 도망쳐 다녔는데, 결국 아내를 찾아서 칼로 죽인 자가 본인은 천재라서 아내의 소재를 귀신 같이 찾아냈다고 하며 아내를 무참히 칼로 찔러 죽였습니다. 평생을 교도소에서 살아야 하는데 천재입니까? 아내를 잔인하게 죽이고, 아이들이 사랑하는 엄마를 죽였는데 천재입니까? 본인의 영혼이 영원토록 지옥에서 저주를 받아 살게 되었는데 천재입니까? 천하에 이같이 미련하고 어리석은 사람이 어디 있답니까. 죄는 멋대로 사망의 살을 쏘지만, 그 뒷수습은 인간 스스로가 감당해야 합니다. 이것이 죄책인 것입니다. 이 죄책으로 인해 온몸이 멍이 들고 아프고 고통스러워 괴롭습니다. 죄 자체가 괴롭게 만드는 것입니다. 죄가 지옥의 고통을 가져다주는 것입니다.

또한, 어리석은 인간이 이미 패역하여 재앙의 매를 맞아서 머리부터 발바

---

45 "이 세상 지혜는 하나님께 어리석은 것이니 기록된 바 하나님은 지혜 있는 자들로 하여금 자기 꾀에 빠지게 하시는 이라 하였고" (고전 3:19)

닥까지 성한 곳이 하나도 없고 삶은 황무하고 인생은 처참하게 망했는데도[46] 주께로 돌아오지 않아 하나님께서는 탄식하고 계십니다. 오히려 인간은 죄에서 돌이키기는커녕 더욱더 질긴 수레 줄로 죄악을 끌어당겨[47] 고집을 피우고 있으니, 인간이 얼마나 어리석고 미련하기 짝이 없는 존재입니까.

그 죄의 결과로 인생의 채찍과 사람의 매, 고난의 떡을 먹고 맞아 온몸이 곪아 터진 상태여서 하나님께서 치료해 주겠다고 오라고 하는데도 끝까지 버티며 심한 매를 맞고만 있으니 이 기가 막힌 족속들을 어떻게 해야겠냐고 한탄하신 것입니다.

변호사님은 이해하시기 어렵겠지만, 변호사님이 아끼시는 육신도 집도 실은 모두가 바알과 아세라 신과 다름없으며 주님은 우상 숭배를 극도로 싫어하십니다. 그래서 말씀드렸다시피 하나님은 막으시는 은혜를 거두시고 내버려 두시는 재앙을 허락하셔서 그 우상들이 얼마나 허망하게 사라질 것들인지 깨닫게 하신 것입니다.

다시 또 말씀드리지만 변호사님이 회개하고 복음을 받아들이면 이 상황은 더 이상 진행되지 않을 것입니다. 그러나 완고하게 고집하면, 저도 이후의 일들에 대해 뭐라 말씀드릴 수가 없습니다."

전도사는 안타까운 마음으로 전했다.

---

46 "너희가 어찌하여 매를 더 맞으려고 패역을 거듭하느냐 온 머리는 병들었고 온 마음은 피곤하였으며 발바닥에서 머리까지 성한 곳이 없이 상한 것과 터진 것과 새로 맞은 흔적뿐이거늘 그것을 짜며 싸매며 기름으로 부드럽게 함을 받지 못하였도다 너희의 땅은 황폐하였고 너희의 성읍들은 불에 탔고 너희의 토지는 너희 목전에서 이방인에게 삼켜졌으며 이방인에게 파괴됨 같이 황폐하였고" (사 1:5-7)

47 "거짓으로 끈을 삼아 죄악을 끌며 수레 줄로 함같이 죄악을 끄는 자는 화 있을진저" (사 5:18)

"됐습니다. 갑자기 머리가 아파지기 시작하네요. 이만 가 보겠습니다. 사실 억울한 마음에 왔는데, 마음에 와닿지가 않습니다. 왜 이곳에 왔는지 후회가 밀려오네요. 이만 가 보겠습니다."

바로는 더 이상 듣기 싫다며 서둘러서 빠져나왔고, 전도사는 바로의 뒷모습을 안타까운 눈으로 바라보고 있었다.

9장. 재앙 2막

안타까운 소식입니다. 데빌기업 재판 과정에서 스스로 목숨을 끊은 A 양의 부모가 유서를 남기고 극단적인 선택을 했습니다. B 씨는 만삭의 몸이었다는 것이 알려져 더욱더 세간의 안타까움을 자아냈습니다. 아이는 응급 제왕절개 수술을 받고 현재 인큐베이터에서 치료 중입니다. 데빌기업에서는 곧바로 기자 회견을 열고 고인들의 명복을 빌고 깊은 위로를 전하였으나 데빌기업과의 관련성은 없다고 선을 그었습니다. 유가족은 데빌기업의 입장 표의에 거세게 반발하며 데빌기업 측의 조문을 거절했습니다. 한편 유족 측이 공개한 유서에 따르면 딸아이의 억울한 죽음이 되풀이되지 않기를 바란다는 내용이 담겨 있습니다. 유서가 공개되고 나서 데빌기업과 데빌기업을 변호하는 로펌을 향한 민심은 악화일로로 치닫고 있습니다. 이에 데빌기업의 재판에도 귀추가 주목되고 있는데요, 불법 촬영과 리벤지 포르노로 현재 확인된 피해 여성은 모두 27명이며 대부분 극심한 정신적 고통을 호소하고 있습니다. 이들 가족이 극단적 선택을 한 곳에는 시민들의 추모의 행렬과 반데빌기업 시위가 이어지고 있습니다. 시위가 과열되는 양상을 보이며 경찰 측에서는 사태를 주시하기 위해 경찰 차량 수십 대와 인력을 배치했습니다. 추모하려는 시민들과 경찰의 대치는 한동안 이어질 것으로 보입니다.

9시 뉴스 앵커를 통해 쏟아져 나오는 소식처럼 이제 바로와 일가족은 혐오의 대상이 되어 버렸다. 최근에는 그 집 주변에서는 여기저기서 "카아악, 퉤~!" 소리를 내며 누구나 침을 뱉고 지나갔고, 밤늦게까지 사람들의 고성이 오갔다. 온갖 악담과 저주에 가까운 욕설이 난무하기 시작했으며, 오죽하면 주변 상인들이 바로를 찾아가서 이 지역에서 이사를 가 달라고 부탁을 할 정도였다. 바로의 삶은 끝을 알 수 없는 무저갱[48]의 저주 속으로 깊게 빠져 들어가는 것만 같았다.

상황은 도저히 진정될 기미가 보이지 않았다. 왜냐하면, 다른 피해자의 가족 중 또 한 사람이 바로의 집 앞에서 분신을 시도했기 때문이다. 모든 사건의 저주와 비난의 불화살이 바로와 그 가족을 향해 날아가는 것 같았다. 마치 이제는 바로가 죽어야만 사건이 일단락될 것처럼 상황이 급변한 것이다.

근래 들어 바로에게는 협박 전화가 수도 없이 늘었고, 네티즌들에게 아이들 신상도 노출되어 아이들이 학교에 다니기를 힘들어했다. 집 앞에서 얼씬거리며 욕을 한바탕 늘어놓고 다니는 사람들이 늘어났다. 어느 날에는 벽에 빨간색 페인트로 '사람 피 빨아먹고 사는 인간이 사는 집'이라고 낙서가 되어 있기도 했다. 온 가족은 심한 공포에 시달리며 피폐한 나날이 지속되었다.

바로는 감당할 수 없는 상황들로 인해 술이 없으면 잠을 이룰 수 없게 되었으며, 급기야 험악해진 분위기 탓에 안전을 위하여 처자식은 처가

---

48 無底坑, Abyss, '바닥이 보이지 않는 구덩이'를 뜻한다. "그가 무저갱을 여니 그 구멍에서 큰 화덕의 연기 같은 연기가 올라오매 해와 공기가 그 구멍의 연기로 말미암아 어두워지며" (계 9:2)

로 피신하였다. 그리고 대중들의 분노가 커지는 만큼 바로가 마시는 술의 양도 똑같이 늘어갔다. 모두가 떠난 대저택에서 이제 바로 곁에는 강아지 머루밖에 남지 않았다. 강아지들의 충성과 의리는 사람이 흉내 낼수 없는 것 같았다. 그들은 주인이 악인이건 죄인이건 부유하건 가난하건 망하건 흥하건 아무 문제가 되지 않았다. 그저 주인이라는 이유만으로 그들에게 충성하며 옆을 지켜 주었다. 그런 머루가 기특하고 고마웠다. 술로 떡이 되어 쓰러져 있는 바로 옆에 몸을 기대고 누워 있는 머루를 볼 때 하염없이 눈물이 날 정도였다. 지독하게 몸서리쳐지는 외로움을 달래 주는 이는 머루밖에 없었다. 새삼 머루는 바로의 마지막 남은 의리 깊은 친구 같았다.

콰, 덜컹, 끼익~!

오늘 새벽녘은 유난히도 비가 심하게 내렸다. 천둥과 번개가 짝을 이뤄 세상을 뒤흔들 작정이라도 한 듯 세차게 몰아쳤다. 거세게 몰아치는 비는 집 앞에 매일 진을 치고 있던 사람들마저 쫓아 버렸다. 요란한 빗소리와 폭발음 같은 천둥소리가 쾅쾅 울리는 날이다. 내리치는 번개는 날카로운 칼처럼 하늘을 난도질했고 함께 따라온 칠흑 같은 어둠은 온 땅을 덮어 새벽 공기마저 기분 나쁘고 음산하게 만들었다.

바로는 술이 거나하게 취한 채로 운전대를 힘겹게 돌리며 집으로 들어서고 있다. 대저택에 나는 인기척이라고는 바로와 유일한 벗 머루 그리고 낮에 오가는 청소 아주머님 외에는 아무도 없었다.

차고로 후진하며 이리저리 바퀴를 움직여 주차하는데 워낙에 술이 과하게 들어간 탓에 주차하는 데도 시간이 꽤 걸렸다. 얼마나 많이 마셨는지 눈앞이 침침할 정도다. 그러던 중, 차가 후진하면서 쾅 소리를 내면서 부딪쳤고 이때 어떤 물체가 바퀴에 끼었다. 온몸의 감각은 무뎌졌으나 싸늘하고 소름이 끼치는 소리는 정신이 번쩍 들게 할 만큼 불쾌한 느낌이었다.

바로는 무거운 몸을 비틀대며 소리의 진원지를 찾아 걸음을 옮겼고 상황 파악을 하는 시간은 얼마 걸리지 않았다. 줄에 목이 걸린 머루가 피가 흥건한 채로 눈을 감고 바퀴 사이에 끼어 있었으니 말이다.

피가 거꾸로 솟는다는 표현이 있듯이, 갑자기 피가 역류해서 뇌로 쏠리는 느낌이 들었다. 피가 쏠리며 순간 현기증으로 핑 돌았고, 동시에 콧속에서 비린내가 나기 시작하자 갑자기 토가 쏠렸다. 남은 한쪽 눈이 빠질 것 같은 고통과 입 밖으로 쏟아지는 토사물이 범벅이 되어 바로를 괴롭게 했다. 어두운 새벽에 한 남자의 절규가 요란한 천둥과 빗소리에 뒤섞여 현장은 괴기스럽고 참담하고 끔찍했다.

링 위에서 심각하게 얻어터진 바로에게 선수 보호 차원에서 흰 수건을 던져야 할 것처럼 바로는 지쳐 있었다. 그의 어머니가 돌아가셨던 때만큼, 아니 사실 지금은 어머니 때보다도 더 힘든 상태였다. 마치 그로기 상태에서 핵주먹으로 복부를 강타당한 느낌이었으며 이는 숨이 멎을 만큼 강력한 펀치였다.

"내가 뭘 그렇게 잘못했냐고! 왜! 도대체 나한테 왜 이러는 거야!!"

바로는 비 오는 새벽 그렇게 고래고래 고함을 질러 댔다. 워낙에 빗소리와 천둥소리가 요란한 날이어서 새가 화살에 맞아 날갯짓을 할 수도 없이 낙하하듯이, 그의 소리도 비의 화살에 하나도 빠짐없이 명중되어 공중으로 날지도 못하고 우수수 땅으로 떨어지고 있었다.

잠을 어찌 잤는지 눈을 떠 보니 차고에 널브러져 있었다. 옆에 머루의 피는 물과 섞여 피떡이 되어 있었고, 이른 아침부터 혼이 빠져나간 생명체를 마주하는 것은 여간 곤욕스럽고 괴로운 것이 아니었다. 온몸이 야구 방망이로 얻어터져서 마치 멍투성이처럼 느껴졌다.

몸을 추스르고 머루 사체를 뒷수습하는 작업도 만만치가 않았다. 머루를 감고 있는 노끈들이 바퀴의 축에 고정된 채 완전히 감겨 버린 상태인지라 바로 혼자서 이 일을 감당하기가 여간 어려운 것이 아니었다. 받아들이기 힘든 상황과 머루를 뒷수습하는 과정도 바로를 괴롭게 하기는 매한가지였다. 마음대로 잘 풀리지 않자 피가 솟듯이 분노가 치밀어 오르기 시작했다. 바로는 곧 2억대의 고급차가 머루를 죽인 흉기로 느껴져 차를 샀을 때의 뿌듯함과 행복은 이제 분노와 적개심으로 돌변해 버렸다. 그리고 그동안 쌓였던 분노가 폭발하자 바로는 쇠 파이프를 찾아서 멀쩡한 차를 때려 부수기 시작했다.

유리와 보닛, 문짝들을 미친 사람처럼 부수기 시작했다. 몸에 기운이 하나도 없는 상태였으나 울분과 혈기가 뿜어져 나오니 괴력이 나오기 시작한 것이다. 1시간가량을 미친 듯이 두들겼다. 폭력과 저주와 악한 에너지는 가히 상상을 초월하는 권세를 가진 존재였다. 차고도 대저택에 어울리게 고급스럽게 만든 공간이었으나 이제는 난장판이 된 쓰레기 창고에 머루의 피비린내만 가득한 곳이 되었다.

"계세요?"

차를 다 부수고 난 뒤, 넋을 놓고 앉아서 술을 마시며 담배에 불을 붙이던 차에 밖에서 바로를 부르는 낯익은 소리가 들렸다.

"오셨어요?"

아론 전도사였다. 이런 모습을 보여 주고 싶지 않았으나 상황이 이렇게 흘러갔다. 그리고 아론 전도사는 참담한 광경에 입을 다물 수가 없었다.

"여기 이곳부터 함께 치웁시다. 마침 제가 오늘 시간이 남습니다."

바로는 지칠 대로 지쳐서 거절하고 싶었으나 됐다고 말하는 것조차도 너무 힘든 상태였다.

"그러면 저야 좋죠. 감사합니다."

아론이 소매를 걷어붙이고 성인 남성 둘이 힘을 쓰니 몇 시간 지나지 않아 정돈이 되어 가는 것 같았다.

"감사합니다, 전도사님. 차라도 한잔 마시죠."

바로는 기운을 차리고 넓은 정원에서 아론 전도사와 마주 앉아 차를 마셨다.

"아직도 마음을 돌이켜 주님께 나가는 것이 어려우신가요?"

"……."

바로는 한참을 침묵하더니 단호히 거절했다.

"네, 제가 뭘 그렇게 잘못했는지 모르겠습니다. 너무 억울하고 분해서 미칠 지경이며, 천지를 창조했고 나를 택했다는 분이 왜 이 재앙들은 안 막아 주시는지 나는 이해할 수가 없습니다. 아직도 내가 왜 이렇게까지 고통을 당해야 하는지 모르겠고 나에게 이런 시련을 주는 분이라면 그분 앞에 나가고 싶지가 않습니다."

아론은 이런 반응을 당연히 예상이라도 한 것처럼 감정의 ♠동 없이 차를 한 모금 더 마시고 부드럽게 반응했다.

"네, 힘드시겠지요. 옆에서 보는 저도 안타까울 뿐입니다."

전도사는 바로가 안쓰러웠다. 바로는 지금 온몸을 구타당하여 머리부터 발바닥까지 어디 하나 성한 곳이 없는 것과 같았기 때문이다. 그리고 전도사는 말을 이어 나갔다.

"인간은 왜 선악과를 심어 놓았냐고 반문하지만, 이는 죄로 인한 인간의 자유에 대한 욕망과 또 자기 멋대로 살고 싶어 하는 죄 된 본성만 드러낼 뿐입니다. 인간은 자유를 억압하면 목숨을 걸고 투쟁을 합니다. 자유 독립을 위해 싸우다 목숨을 잃은 사람들은 의사요, 열사라고 하며 고귀한 죽음으로 여깁니다. 그만큼 자유라는 것은 인간에게 비할 바 없이 소중한 것이고 신의 귀한 축복이며 선물인 것입니다. 그래서 하나님은 자유에 따른 위험한 결과를 뻔히 알면서도 인간에게 자유를 선물로 주신 것입니다.

그런데, 이 자유 의지가 죄와 연합해서 결국은 인간을 죽음과 고통으로 몰아넣은 것입니다. 이는 하나님의 통치를 거부하고 왕을 달라고 사무엘에게 항의했던 이스라엘 백성들처럼 인간들은 '자유라는 왕'을 달라고 하나님께 항의하고 저항하는 것입니다.[49]

왕이 다스리게 되면 곡식과 포도원 및 소산의 십일조를 취하여 왕께 바쳐야 하고 아들과 딸들이 왕을 위해 일해야 하며 그에게 가장 좋은 것을 바쳐야 하고 평생을 그와 귀족들의 노예로 살아야 한다고 말씀하셔도[50] 하나님보다 왕을 달라고 요구합니다. 마찬가지로 인간들 또한 '자유'라는 '왕'을 달라고 요구합니다. 소견의 옳은 대로 행할 왕을 달라고 하는 것입니다. 그 자유가 왕이 될 때 수많은 책임의 고통이 뒤따르게 되는데도 무작정 달라는 것입니다.

안타까운 것은 인간은 거룩함과 하나님 나라의 의에서 자유를 얻었지만,

---

49 "그에게 이르되 보소서 당신은 늙고 당신의 아들들은 당신의 행위를 따르지 아니하니 모든 나라와 같이 우리에게 왕을 세워 우리를 다스리게 하소서 한지라 우리에게 왕을 주어 우리를 다스리게 하라 했을 때에 사무엘이 그것을 기뻐하지 아니하여 여호와께 기도하매 여호와께서 사무엘에게 이르시되 백성이 네게 한 말을 다 들으라 이는 그들이 너를 버림이 아니요 나를 버려 자기들의 왕이 되지 못하게 함이니라" (삼상 8:5-7)

50 "그가 또 너희의 밭과 포도원과 감람원에서 제일 좋은 것을 가져다가 자기의 신하들에게 줄 것이며 그가 또 너희의 곡식과 포도원 소산의 십일조를 거두어 자기의 관리와 신하에게 줄 것이며 그가 또 너희의 노비와 가장 아름다운 소년과 나귀들을 끌어다가 자기 일을 시킬 것이며 너희의 양 떼의 십분의 일을 거두어 가리니 너희가 그의 종이 될 것이라" (삼상 8:14-17)

결국은 죄의 종이 된 것이며[51] 죄의 종이 되어 죄가 원하는 삶을 살게 된 것입니다.[52]

한번 틀어진 부부 관계는 아무리 노력해도 회복되지 않습니다. 술, 담배, 게임, 도박, 마약 등 해로운 것들을 작심하고 끊으려 해도 끊을 수가 없습니다. 용서하려고 마음을 먹어도 죄가 결단코 용서해서는 안 된다며 끝까지 미워하라고 하니 그 죄의 권세를 벗어날 수 없어서 그를 용서하지 못하고 죄가 원하는 대로 죽는 날까지 미워하고 증오하며 사는 것입니다.

죄가 들어가면 선악과뿐 아니라 생명나무건 무엇이건 닥치는 대로 파괴하게 됩니다. 도박에 미친 사람을 보십시오. 술과 쾌락과 유흥에 빠진 사람을 보십시오. 돈이 된다 싶으면 처도 자식까지도 모조리 팔아 버리는 이들이 많습니다. 죄가 원하고 바라기 때문입니다.

가정에서도 집안의 보물인 가보家寶처럼 유물이나 귀한 물건은 손을 대지 말라고 해도 돈에 미치면 가보까지도 팔아 버리는 이도 많습니다. 왜 이렇게 귀한 것을 팔았냐고 질책하면, 오히려 왜 이런 것을 집에 둬서 팔게 만들었냐고 화를 내는 꼴입니다. 왜 선악과를 동산에 심어 놔서 먹게 만들었냐고 따지는 것처럼 말입니다.

부모가 깨끗한 침대 위로는 진흙 발로 올라가서는 안 된다고 하는데, 이런 귀찮은 규칙과 법을 만들어 놨다며 그 부모를 쩨쩨하고 편협하다며 비난하고 거역하는 것과 같습니다. 국민이라면 아무리 사소한 법일지라도 그 나

---

51 "너희가 죄의 종이 되었을 때에는 의에 대하여 자유로웠느니라 너희가 그 때에 무슨 열매를 얻었느냐 이제는 너희가 그 일을 부끄러워하나니 이는 그 마지막이 사망임이라" (롬 6:20-21)

52 "만일 내가 원하지 아니하는 그것을 하면 이를 행하는 자는 내가 아니요 내 속에 거하는 죄니라" (롬 7:20)

라의 법을 지켜야 하건만, 자동차세는 내 기준에 맞지 않으니 거부한다면 그가 가야할 곳은 감옥밖에 없는 것입니다. 마찬가지로 하나님 나라의 법도 이래서 싫고 저래서 싫다고 하며 끝까지 그 나라의 법을 거부하면 결국 그가 가야할 곳은 스올의 감옥밖에 없습니다. 그리고 이 모든 비극은 거짓의 아비인 사탄과 인간의 죄가 만들어 낸 괴물 같은 합작품인 것입니다."

"전도사님, 저는 이제 나가 봐야 할 것 같습니다. 남은 이야기는 다음에 하죠."

바로는 전도사의 말을 더 이상은 못 듣겠다며 잘라 내고 서둘러 나갈 채비를 했다. 추적추적 내렸던 비도 조금 멈추고 바로도 이제 정신을 차리고 완고함의 모습으로 돌아가려는 모양새이다.

"알겠습니다. 하루라도 빨리 고집을 버리고 그분께 나가십시오. 그분이 기다리고 계십니다. 더 멍들기 전에, 더 힘들어지기 전에 어서 돌이키세요. 기회라는 것이 그리 많지가 않습니다. 그리고 앞으로는 이보다 더 큰 재앙이 닥칠 것입니다. 부디 제 진심 어린 조언을 귀담아 들으시고 꼭 주님께 나가십시오. 그리고 마음이 돌아서게 되면 언제라도 오십시오. 맨발로 뛰어 나가겠습니다."

"감사합니다. 다음에 봅시다."

10장. 사신(死神) 우상

"탑을 더 높이 올려라! 제단을 쌓아라! 모두 빨리 서둘러라!"

고집과 완고함의 영들은 노예가 된 영들에게 소리치면서 일을 시켰다. 모두가 그리심 산[53]에서 채찍을 맞으며 진흙과 돌들을 캐서 날라야 했고 진흙을 이겨서 벽돌을 만들고 칼, 창, 쏠 수 있는 화살, 활 등의 무기들을 끝도 없이 만들었다. 재능과 재주의 장색匠色의 영들은 제단에 쓸 기구들을 만들었고 벽돌들은 신전과 제단을 만드는 데 쓰였다.

이들이 만들어 낸 무기들은 싸움, 전쟁, 다툼에 사용되었으며 이들이 늘어갈수록 바로는 세상에서 더욱더 능력 있고 어느 누구도 함부로 할 수 없는 사람이 되어 갔다. 설불리 바로에게 달려들었다가는 악한 영의 권세로 무참히 짓밟혔기 때문이다.

지식의 영에게 칼, 창, 활을 줘서 악하게 쓰임 받게 되니 사람들을 무시하고 속이고 짓밟고 이용하고 이득을 위한 수단과 방법의 무기가 되

---

53 Gerizim Mount, 모세가 그리심 산과 에발 산에 각각 여섯 지파를 세워서 그리심 산에서는 축복의 말씀을, 에발 산에서는 저주의 말씀을 선포하여 율법을 잊지 말라고 지시하셨다(신 11:26-30).

었다. 더구나 창과 칼이 예리해질수록 이들은 더 악하고 강해졌고 이것으로 많은 돈을 벌었으며 이 칼을 쥔 지식은 많은 사람에게 상처와 고통을 주었다.

바벨의 탑 또한 마찬가지였다. 이 탑도 그 높이가 높아질수록 바로는 더욱더 자고해지고 교만해졌다. 그리고 주위 사람들을 힘들게 했다. 안타까운 것은 재앙이 시작되었는데도 이 탑의 높이는 더욱더 높아졌다는 것이다.

"어서들 일해! 뭣들 하는 거야! 서둘러라!"

채찍질과 함께 오늘도 수많은 영은 쉴 틈 없이 일하고 있었다. 그리고 얼마 전부터 시온 산 서쪽, 힌놈의 골짜기에서는 몰렉 신전 공사가 속도를 내면서 더욱더 많은 노예가 혹사당하기 시작했다.

수많은 우상이 만들어질수록 바로는 강퍅해졌고 고집은 더욱더 세졌다. 자고해지고 교만해졌으며 마음은 급속도로 차가워졌다. 하지만 세상에서는 그 어느 때보다 잘나갔다. 모든 일이 순조로웠고 삶에 거칠 것이 없어 보였다. 사람들이 함부로 대하지 못하게 되니 무슨 일을 하던지 그의 소견에 옳은 대로, 마음먹은 대로 일들이 진행되었다. 또한 돈과 명예와 권력도 급속도로 늘었고 사는 게 편해졌다.

그러나 마음의 평강은 누릴 수 없었다.[54] 쉽게 잠이 들지 못했고 예민하고 집착과 강박이 심해졌다. 더불어 술, 담배, 여자, 그리고 유흥과 음

---

54 "그러나 악인은 평온함을 얻지 못하고 그 물이 진흙과 더러운 것을 늘 솟구쳐 내는 요동하는 바다와 같으니라 내 하나님의 말씀에 악인에게는 평강이 없다 하셨느니라" (사 57:20-21)

란물 등에 중독되어 짜증과 신경질이 늘었고 마음에는 항상 알 수 없는 불안이 깔려 있었다. 사람들 누구나 본인은 악인도 죄인도 아닌 선하고 의로운 사람이라고 매우 심각하게 착각하기 때문에 불행의 원인조차 모르는 것이다. 악인이 곧 죄인이며 하나님을 떠난 인간은 죄인임에도 본인은 의인이라고 오해하기 때문에 삶의 문제가 근본적으로 해결이 되지 않는 것이다. 그래서 불의한 자나 의로운 자나 똑같이 해와 비를 내리시는 하나님께 감사해야 한다. 인간 모두가 다 불의한 자이며 악인이며 죄인이기 때문이다.[55]

또한, 마음에 들지 않는 일과 상황을 맞닥뜨리면 견딜 수가 없었다. 겉으로는 편안해 보이더라도 무시당하는 느낌이 들면 도저히 참을 수가 없었다. 어떠한 도움이나 득이 되지 않는 사람은 철저히 무시하고 사람 취급을 하지 않으나, 본인에게 득이 되고 중요하게 생각하는 것은 세상에서 가장 선한 표정과 웃음으로 대했다.

이런 우상들을 섬기는 자들의 전형적인 특징은 힘 있는 사람에게는 굽신대며 아부하고, 힘없는 이들에게는 무정하고 차가워진다. 이처럼 인간에게 있어 우상은 웃게 만들고 기분 좋게 해 주는 대상이다. 역으로 이 우상에게 방해가 되는 것은 모두가 적이 된다. 아무리 괜찮아 보이는 사람도 그가 섬기는 우상을 뺏거나 건들면 감췄던 본성이 적나라하게 드러난다. 우상 때문에 웃지만, 우상을 건들면 무섭게 돌변해서 화를 낸다.

---

55 "이같이 한즉 하늘에 계신 너희 아버지의 아들이 되리니 이는 하나님이 그 해를 악인과 선인에게 비추시며 비를 의로운 자와 불의한 자에게 내려주심이라" (마 5:45)

이 우상이 고급차여서 누군가 차에 흠집을 냈다면 처자식이라도 폭발하고 화를 내는 것이다. 이처럼 우상에는 서열이 있으며 그 서열에 따라 판단을 하고 행동과 수위를 조절한다. 아들이라는 우상 서열이 차보다 높으면 대수롭지 않게 넘어갈 것이나 아들보다 돈이 더 서열이 높을 때 아들이 사고를 쳐서 돈이 많이 들게 되면 다시 또 폭발한다. 따라서 서열 간의 충돌이 생길 때는 서열이 높은 우상을 중심으로 일을 처리하고 반응한다. 이것이 우상을 섬기는 자들의 특징이다. 그리고 예외도 있지만, 대부분의 인간에게 가장 높은 서열의 '사신死神 우상'은 바로 자기 '자신自神'인 '자아自我'라는 우상이다.

11장. 재앙 3막

"지금 나오는 뉴스와 인터넷 기사들을 확인해 보시죠."

바로의 핸드폰에 이 같은 문자가 왔다. 바로는 형언할 길 없는 불안함에 식은땀이 왈칵 쏟아졌고, 잔털들마저 쭈뼛거리며 극도로 불안해했다. 불길하고 두려운 예감에 손가락마저 덜덜 떨릴 정도다. 긴장 반 두려움 반으로 메시지를 확인한 그는 곧 온몸을 사시나무 떨듯이 떨기 시작했다. 내용은 그가 받아들일 수 있는 한계치를 넘어서는 그야말로 진정한 문자 폭탄이었기 때문이다. 이 폭탄이 터지자 머릿속은 순식간에 쑥대밭이 되었고 이 폭발로 머리는 깨질 듯이 괴로웠고 마음은 순간 엄청난 공포의 화염에 휩싸였다. 한마디로 충격과 공포의 폭발이었다.

내용인즉, 바로가 데빌기업 상무와 어울려 성 접대를 받았던 그날의 영상과 녹취 파일들이었기 때문이다. 이미 파일과 영상들은 언론과 방송으로 모두 송출이 된 상태였다. 이 폭탄을 제조한 사람은 데빌기업 상무와 함께 왔던 팀장이었다. 팀장은 그날 대리운전 기사로 그 자리에 동석했고 모든 접대가 끝날 때까지 그곳 로비에서 대기하고 있었다. 문제의 발단은 이 팀장이 그날 접대가 이루어지기 일주일 전 데빌기업 회장의 조카인 이 상무한테 온갖 성적인 모욕과 폭력을 당했던 사건이었다.

접대가 있기 딱 일주일 전 상무는 나이가 한참 아래인데도, 사소한 문제로 팀장 뺨을 수차례 때렸고, 모든 직원이 보는 앞에서 엎드리게 한 뒤 야구 방망이로 엉덩이를 수차례 때리며 발로 차고 폭행했던 것이다. 한 가정의 가장으로서 당했던 수치감이 극에 달했던 팀장은 복수하리라 작심하고 이날 접대 현장을 처음부터 끝까지 몰래 다 녹화하고 녹취했던 것이다.

최근 팀장은 퇴사를 했는데, 이 영상과 녹취 파일을 미끼로 회사 측에 20억을 요구했지만, 이 일이 뜻대로 되지 않자 회사에 앙심을 품고 이 파일과 영상을 방송가에 살포한 것이다.

언론에 보도된 이후 상황은 불에 기름을 뿌린 것처럼 바로와 로펌을 향해서 비난의 융단 폭격이 시작되었다. 이것은 바로가 감당할 수 있는 수준을 넘어서는 폭격이었다. 말 그대로 바로에게는 충격과 공포 그 자체였다. 이 폭발로 그의 명예는 더러운 걸레처럼 실추되어 흉물스럽게 전락했다. 여러 곳에서 바로가 유흥 주점에서 보인 추태와 충격적인 영상, 대화들이 돌아다녔고 방송에서는 수위가 높아 모자이크와 무음 처리를 했으나 다른 루트로 적나라한 내용들이 퍼져서 온 나라가 들썩였던 것이다.

로펌 측에서도 상황의 심각성을 인지하고 기자 회견을 열어 유가족과 국민에게 사죄한다며 급기야 이사진들까지 나와 무릎을 꿇었고, 그리고 바로는 곧 로펌에서 해고를 당하게 되었다. 세상은 효용 가치가 없어지면 도태시키고 선을 긋고 잘라 내므로 모든 사태의 책임을 바로에게 떠넘겼고 바로는 반 협박과 설득으로 쫓겨나게 된 것이다.

한순간에 그나마 붙어 있던 명성도 장의 구더기만도 못하게 되었고 인기 있던 잘생긴 스타 변호사는 이제 호환마마 못지않은 혐오의 대상으로 전락했다. 이제는 생계까지도 막막해졌다. 바로는 다시 또 전도사를 찾아갔다.

"도대체 나한테 왜 이러는 거야? 내가 뭘 그렇게 잘못했냐고, 어? 내가 이 모든 것을 그동안 어떻게 이루어 놓은 건데, 당신이 나타나서 왜 하루아침에 날 이렇게 비참하게 만들어 놓은 거야? 당신 정체가 뭐야? 말해! 말해 보라고!"

전도사에게 잘못했다며 회개를 할 것 같았으나 바로는 오히려 이를 갈며 분노했다. 분노하는 만큼 억울했고, 억울한 만큼 회개와는 거리가 멀어졌다. 억울한데 어떻게 본인이 잘못했다고 용서를 구하는 회개를 할 수 있겠는가. 그리고 듣고 있던 전도사는 차분하게 말하기 시작했다.

"사람들은 죄의 결과를 못 견뎌라 합니다. 그 결과가 끔찍할수록 더욱더 받아들이기 힘들어 합니다. 인간들은 끊임없이 죄악을 저지르면서 죄의 결과로 나타나는 전쟁과 전염병과 각종 기근과 재앙의 결과[56]는 피하고 싶어 하며 이 결과에 대해 하나님을 원망하고 하나님을 비난합니다. 무시할 만한 죄의 결과는 견딜 정도가 되니 그냥 넘어가지만 이같이 견디기 힘든 결과는 이제 하나님을 원망하고 비난하면서 왜 이것들을 안 막아 주셨냐며 따지는 것

---

56 "그들이 금식할지라도 내가 그 부르짖음을 듣지 아니하겠고 번제와 소제를 드릴 지라도 내가 그것을 받지 아니할 뿐 아니라 칼과 기근과 전염병으로 그들을 멸하 리라" (렘 14:12)

입니다.

그러나 죄는 죄입니다. 아무리 작은 경범죄도 정의와 공의에 따라 돈 천 원만 훔쳐도 절도죄로 교도소에 가야 합니다. 또 대중들은 끔찍하고 잔인한 흉악범은 사형시켜야 마땅하다고 핏대를 올리며 성토합니다. 이 심각한 흉악범을 제대로 처벌하지 않으면, 국민들은 사회의 정의가 죽었다며 결과를 받아들이지 않을 것입니다. 잔혹한 연쇄 살인마를 인권위에서 교도소 생활도 호화롭게 해 주고, 며칠 뒤 집행유예로 사면시키면 정의가 죽었다고 곳곳에서 시위를 벌일 것입니다. 그래서 이들은 사형이나 최소한 이에 준하는 무기징역 정도의 납득할 만한 죄의 형량을 선고해야 정의가 살아 있다고 받아들입니다.

이처럼 정의라는 것은 작은 죄이든지 큰 죄이든지 똑같이 죄이며 그에 준하는 양형이 합당해야 정의요, 공의로운 나라인 것입니다. 그런데 누군가가 경범죄의 형량은 참을 만하지만, 강력범죄의 형량은 너무 끔찍하고 받기에 고통스럽다며 왜 이런 잔인한 형량을 막아 주지 않았냐며 원망하고 비난한다면 옳다고 생각하십니까? 지금 변호사님께서는 이 모든 죄의 결과가 너무 끔찍하기 때문에 왜 안 막아 주시냐고 화를 내고 있으며, 하나님이 불의하고 정의롭지 못하다고 그를 비난하는 것과 다름없는 것입니다.

인간 자체는 계획하는 바가 어려서부터 악하다고 할 정도로[57] 하나님을 떠난 인간은 '죄의 덩어리'라고 생각하는 것이 맞습니다. 잘살면 교만해지고, 못살면 원망하고 불평하는 죄를 짓습니다. 매일 매 순간 죄만 쌓고 삽니다. 하나님은 자유 의지를 주셨기 때문에 그 선택을 존중해 줍니다. 더구나 자

---

57 "이는 사람의 마음이 계획하는 바가 어려서부터 악함이라"(창 8:21)

유에 하나님이 개입한다면, 인간은 간섭하고 구속하고 속박한다며 자유를 달라고 또 시위하고 반항합니다. 그래서 자유 의지를 제한하지 않고 내버려 뒀더니, 이로 인해 발생하는 살인, 강간, 폭력, 싸움, 절도, 환경오염, 전쟁 등등 수많은 참상에 대해서는 왜 수수방관했냐고 하나님에게 따지는 꼴입니다.

역으로 살인마의 형량이 너무 고통스러우니 대통령이 그냥 없던 걸로 하고 용서하자고 하면 국민들은 또다시 들고 일어날 것입니다. 정의가 죽었다며 왕을 거부할 것입니다. 이것은 정의로운 사회라면 지극히 당연한 것입니다. 아무리 왕이라도 마음대로 살인범을 무죄로 판결할 수는 없는 것입니다.

이런 상황에서 정의와 공의의 하나님은 당신이 택한 백성들이 죄를 향해 가는 길에 제동을 거는 수밖에 없습니다. 이것만이 자유를 누리되 정의와 공의가 지켜지면서 범죄를 막는 유일한 방법이기 때문입니다. 그래서 제동을 거는 것입니다.

그런데 문제는 이 제동이 인간 입장에서는 심히 불쾌한 걸림돌이라는 것입니다. 남자들이 유흥에 취해서 밤새워 여자들과 음란하게 노는 상황에서 아내가 그만 들어오라고 전화를 하는 것과 같습니다. 시속 100km로 달리는 중에 아이가 갑자기 튀어나올 때 거는 제동입니다. 이 같은 상황에서 제동이 걸리면 인간은 불편하고 못 견뎌라 합니다. 왜냐하면, 인간은 죄를 향하여 달리는 전쟁의 군마와 같기 때문입니다. 탄력을 받은 죄는 멈출 수가 없습니다. 그래서 제동 장치가 뜨겁게 달궈집니다. 마치 원자로를 식히는 냉각수 같습니다. 폭력이 극에 달한 사람을 제어하는 것과 같습니다. 술에 취해 미친 듯이 날뛰는 사람에게 제동을 거는 것입니다. 좋아하는 게임을 멈추는 것, 좋아하는 드라마를 못 보는 것, 좋아하는 명품을 못 사게 하고, 좋아하는 차와 집에 대한 소유욕을 이제 멈추라고 할 때 과연 제동이 쉽게 걸릴까요? 결코 쉽지 않다는 것을 누구나가 압니다.

그래서 이런 죄의 제동을 인간의 입장에서는 '시련과 고난'이라고 말합니다. 그리고 이제는 왜 내게 이런 시련을 주느냐고 원망하고 불평합니다. 허나 영적으로 볼 때 대부분의 시련과 고난은 죄악으로 향하는 걸음을 멈추게 하고, 무능함을 깨닫고 하나님께로 돌이키게 하는 제동 장치이므로 고난이 유익이 되는 것입니다.[58]

죄가 관영되어 갈 때 인생으로 채찍을 삼고 사람으로 매를 드시며 나라로 목욕통을 삼아[59] 거룩하게 만들고 죄에서 떠나 회개하도록 해서 구원하는 것입니다.

그런데 이제 죄가 심각하게 뿌리까지 퍼져서 주의 택한 백성들마저도 타락하게 되면, 이때는 전쟁과 기근과 전염병 같은 재앙을 허락하셔서 징벌하십니다.[60] 치사율 100%인 돼지 열병이 농가에 퍼지면 결국 그 농가에 있는 모든 돼지는 살처분을 해야 합니다. 그렇지 않으면 다른 지역, 더 나아가 세계의 모든 돼지까지 다 죽게 되니까 그렇습니다. 마찬가지로 욕창처럼 죄가 근원부터 썩어 버린 것이라면 날카로운 메스로 욕창을 제거하는 것 외에는 방법이 없습니다. 그렇지 않으면 온몸이 썩게 되어 생명이 위험하기 때문입니다.

---

58 "고난 당한 것이 내게 유익이라 이로 말미암아 내가 주의 율례들을 배우게 되었나이다" (시 119:71)

59 "모압은 내 목욕통이라 에돔에는 내 신을 던지리라 블레셋아 나로 말미암아 외치라 하셨도다" (시 60:8)

60 "주 여호와께서 이같이 이르시되 내가 나의 네 가지 중한 벌 곧 칼과 기근과 사나운 짐승과 전염병을 예루살렘에 함께 내려 사람과 짐승을 그 중에서 끊으리니 그 해가 더욱 심하지 아니하겠느냐" (겔 14:21)

바이러스 하나가 온 세계를 위험에 빠뜨리듯, 죄의 바이러스는 이것보다 전염력과 치사율이 월등히 높습니다. 왜냐하면, 죄악은 너무 쉽게 퍼져서 모방하고 따라하여 결국 치사율 100%인 사망의 지옥으로 감염되어 끌려가기 때문입니다. 그러므로 빨리 죄의 바이러스를 끊어 내고 주께로 돌이킬수록 귀한 복인 것입니다. 방법이 없습니다.

그래서 죄를 멈추게 하는 은혜를 허락하시는데, 그것이 시련과 고난이고 괴로워 피하고 싶은 인생의 문제들입니다. 이런 시련이라도 있어야 하나님께 나가 기도라도 하며 그분을 찾기 때문입니다. 이 미련한 족속들에게는 이런 미련한 방법밖에는 없는 것입니다. 등 따시고 편안해지면 하나님을 찾지 않기 때문입니다. 그래서 전도의 미련한 방법[61]으로 사자 밥이 되면서까지 사도들이 복음을 전한 것입니다. 풍요 속에서는 결단코 하나님을 찾지 않으니, 시련과 미련한 고난을 통해서 하나님께 집중하게 하고 또 돌이키게 하는 것입니다. 이 모든 원인은 인생들이 죄 때문에 형편없이 미련해졌기 때문입니다. 그러나 주께로 가면 삽니다. 어떻게 해서든 그분만 만나면 삽니다. 그러므로 죄에서 돌이키게 하는 모든 시련은 은혜랍니다."

듣고 있던 바로는 듣지 않기로 결심한 사람처럼 다시 또 강퍅해졌다.

"이제 그만하시죠. 저는 가 봐야겠습니다. 전도사님 말씀은 잘 들었습니다. 일리도 있어 보이구요. 그러나 저는 너무 억울하고 또 억울해서 이대로 돌이킬 수 없습니다. 내가 만들었던 부와 명성, 인기와 명예 그리고 내 눈까

---

61 "하나님께서 전도의 미련한 것으로 믿는 자들을 구원하시기를 기뻐하셨도다" (고전 1:21)

지 이 모든 것이 한순간에 모조리 사라졌다고요. 이 상황을 생각할 때 도저히 이 고통에서 벗어날 수가 없습니다. 돌려놓을 것입니다. 이대로 무너질 수 없습니다. 다만 하나님은 인정할 테니 더 이상의 재앙만이라도 멈춰 달라고 기도해 주시면 그 은혜는 절대로 잊지 않겠습니다. 이제 가 보겠습니다."

전도사는 떠나는 바로의 뒷모습을 안타깝게 바라보고는 곧 자리에서 돌아섰다.

12장. 재앙 4막

"선배, 분위기 파악이 안 되시나요?"

세월이 한참 흘러 바로는 짬을 내서 대학 때부터 잘 따르고 또 잘 챙겨 줬던 후배를 찾아왔다. 실업자가 되어 변호사 사무실을 개업하려고 목돈 좀 융통을 해 달라고 온 것인데, 후배의 입에서 이 말이 마중 나왔다.

"말이 조금 심하네, 후배?"

서운한 마음과 당황스러운 상황에 바로는 담배에 불을 붙이면서 대꾸했다.

"선배, 이곳은 금연 장소입니다. 담배 꺼 주시고 나가 주시면 좋겠습니다. 선배 대접을 받고 싶으시면 딱 여기까지만 하고 가세요. 제 입에서 더욱더 상스러운 언어들이 배웅하러 나오기 전에 말입니다. 저도 요새 밥 벌어 먹고 사느라 정신없습니다. 저도 언제까지 뒤에서 따까리나 하고 살아야겠습니까? 어서 어서 성공해야지요. 그러려면 돈을 벌어야 합니다. 그리고 냉정하게 얘

Exodus
90

기해서 사실 있어도 못 주고요. 딱 봐도 뭐 하나 나올 만한 구석이 하나도 없는 개털이 된 인생인데, 내가 선배 뭘 믿고 돈을 빌려 준답니까? 선후배의 뜨거운 정 같은 되도 않는 감성팔이를 하러 왔다면 더 감정 상하기 전에 나가세요. 나가기 전에 어서 담배 끄시고요."

바로와 항상 같이 다녔던 후배, 그렇게 선배를 하늘처럼 모실 거라면서 온갖 아양과 귀염을 다 떨었던 그 후배가 아니었다. 찔러도 핏방울 하나 맺히지 않을 돌덩이 같으니 말이다.

사실 이 후배가 변한 것이 아니었다. 그동안 후배의 연기에 속았던 것뿐이었으니 인생의 관계가 모두 이런 모양과 비슷했다. 수평 이상의 관계에서는 친절과 미소와 부드러운 표정과 말들이 나오는 법이지만 별 볼 일 없어 보이는 사람에게 나오는 모습이 진짜 모습이다. 주변의 수많은 사람과 카메라의 시선도 사람을 친절하게 만드는 것이니 실은 대부분이 위선이고 가식인 것이다.

본모습은 아무도 보지 않는 곳에서 하찮게 여기는 사람을 대하는 태도에서 나온다. 물론 명성이라는 우상을 섬기는 자라면 이 또한 연기하는 이들도 있기 마련이므로 가장 은밀한 곳에서 행하는 모습이 실제 그 사람이며 아무도 볼 수 없는 그 사람의 은밀한 생각과 상상들이 진짜 그 사람의 본모습이다. 이 진짜 모습은 오직 하나님만 아실 것이다.

누가 더 연기를 그럴싸하게 해서 얼마만큼 더 속이고 속느냐의 문제이다. 거짓 연기도 더 진짜같이 보이게 할수록 세상은 명예와 수많은 부를 안겨 주기까지 하지 않는가. 이것이 세상이 말하는 대부분의 인간관계이다. 후배도 바로에게 더 이상 얻을 것도 도움 될 것도 없다는 판단이 서자 차갑게 바로를 쫓아냈다.

"내가 이대로 죽을 줄 알아? 네가 날 무시해? 내가 바로야!"

고래고래 고함을 치는 바로는 직원들에게 끌려가고 있었다. 문밖으로 쫓겨난 바로는 울분과 배신감과 분노를 이기지 못하고 밖에 있는 대걸레를 부러뜨려서 후배 사무실로 들어가 닥치는 대로 부수기 시작했다. 잠시 후 역시나 남자 직원들이 달려들어 그를 제압했고, 제압하는 과정에서 죽을 만큼 얻어맞기 시작했다. 이가 두세 개 튀어 나갔으며 남은 한쪽 눈 주위가 얼마나 세게 맞았는지 눈알이 얼얼했다. 뒤통수에서도 피가 흘렀고 여기저기 온몸이 멍투성이가 되었으며 정수리부터 발바닥까지 성한 곳이 없을 만큼 심각하게 맞고 또 맞더니 결국 그대로 의식을 잃고 쓰러졌다.

"아들, 네가 여기 어쩐 일이냐?"

어린 시절 바로를 꼭 빼닮은 바로의 맏아들이었다. 아이는 어른스럽고 기특할 만큼 속이 깊었다. 집도 잘살고 아빠도 잘나가는 변호사임에도 수더분하고 남자다운 아이였다. 어떨 때는 바로보다 더 어른스러워서 바로가 비싼 차로 바래다준다고 하면, 창피하게 왜 그러시냐고 지하철을 타고 다녔던 아이였다. 그나마 바로와 가끔 농구도 하고 함께 요트로 낚시도 다니고는 했으나 사건이 악화되어 갈수록 아이와도 사이가 멀어지고 있었다.

바로가 후배 직원들한테 심하게 맞아서 의식을 잃고 쓰러지자 병원 응급실을 통해서 입원을 했고 아들하고 연락이 닿아서 아들만 병실을 지키고 있었던 것이다. 아이 엄마는 도대체 뭘 하고 다니는지 통 연락도 안 되고 있었기 때문이다.

"아들, 아빠가 원망스럽지?"
"……."

아들 입에서는 그 어떤 말도 나오지 않았다. 의식이 회복되면서 온몸이 으깨진 것 같은 통증이 밀려왔다. 그리고 악몽 같은 현실도 스멀스멀 기지개를 펴기 시작했다. 아들은 평소 씩씩하던 아들답지 않게 너무나 기운이 없어서 "얘야."라고 부르면 눈물이 쏟아질 것처럼 눈까지 빨개져 가고 있었다.

중2병에 걸린 중학생답게 말없이 앉아 있는 아이 옆에서 부자지간에 오가는 대화 없이 긴 침묵만 흘렀다. 바로는 아이 앞이라 눈물을 참고 있었지만 이미 마음으로는 고통과 괴로움, 분노와 억울함에 피눈물이 쏟아질 것만 같았다. 지금의 이 재앙들을 사실 온 가족이 함께 겪고 있는 터라 그 고통은 말하지 않아도 느껴졌다. 다만 이 아이가 얼마나 참고 있는지, 얼마나 잘 버텨 주고 있는지는 잘 몰랐다.

"아빠, 우리는 이제 어떻게 되는 거야? 엄마도 어제 수술했어. 코뼈랑 갈비뼈가 많이 부러졌대."

역시나, 재앙은 가족 구성원 누구도 예외가 아니었다, 마치 재앙의 불길이 바로에서 시작해서 주변 모든 이에게 뱀의 혀처럼 갈라지고 타올라 미친 듯이 퍼져 가는 것 같았다.

　바로는 현기증이 났다. 이 참담한 재앙 앞에 그가 그토록 정성껏 쌓아 둔 모든 것이 물거품처럼 사라져 가고 있었다. 파도의 너울 마루가 강력한 바위에 부딪혀 으깨지듯이 영원할 것 같던 풍요와 안정 그리고 부와 명예와 같은 모든 것이 다 깨지고 멀어져 가는 것만 같았다.

　아들은 엄마에게 그동안 있었던 일들을 설명해 주었고, 바로는 참담한 심경으로 이야기를 듣고 있었다. 사건은 이랬다.

13장. 리브가

"신내림을 받겠어요."

바로의 아내 리브가는 계속되는 집안의 재앙과 저주 때문에 두려움과 공포에 휩싸이기 시작했다. 또한, 저주가 혹시라도 아이들에게도 미칠까봐 그 두려움은 더욱더 커져 갔다. 리브가는 이 상태로는 가정이 쑥대밭이 될 것만 같아, 본인의 손으로 이 모든 문제를 해결하기 위해 여기저기 용한 무속인을 찾아 다녔던 것이다. 그리고 그녀는 처녀보살을 만났고, 이후부터 계속해서 굿을 해오고 있었다. 이미 굿 값으로 꽤나 많은 돈을 날린 상태였고 이제는 때가 되었다며 무당이 신내림을 제안한 것이었다. 아내는 며칠을 고민한 끝에, 더구나 남편과 별거 아닌 별거를 하게 된 지 꽤나 오랜 시간이 흐르자 결국 처녀보살을 '신 엄마'로 받아들이고 이제 굿을 준비하기 위한 수련의 과정에 들어선 것이다.

"이제 신굿을 하려면 자네가 앞으로 모실 신을 찾아야 하니 이제부터 '신의 명패'를 찾는 훈련을 해야 하네!"

신 엄마는 이후부터 180도 달라져서 잔인할 정도로 강도 높은 훈련을 시키기 시작했다. 말이 훈련이지 사실은 고문이요, 학대요, 폭행이었다. 이때부터 고통은 끊임이 없었다.

특히나 '신의 명패' 찾기 훈련은 거칠고 날카로운 자갈길을 걸어야 했고, 잘 걷지 못하면 오방기[62]로 온 몸을 찔러 댔다. 추운 새벽에도 찬물로 귀싸대기를 쳤으며 수치와 모욕감을 일으킬 만큼 심한 말과 폭행이 이어졌다. 오방기뿐만 아니라, 무령[63]으로 온몸을 때리기도 했다. 또한 신령의 이름을 외우지 못하면 '진실의 방'으로 끌고 가서는 발가벗긴 채 고문을 가하기 시작했다.

게다가 몸에 붙은 '잡신'을 떼어 내는 '퇴마 의식'을 이어 갔으며 이 의식은 너무나 고통스러워서 숨까지 멎을 정도였다. 때리고 머리채를 잡아 흔들며 온몸을 결박한 뒤 손으로 복부를 찌르고 압박했고 몸 안에 든 호랑이와 멧돼지 등 잡귀를 쫓아낸다며 주먹과 막대기와 무령으로 때리고 심지어 돌덩이만큼 단단한 명두[64]로 때리기도 했다. 그리고 건장한 무격[65]들까지 동원해서 주먹과 나무 막대기로 전신을 마구 때려 코뼈 골절과 다발성 늑골 골절로 전치 6주의 상해를 입고 며칠 전에 수술을 했던 것이었다.

---

62 五方旗, 무당이 쓰는 것으로 동서남북 중앙의 방위를 지키는 신장(神將)으로 오방위의 신장을 상징하는 '다섯 가지 색의 깃발'을 뜻한다.

63 巫鈴, '무당방울' 또는 '요령'이라고 한다.

64 明斗, 명도(明圖)라고도 하며 중·북부 지방에서 사용되는 원형의 금속 무구를 말한다.

65 巫覡, 제사를 보조하고 법문을 읽고 고장(鼓匠, 장구)을 치면서 여성을 보조하는 역할이다. '박수'라고도 한다.

"아들아 미안하다. 부모로서 더 이상 할 말이 없구나. 미안하다. 하아…….."

이야기를 끝까지 다 듣고 난 바로의 입에서는 그저 한숨밖에 나올 것이 없었다. 기가 막힌 현실을 도저히 받아들일 수 없었으며 악몽을 너무 진지하게 꾸고 있는 것만 같아서 머리털을 한 움큼 쥐고 당겼으나 곧 둔탁한 통증만이 밀려왔다. 마치 끔찍한 괴물 같은 현실이 비웃는 것만 같았다.

"아들, 학교는 잘 다니지?"
"네에……."

아이 목소리는 힘이 없었다. 힘없는 아이의 말을 듣고 바로는 아이 등을 토닥이며 미안하다고 연신 머리를 쓸어내리며 영혼의 깊은 한숨만 내쉴 뿐이었다.

"아들, 아빠한테 할 말 있어?"

바로 마음도 워낙에 절망적인 상태여서 주변을 돌아보고 챙길 여력이 하나도 없었으나 아들의 얼굴도 바로만큼이나 수척했고 근심이 태산처럼 커 보이면서 뭔가 할 말이 있어 보였기 때문이다.

"아빠, 저번에 아빠가 전도사님과 대화를 나누는 것을 우연히 들은 적이 있었어요. 전도사님의 말씀은 틀린 것이 없어 보이던데. 그리고 그분 말씀대로 회개하고 주님을 만나면 될 것 같은데. 아빠 전도사님 말씀대로 해 보는 것은 어떠세요? 지금 우리에게는 사실 소망이 없잖아요."

"너 무슨 소리를 하는 거야? 너까지 아빠를 판단하려고 들어? 너 아빠가 힘들어하는 거 안 보여? 어린놈이 아빠를 가르치려고 들어? 너 뭐 하는 녀석이야? 아빠가 이대로 무너질 거 같아? 너도 아빠가 우스워? 말해 봐, 이 녀석아!"

결국 빨개진 에서의 눈에서 어느새 그렁그렁한 물이 차오르기 시작했다. 그리고 방울져서 하나둘씩 떨어지기 시작했다. 아이의 눈물을 보면서 바로는 계속해서 마음속으로 '멈춰! 멈추라고!'라며 강하게 제동을 걸었으나 멈춰지지가 않았다. 의지와 상관없이 입에서는 아이에게 상처가 되는 말들만이 쏟아져 나왔다. 통제의 범위를 넘어서자 시간, 장소, 사람, 상황과 관계없이 원치 않는 저주에 가까운 언어들이 쏟아지게 된 것이다. 이렇게까지 화를 낼 일이 아닌데, 혈기와 분노와 마음의 화는 제어의 한계치를 넘어서서 통제가 안 되기 때문이다. 아들은 아빠의 반응을 보자 더 이상 아빠와 대화를 나눌 수 없다는 생각에 눈물을 훔치며 자리를 떠났다.

고개를 숙이고 돌아서 나가는 에서를 바라보는 바로의 마음은 더욱 더 괴로웠다.

14장. 재앙 5막

"그래요. 하나님은 믿겠어요. 그리고 예수님도 이 땅에 오셔서 죄인들을 위해 죽었다는 사실도 믿겠다고요!"

바로는 전도사를 다시 찾아왔다. 그리고 하나님도 예수도 믿겠다고 화를 냈다. 그리고 제발 여호와의 신에게 가서 이 재앙을 좀 멈춰 달라고 부탁을 해 달라고 읍소하고 있는 것이다.

"네, 그렇다면 재앙의 도끼가 나무뿌리에 놓여 있으니 죄에서 돌이키고 회개하셔야 하며 회개에 합당한 열매를 맺으셔야 합니다. 회개에 합당한 열매가 나타나야 진심으로 회개한 것이므로 열매가 없으면 다시 또 도끼로 찍히는 재앙이 계속될 것입니다.[66] 그리고 회개의 첫째 열매는 용서입니다. 그러니 진심으로 사람들을 용서하셔야 합니다. 그렇지 않으면 변호사님도 용서를 받으실 수 없습니다.[67]"

66　"이미 도끼가 나무뿌리에 놓였으니 좋은 열매 맺지 아니하는 나무마다 찍혀 불에 던지우리라" (눅 3:9)

67　"너희가 사람의 잘못을 용서하면 너희 하늘 아버지께서도 너희 잘못을 용서하시려니와 너희가 사람의 잘못을 용서하지 아니하면 너희 아버지께서도 너희 잘못을 용서하지 아니하시리라" (마 6:14-15)

"왜 이렇게 절 힘들게 하시나요? 믿겠다고요. 회개하겠다고요. 그렇지만 그 사람들을 용서할 수는 없습니다. 그날 돌을 던진 자, 데빌기업 팀장, 후배 녀석도 모두 용서가 안 됩니다. 이들 모두 찢어 죽이고 싶은데 용서하라니 그건 저에게는 너무 잔인한 요구입니다. 이런 자들을 용서하고 회개를 하라고요? 이자들이 날 이렇게 망쳐 놨는데, 내 인생이 얼마나 비참하게 망가졌는데 이들을 용서하라고요? 안 됩니다. 못 합니다."

역시나 쉽지가 않았다. 인간의 고집과 완고함이란 이렇게 질기디질긴 것이다. 수레 줄로 죄를 끌듯이 황소고집이다. 바로는 그저 하늘과 거래를 하려는 것뿐이었고, 나름대로 하나님과의 타협점을 찾고 있는 중이었다.

"하나님도 예수님도 믿을 테니 하나님께는 나중에 마음이 정리될 때 가겠습나. 시금은 도서히 힘들어서 어느 성노 심신이 정리가 되면 찾겠습니다."
"소돔과 고모라가 멸망할 때 천사는 지체 말고 뒤도 보지 말고 도시를 빠져나가라고 했으나, 사위들은 농담으로 여기고 도성에 남아 불에 타 죽었고 롯의 아내는 돌아보다가 소금 기둥이 되어 죽었고 롯도 지체하느라 저주를 받습니다. 그만큼 타협하고 말고 할 시간이 없이 시급하고 중요한 문제이니 서둘러서 회개하십시오.

인간은 이 완고함의 우상 때문에 망하는 것입니다. 사울은 시기, 질투라는 우상을 섬겨서 다윗을 죽이는데 혈안이 되었고[68] 권세라는 우상을 위해서는

---

68 "사울이 단창으로 다윗을 벽에 박으려 하였으나 그는 사울의 앞을 피하고 사울의 창은 벽에 박힌지라 다윗이 그 밤에 도피하매" (삼상 19:10)

딸도 정치에 이용했으며[69] 욕망 때문에 아들 요나단마저도 단창을 던져 죽이려 했으니까요.[70] 변호사님도 사울처럼 우상들을 섬긴다면 변호사님에게 아들은 이미 요나단과 같은 존재일 것입니다.”

잠시, 어제 에서에게 야속하게 몰아붙였던 기억이 떠올라 순간 괴로웠다. 본인도 모르게 사울처럼 아들에게 단창을 던진 것만 같아 아이에게 너무 미안하고 또 미안했다.

“그래서 성경은 인간과 하나님과의 싸움의 기록인 것입니다. 지금 변호사님도 하나님과 싸우는 것이고요. 이 우상들을 섬기는 마음을 절대로 포기하지 않는 한, 인간은 절대로 하나님께 나가 죄를 고백하고 그를 왕으로 모시고 삶의 주권을 내어 드릴 수 없기 때문입니다. 하지만 기회가 결코 많지는 않습니다.

또한, 하나님에게는 열방이 통의 한 방울 물과 같고 저울 위의 티끌이요, 섬들도 떠오르는 먼지에 불과할진대[71] 하물며 인간은 티끌보다도 보잘 것 없는 자들임에도 하나님과 원수가 되어 대적하고 있으니[72] 이같이 미련한 족속

---

69 “사울이 그 딸 다윗의 아내 미갈을 갈림에 사는 라이스의 아들 발디에게 주었더라” (삼상 25:44)

70 “사울이 요나단에게 단창을 던져 죽이려 한지라 요나단이 그 부친이 다윗을 죽이기로 결심한 줄 알고” (삼상 20:33)

71 “보라 그에게는 열방이 통의 한 방울 물과 같고 저울의 작은 티끌 같으며 섬들은 떠오르는 먼지 같으리니” (사 40:15)

72 “곧 우리가 원수 되었을 때에 그의 아들의 죽으심으로 말미암아 하나님과 화목하게 되었은즉 화목하게 된 자로서는 더욱 그의 살아나심으로 말미암아 구원을 받을 것이니라” (롬 5:10)

이 어디 있겠습니까. 더구나 전 세계가 눈에 보이지도 않는 작은 바이러스 앞에서도 쩔쩔 매면서 창조주 하나님 앞에서는 얼마나 교만한지 모릅니다. 더이상 상황을 악화시키지 말고 마지막 기회를 놓치지 마시기 바랍니다. 빨리 돌이킬수록 변호사님께 가장 최선이며 축복입니다. 더 고통당하기 전에 멈추세요. 더 이상의 재앙을 만들지 마십시오. 받아들이기 힘든 재앙이 찾아올 것입니다."

전도사는 바로가 듣든지 안 듣든지 개의치 않고 진지하게 말을 이어갔다.

"됐습니다. 더 이상의 설교는 듣고 싶지 않습니다. 그리고 저는 재앙을 주시는 하나님 따위는 필요 없습니다. 이만 가 보겠습니다."

바로는 다시 돌아섰다. 더 이상의 대화는 의미가 없어 보였다. 바로의 뒷모습을 바라보던 전도사는 그저 안타까운 한숨만 내뱉고 있었다.

15장. 몰렉

"어서 빨리 일해! 뭣들 하는 거야? 여기서 노닥거리라고 데려온 게 아니란 말이다. 매질을 당하기 전에 서둘러라! 제물들을 끌어오고 북은 더 힘차게 내려쳐라! 나팔 소리가 하늘에까지 닿게 하란 말이다. 모두 정신 차려라!"

몰렉 신전 앞은 유난히도 소란스럽고 부산했다. 신전의 고집 그리고 완고함의 제사장들과 악한 영들은 노예들을 채찍질하며 제단을 준비하기에 여념이 없었다.

몰렉[73]은 셈족이 주로 섬겼던 우상 신이며 고대 근동 지역에서 수시로 행했던 제사였다. 이 우상 신은 인간이 만든 탐욕과 욕망의 결정체였으며 제사를 드릴 때는 반드시 아이들을 인신 공양으로 바쳐야 했다. 또한, 이 제사를 치루는 절차가 너무나 끔찍했기 때문에 여호와께서는 이런 악하고 가증한 문화를 극도로 싫어하셨다. 인간은 아이들을 죽이면서까지 욕망을 채우며 살아가는 죄질이 상당히 나쁜 족속들이다. 우상신을 섬기는 절차는 몰렉 상에 먼저 7개의 구멍을 만드는 것으로 시작

---

73 머리는 황소의 형상이고 몸은 인간의 모양인 번영의 신이며 바빌로니아 지방에서는 명계의 왕으로, 가나안에서는 태양과 천곡의 신으로 알려졌다.

한다. 그리고 순서대로 밀가루, 암양, 암소, 산비둘기 등의 제물을 집어 넣고 마지막에는 인간 아이들을 산 채로 집어넣는 것이다. 이때 어린아이들을 이 작은 구멍에 집어넣으면 극한의 공포와 두려움 때문에 마치 아벨의 피의 소리처럼 절규와 비명이 끔찍하게 들릴 수밖에 없었다.[74] 따라서 이 소리들이 밖으로 새어 나오지 못하도록 제단 밖에서는 쉬지 않고 북을 쳤고 계속해서 나팔을 요란하게 불어서 악기의 소리로 아이들의 절규와 비명을 덮게 만든 것이었다.

이렇게 잔인한 의식이었던지라 거룩하신 하나님께서는 이토록 악하고 심히 가증한 우상 숭배를 끔찍하게 싫어하셔서 몰렉에게 자식을 바치는 자는 돌로 쳐 죽일 것이라고[75] 강력하게 경고했음에도 이스라엘 백성들은 듣지 않았고 심지어 이 가증한 일에 아하스, 므낫세 등 4명의 왕들까지도 가담하여 자식들을 우상 신에게 바친 것이다. 이처럼 인간의 탐욕과 죄악과 욕망은 하나님의 경고조차 무시할 만큼 강력하다. 인간은 죄가 원하는 것이라면 그렇게 사랑한다는 자식들도 제물로 바치는 죄질이 상당히 불량한 족속들인 것이다.

오늘은 유난히도 악령 모두가 힌놈의 골짜기인 도벳에 모여서 감독관들과 더불어 부산하게 움직이고 있었다. 몰렉 제단에 불을 지폈고, 이들은 평소보다 7배는 더 강력하게 풀무질을 하게 했다. 제단에 7개의 구멍을 크게 만들고 제단에 바칠 제물들을 한쪽으로 모아 놓고 모두가 바

---

74 "네 아우의 핏 소리가 땅에서부터 내게 호소하느니라" (창 4:10)

75 "너는 이스라엘 자손에게 또 이르라 그가 이스라엘 자손이든지 이스라엘에 거류하는 거류민이든지 그의 자식을 몰렉에게 주면 반드시 죽이되 그 지방 사람이 돌로 칠 것이요" (레 20:2)

쁘게 움직이고 있다. 어찌나 강력하게 풀무질을 시켰는지 불의 열기가 강해서 주변에만 가도 타 버릴 정도였다.

"어서 빨리 일해라! 구멍을 더 크게 만들어라! 나팔을 더 크게 불어라! 북을 더 세게 쳐라!"

제단 주위로 악한 영들은 거의 광적으로 흥분하기 시작했고 급기야 스스로 몸을 칼과 창으로 베어 가며[76] 주술을 외우고 날뛰기 시작했다. 그들은 피에 굶주린 늑대들처럼 미쳐서 날뛰며 소리치고 극도로 흥분한 상태였다.

"피를 다오, 피를 다오, 피를 다오."

여기저기서 악한 영들이 소리쳤다. 그들이 원하는 것은 살아 있는 피였다. 피를 제단에 뿌려 몰렉 신을 기쁘게 해 줘야 했다. 그리고 이들이 원하는 피는 어린아이들의 피였다. 도벳의 불길이 거세게 타올랐고 의식은 절정에 이르렀다.

---

76 "이에 그들이 큰 소리로 부르고 그들의 규례를 따라 피가 흐르기까지 칼과 창으로 그들의 몸을 상하게 하더라" (왕상 18:28)

16장. 에서

"아빠."

둘째 딸아이로부터 전화가 걸려 왔고, 울먹이는 소리에 발신자를 확인하지 않았다면 장난 전화로 오해할 뻔했다.

"우리 딸, 무슨 일인지 진정을 하고 말을 해야 아빠가 알아듣지. 좀 진정해봐, 아가야."

바로는 수화기 너머 딸을 진정시키며 심상치 않은 일임을 직감하고 긴장하면서 집중하기 시작했다.

"아빠, 오빠가 자살했어."

그랬다. 에서가 오늘 새벽 아파트 13층에서 떨어져 자살한 것이었다. 그리고 아이 방에서 유서가 하나 발견되었다고 했다.

힘들다. 죽고만 싶다.
한 번도 이 가정에서 평안을 누리지 못했다. 아빠와 엄마는 서로에게 관심이 없고, 부모는 나에게 모든 것을 다 해 줬다고 말하지만… 주말에는 지폐 몇 장 쥐여 주고서는 학원에 보내는 것이 다였다. 학교에서는 어릴 때부터 왕따를 당하고 있었는데, 가족 중 누구도 관심이 없다.

손목을 그으면 아빠가 관심을 가져 줄까. 죽고 싶다고 표현하면 엄마가 애정을 쏟아 줄까. 오늘은 너무 견디기 힘들어서 대화하고 싶었는데, 내 이야기를 들어 줄 사람이 아무도 없구나.

할머니는 돌아가셨고, 엄마도 힘들어하고, 동생은 어리고, 아빠는 관심도 없고, 머루… 머루도 죽어서 없고 고민을 털어놓을 수 있는 존재가 없네… 머루가 있었을 때 머루가 들어 줬었는데 이젠 정말 없구나…….

아, 외롭다. 따뜻한 위로 한마디면 그나마 버틸 수 있을 것 같은데… "아들아, 내가 널 사랑한단다." 이 말만 들어도 살 것 같은데 이 말이 듣기 어려운 말이었구나.

오늘도 그들은 아빠가 피 빨아 먹고 사는 흡혈귀라고 뱀파이어 가족이라며 놀렸다. 피 냄새 난다고 놀리고 때린다. 학교에서 맨날 욕 들어 먹고 사니 욕 많이 먹어서 배부르네.

태어나지 말았어야 할 존재다. 테이블 위에 선택지가 별로 없다. 삶, 죽음… 삶은 X로 죽음은 O로 표시하라고 강요한다. 살 소망도 없고… 살아도 저들에게 매일 욕을 들어 가며 살기도 두렵다. 버팀목이 되어 줄 가족이라는 울타리도 사라졌다. 마지막 아빠가 던진 단창이 심장에 박혀 버린 것 같다.

치명타다. 버틸 수가 없다. 아빠, 엄마, 한때나마 당신들의 자식으로 먹여 주고 입혀 줘서 고마웠습니다.

모두 안녕…….

그랬다. 어제저녁 에서는 삶과 죽음의 선택지를 들고 아빠에게 찾아간 것이었다. 그 기로에 서서 막막한 현실과 감당하기 어려운 상황들로에서는 갈 길을 잃어버린 것이었다. 그리고 아이는 죽음의 선택지에 빨리 사인하라고 강요받고 있었다. 혹시라도 살 수 있는 소망이 있지 않을까 해서 마지막으로 아빠를 찾아왔던 것이다. 온몸에 멍이 들어 있는 아빠를 보면서 말조차도 힘들게 꺼냈는데, 아빠는 매몰차게 아이를 몰아붙였고 창과 칼로 아이를 난도질했다. 말의 단창과 눈빛의 칼로 아이의 염통을 베고 폐부를 찔렀던 것이다.

사실 재앙이 시작되면서 아들에게도 예외가 없었고 학교에서 에서를 흡혈귀 가족이라고 괴롭혔던 것이다. 동생의 신상까지도 다 노출되어 공유되고 있었으니 아이들도 너무 힘든 시간이었다.

최근 들어서는 그 수위가 통제할 수 있는 선을 넘어 버렸다. 잔인한 말과 폭행으로 괴롭히고 못살게 굴었다. 어느 날부터는 아이를 샌드백으로 삼고 후배들을 불러서 담력 키우기 놀이라고 하면서 선배인 에서를 때리게 했다. 아이들에게 생식기를 때리면 10점의 점수를 줄 테니 집중 공략하라고 낄낄대며 놀렸다. 후배들도 선배들이 무서워 에서 괴롭히기에 동원된 것이다. 아이가 견디기에는 수위가 너무나도 높았다.

무던히 힘든 시간을 보냈다. 더구나 에서 주변에는 아무도 없었으니 에서가 선택할 수 있는 옵션은 많지가 않았다. 삶은 죽고 싶을 만큼 힘드니 남은 답은 죽음밖에 없지 않겠는가. 그리고 에서 아빠는 미적거리는 아이 손을 끌어다가 결정적으로 죽음의 동그라미를 그려 넣게 한 것이었다.

"아아악!!"

바로는 절규했다. 아이에게 선택지가 죽음밖에 남지 않았던 것처럼 바로도 이 상황에서는 절규하는 것 외에는 아무것도 할 수 있는 것이 없었다. 다시 또 콧속에서 피비린내가 나고 구역질이 났다. 재앙이 쌓인 만큼 극심한 스트레스로 인해 횡격막을 움직이며 내장에 있는 모든 내용물을 게워 내기 시작했다. 눈자위는 실핏줄이 터져 갔고 코와 입에서도 끈끈한 타액이 흘러내렸다. 머리로 피가 쏠리는 것 같고 심장은 펌프질을 해 댔다. 혈관의 붉은 피는 펄펄 끓어서 비등점을 넘어선 용암처럼 흘러내렸다. 사람이 견딜 수 있는 울분의 한계치를 넘어서자 구겨진 근육들마저 뻣뻣하게 굳어 갔다.

오열하는 절규의 소리는 기관지를 긁으며 밖으로 터져 나갔고, 주먹을 어찌나 세게 쥐었던지 부르르 떨리는 수준을 넘어서 손은 하얗게 변하고 마비되기 시작했다. 핏기 하나 없이 어찌나 창백해지던지 마치 돌덩이같이 변해 갔다. 관절들이 그대로 굳어 버려 손가락을 펴기도 힘들었고 절규하고 또 절규했다.

만신창이가 되어 버린 육신을 이끌고 아이 장례식장에 갔으며 붕대로 코 부위를 덮은 아내의 얼굴을 마주했고 아내 얼굴에는 증오가 가득했다. 그리고는 눈물만 쏟은 채 바로 가슴팍을 주먹으로 때리고 잡아 흔들었다. 아이의 영정 사진만 멍하니 바라보고 있으니 버틸 수가 없다.

바로라는 이름을 저주했다. 모든 사건의 발단이요, 원흉인 바로를 죽이고 싶었다. 해맑게 웃는 아이 얼굴을 보니 참담했다. 맘속은 강렬한 풀무 불로 태워진 화장터의 남은 한 줌 잿더미 같았다. 재앙의 불길이 가슴속을 불태웠고 아이는 화장터로 향했다. 7배나 더 뜨거운 화장터 불의 열기와 함께 아이 혈관은 터졌고 소리치는 아이의 피는 밖으로 새어 나오면서 끓었고 온몸이 그렇게 불을 지나고 있었다. 그리고 바로 내면에서도 똑같이 힌놈의 골짜기 몰렉 신 앞에서 아이 피가 뿌려졌고 제단 위 불을 지나 몰렉 신의 두 팔 위에서 아이는 불타고 있었다.

장례가 끝나고 아이는 골짜기 옆의 납골당으로 옮겨졌다.

17장. 골짜기의 마른 뼈

'오, 주님. 제가 저 높은 탑을 어찌 넘을 수 있답니까? 저는 이제 다 늙고 병든 절름발이 신세입니다. 병들어 죽은 개와 같이 아무짝에도 쓸모없는 상태입니다. 그런데 이 철옹성 같은 강한 벽을 제가 어찌 뛰어넘어 이 사명을 감당할 수 있겠습니까.'

용기는 거대하게 높아져 버린 바벨의 교만의 탑을 보고 절망했다. 탈출했던 때보다도 훨씬 더 높아져서 감히 엄두가 나지 않았고, 그는 절망에 빠졌다. 골짜기 주변으로는 마른 뼈가 수도 없이 널브러져 있었고, 모든 뼈는 완전히 말라 있었다. 너무 강력한 현실의 높은 벽 앞에 서서 용기는 절망과 두려움에 휩싸이기 시작했다. 그러자 곧 남은 다리 하나마저도 주위의 뼈들처럼 갑자기 마르기 시작했다.

그런데 그때였다. 곧 하늘에서 여호와의 소리가 들리기 시작한 것이다.

용기의 영은 들으라, 이 뼈들이 능히 살 수 있겠느냐?

"주여, 오직 주께서만 아시나이다."

용기는 두려움 반 놀람 반으로 엎드려 답하였다.

너는 이제 이 모든 뼈에게 대언하여 이르기를, 너희 마른 뼈들아 주의 말씀을 들을지어다. 주께서 말씀하시기를 '내가 생기를 너희에게 들어가게 하리니 너희가 살아나리라. 너희 위에 힘줄을 두고 살을 입히고 가죽으로 덮고, 너희 속에 생기를 넣으리니 너희가 살아나리라. 또 내가 여호와인 줄 너희가 알리라 하셨다' 하라.

이에 용기는 여호와의 명령을 따라 주께서 말씀하신 대로 대언하기 시작했다.

"마른 뼈들아 들으라. 너희는 주 여호와의 말씀으로 살아날지어다!"

용기는 담대히 주의 말씀을 선포하기 시작했다. 남은 한 다리마저 말라 가고 있었으나 손으로 다리를 붙들고 실핏줄이 터질 만큼 힘을 다하여 선포한 것이다.

용기가 대언하기를 시작하자 곧 그가 대언할 때에 소리가 나고 움직이며 이 뼈, 저 뼈가 들어맞아 뼈들이 서로 연결되기 시작한 것이다. 또한 그 뼈에 힘줄이 생기고 살이 오르며 그 위에 가죽이 덮였다. 그런데 결정적으로 그 속에는 생기가 없었다. 이때 다시 또 여호와께서 말씀하셨다.

용기의 영은 들으라. 너는 생기를 향하여 대언하라. 생기에게 대언하여 이르기를, 주 여호와께서 이같이 말씀하시기를 '생기야, 사방에서

부터 와서 이 죽음을 당한 자에게 불어서 살아나게 하라 하셨다' 하라.

곧 용기는 주의 명령대로 담대히 대언하기 시작했다.

"너 생기는 들으라. 만군의 여호와가 말씀하시기를 너 생기는 사방에서부터 와서 이 죽음 당한 자들에게 불어서 살아나게 하라!"

대언이 끝나자, 홀연히 급하고 강한 바람 같은 생기가 불의 혀처럼 갈라지며[77] 그들에게 들어가기 시작하였고, 그들이 곧 살아나더니 지극히 큰 군대를 이루었던 것이다. 그리고 다시 또 여호와께서 말씀하셨다.

그들이 이르기를, 우리의 뼈들이 말랐고 우리의 소망이 없어졌으니 우리는 다 멸절되었다 하느니라. 그러므로 너는 대언하여 그들에게 이르라. 주 여호와께서 이같이 말씀하시기를, 내가 너희 무덤을 열고 너희로 거기에서 나오게 하고, 너희가 있어야 할 젖과 꿀이 흐르는 동산으로 들어가게 하리라. 내가 너희 무덤을 열고 너희로 거기에서 나오게 한즉, 너희는 내가 여호와인 줄을 알리라. 내가 또 내 영을 너희 속에 두어 너희가 살아나게 하고, 내가 또 너희를 있어야 할 땅에 두리니 나 여호와가 이 일을 말하고 이룬 줄을 너희가 알리라.

---

77 "오순절 날이 이미 이르매 그들이 다 같이 한 곳에 모였더니 홀연히 하늘로부터 급하고 강한 바람 같은 소리가 있어 그들이 앉은 온 집에 가득하며 마치 불의 혀처럼 갈라지는 것들이 그들에게 보여 각 사람 위에 하나씩 임하여 있더니 그들이 다 성령의 충만함을 받고 성령이 말하게 하심을 따라 다른 언어들로 말하기를 시작하니라"(행 2:1-4)

17장. 골짜기의 마른 뼈

주의 말씀이 끝나자 용기의 영 주변으로 마른 뼈에서 살아난 용사들이 모이기 시작했다. "백부장님, 저는 '담대의 영'입니다", "저는 '담력의 영'입니다", "저는 '용맹'입니다", "저는 '기지'입니다", "저는 '패기'입니다", "저는 '능력'입니다", "저는 '민첩'입니다." 여기저기서 용기 주변으로 강한 용사의 영들이 모이기 시작한 것이다.

이들은 용기에게 힘을 실어 주었다. 그리고 시간이 흐르면서 용기의 말랐던 다리도 근육과 뼈가 회복되더니 곧 원래의 다리가 되었고, 꺾였던 다리도 펴져서 마르지 않았을 때보다 더 강하고 힘 있게 변하기 시작했다.

또한, 두려움과 무력감도 씻긴 듯이 사라졌다. 여호와의 생기가 들어가니 독수리가 날개 치듯 피로가 사라졌고, 장중의 능력이 그를 호위하고, 권능의 팔이 그를 붙잡으니 누구보다도 강해진 것이다.[78] 무엇보다 여호와의 군대가 용기와 함께 하니 두려울 것이 없어졌다. 더불어 여호와의 생기가 불어올 때 홀연히 주의 성령이 임하더니, 이제는 성령님이 용기에게 직접 말씀하기 시작했던 것이다.

"하나님은 영이시니 예배하는 자가 신령과 진정으로 예배하며 영으로 기도하고 또 마음으로 기도하셔야 합니다.[79] 또한, 주께서는 자기들에게 이루어

---

78 "오직 여호와를 앙망하는 자는 새 힘을 얻으리니 독수리가 날개치며 올라감 같을 것이요 달음박질하여도 곤비하지 아니하겠고 걸어가도 피곤하지 아니하리로다" (사 40:31)

79 "하나님은 영이시니 예배하는 자가 영과 진리로 예배할지니라" (요 4:24) / "그러면 어떻게 할까 내가 영으로 기도하고 또 마음으로 기도하며 내가 영으로 찬송하고 또 마음으로 찬송하리라" (고전 14:15)

주기를 구해야 한다고 말씀하십니다.[80] 구하지 않고서는 받을 수가 없으며, 성령으로 주께 드리는 기도 외에는 아무런 능력이 나가질 않습니다.[81] 그러므로 아직은 겨자씨만 한 믿음일지라도 이 믿음을 의지해서 모두가 기도하길 바랍니다.

모세의 팔을 들어 함께 기도했던 아론과 훌처럼,[82] 이제 기도의 용사들을 주께서 붙여 주셨으니 모두 모여 기도하십시오. 저 교만의 바벨탑을 향하여 교만의 영은 무너지라고 대언하여 소리쳐 명하십시오. 주 만군의 여호와는 심령이 낮은 자들을 찾으며 그 마음이 겸손한 자들에게 그의 얼굴을 향하시며 갈급한 사슴이 죽을힘을 다하여 시내의 물을 찾듯이 낮아지고 겸손한 심령으로 주님께 구하시길 바랍니다. 그러면 구하는 이들마다 받을 것입니다. 더구나 기도의 능력은 산도 들려 바다에 던져질 것을 믿고 의심치 않으면 그대로 될 것이라 말씀하셨으니,[83] 모두 모여 이 황무한 땅, 메마른 골짜기, 소망 없는 이곳에 저 더럽고 교만한 탑을 향하여 너희는 곧 무너지고 바다에 던져질 것이라고 소리쳐 선포하고 기도하십시오. '주여' 외치며 부르짖으십시

---

80 "주 여호와께서 이같이 말씀하셨느니라 그래도 이스라엘 족속이 이같이 자기들에게 이루어 주기를 내게 구하여야 할지라 내가 그들의 수효를 양 떼 같이 많아지게 하되"(겔 36:37)

81 "집에 들어가시매 제자들이 조용히 묻자오되 우리는 어찌하여 능히 그 귀신을 쫓아내지 못하였나이까 이르시되 기도 외에 다른 것으로는 이런 종류가 나갈 수 없느니라 하시니라"(막 9:28-29)

82 "모세의 팔이 피곤하매 그들이 돌을 가져다가 모세의 아래에 놓아 그가 그 위에 앉게 하고 아론과 훌이 한 사람은 이쪽에서 한 사람은 저쪽에서 모세의 손을 붙들어 올렸더니 그 손이 해가 지도록 내려오지 아니한지라"(출 17:12)

83 "내가 진실로 너희에게 이르노니 누구든지 이 산더러 들리어 바다에 던져지라 하며 그 말하는 것이 이루어질 줄 믿고 마음에 의심하지 아니하면 그대로 되리라"(막 11;23)

오."

그랬다. 중보기도의 동역자들, 이 강력한 기도의 용사들이 용기에게 힘을 실어 주었으며 이제 모두가 무릎 꿇고 간절함과 기대와 열망과 소망으로 저 교만한 탑, 바벨을 향해 "주여!!" 하며 일심으로 소리쳐 기도하기 시작했다. 그러자 바로 그때 곧 하늘에서 우레와 같은 여호와의 소리가 쩌렁쩌렁 울리기 시작하였다.

바벨의 교만한 탑은 들으라. 내가 너를 대적하여 바다가 그 파도로 흉용케 함같이 너를 칠 것이니 너의 성벽은 훼파되며 그 망대가 헐 것이며 티끌을 그 위에서 쓸어 버려 말간 반석이 되게 하며 바다 가운데 그물 치는 곳이 되게 하리니 이는 내가 말하였음이니라.

또한 높은 성벽은 공성퇴를 베풀어 칠 것이며 도끼로 망대를 찍을 것이며 너의 견고한 석상이 땅에 엎드려질 것이라. 더불어 네 성과 네 기뻐하는 집을 무너뜨릴 것이며 또 네 돌들과 네 재목과 네 흙을 다 물 가운데 던질 것이라. 내가 네 노랫소리를 그치게 하며 네 수금 소리로 다시는 들리지 않게 하고 너로 말간 반석이 되게 한즉, 네가 그물 말리는 곳이 되고 다시는 건축되지 못하리니 나 여호와가 말하였음이니라.

교만하고 거만한 이 땅의 수많은 두로와 바벨은 들을지어다. 너의 엎드려지는 소리에 모든 섬이 진동하지 아니하겠느냐. 곧 너희 중에 상한 자가 부르짖으며 살육을 당할 때라. 그때에 바다의 모든 왕이 그 보좌에서 내려 조복을 벗으며 수놓은 옷을 버리고 떨림을 입듯 하고 땅

에 앉아서 너로 인하여 무시로 떨며 놀랄 것이며 그들이 너를 위하여 애가를 불러 이르기를 '항해자의 거한 유명한 성이여, 너와 너의 거민이 바다 가운데 있어 견고하였도다. 해변의 모든 거민을 두렵게 하였더니 어찌 그리 멸망하였는고, 너의 무너지는 그 날에 섬들이 진동할 것임이여 바다 가운데 섬들이 네 결국을 보고 놀라리로다.' 하리라.

나 주 여호와가 말하노라 내가 너로 거민이 없는 성과 같이 황무한 성이 되게 하고, 깊은 바다로 네 위에 오르게 하며 큰 물로 너를 덮게 할 때에, 내가 너로 구덩이에 내려가는 자와 함께 내려가서 옛적 사람에게로 나아가게 하고, 너로 그 구덩이에 내려간 자와 함께 땅 깊은 곳 예로부터 황적한 곳에 거하게 할지라. 네가 다시는 사람이 거하는 곳이 되지 못하리니, 산 자의 땅에서 영광을 얻지 못하리라. 내가 너를 패망케 하여 다시 있지 못하게 하리니, 사람이 비록 너를 찾으나 다시는 영원히 만나지 못하리라 나 주 여호와의 말이니라.

또한, 네 마음이 교만하여 말하기를 '나는 신이라 내가 하나님의 자리 곧 바다 중심에 앉았다.' 하도다. 네 마음이 하나님의 마음 같은 체할지라도 너는 사람이요, 신이 아니거늘 네가 다니엘보다 지혜로워서 은밀한 것을 깨닫지 못할 것이 없다 하고 네 지혜와 총명으로 재물을 얻었으며 금은을 곳간에 저축하였으며, 네 큰 지혜와 장사함으로 재물을 더하고 그 재물로 인하여 네 마음이 교만하였도다.

그러므로 나 주 여호와가 말하노라. 네 마음이 하나님의 마음 같은 체하였으니, 그런즉 내가 너의 주변에 강포한 자들로 명하여 너를 치리니, 그들이 칼을 빼어 네 지혜의 아름다운 것을 치며 네 영화를 더럽히며, 또 너를 구덩이에 빠뜨려서 너로 바다 가운데서 살육을 당한 자의 죽음같이 바다 중심에서 죽게 할지라. 너를 살육하는 자 앞에서 네가 그래도 말하기를 내가 하나님이라 하겠느냐. 너를 치는 자의 수중에서 사람일 뿐이요, 신이 아니라. 네 주위의 인생들의 채찍과 고난의 매와 사람의 몽둥이로 너를 칠 것이니, 네가 그들의 손에서 죽기를 할례를 받지 않은 자의 죽음같이 하리니 내가 말하였음이니라.

18장. 회개 방패

"전도사님, 제가 땅끝까지 회개하겠습니다. 제가 죽을죄를 지었습니다. 제가 이 손으로 우리 큰애를 죽였습니다. 오, 주님이시여. 이 죄책감 때문에 고통스럽고 괴로워 더 이상 버틸 수가 없습니다. 주여, 날 좀 살려 주십시오."

바로는 아론을 찾아와서는 무릎을 꿇고 오열하기 시작했다. 가슴을 쥐어뜯고 뺨을 때리고, 머리털을 잡아 뽑으며 소리치고 울부짖기 시작한 것이다.

"주여, 나는 죄인입니다. 나는 더러운 인생입니다. 나는 쓰레기요, 버러지입니다. 내가 아이를 죽였습니다. 내가 이 모든 재앙의 근본이 되는 악입니다. 나는 악하고 악해서 구더기만도 못한 인생입니다. 주여, 이 괴로운 진실의 칼이 제 폐부와 심장을 찔러 대니 숨을 쉴 수가 없으며, 심장이 피를 쏟고 주저앉아 죽은 자의 넋이 되었습니다. 죄 중에 잉태되어 한평생 죄가 원하는 짓만 골라 하면서 쓰레기요, 폐기물 같은 삶을 살았습니다.

온갖 악하고 더럽고 추한 마음과 음란한 생각과 상상으로 지독한 죄악을 뿌리며 살아왔습니다. 부와 명예와 인기와 성공을 얻을수록 마음의 교만이 태산처럼 높아졌고, 눈에 뵈는 것이 없을 만큼 오만해졌습니다. 교만해져서 사람들을 말로 눈으로 손발로 무시하고 짓밟았습니다.

아이 심장에 단창을 던진 이 손이 저주스러워 견딜 수가 없습니다. 심장을 뜯어내도 시원치가 않습니다. 머리털을 잡아 뽑아도 진정이 되질 않습니다. 죄가 사망의 불화살을 쏴서 내 가슴에 박혔고, 타오르는 불로 심장이 불타고 있습니다. 이 손으로 자식을 죽인 사실만으로도 세상의 저주를 다 받아도 시원치 않을 인생입니다. 더럽고 추한 인간입니다. 제가 처자식의 인생을 망친 장본인이고, 이 가정을 파괴한 무책임한 가장입니다.

온갖 썩어질 것을 몸에 두르고 채워서 자랑했지만, 이제는 내가 섬겼던 집도 차도 명예도 권력도 인간관계도 심지어 자식도 모두가 나를 심판하고 정죄하고 있습니다. 이들이 가공할 불이 되어 나를 불로 태우고 있습니다. 도는 칼이 되어 나를 찌르고 베고 있습니다. 구더기도 죽지 않는 유황불이 있다면 지금 제가 이곳에서 그 불에 끓고 있는 것 같습니다. 너무 고통스러워 견딜 수가 없습니다. 오, 주여 용서받을 자격도 없는 인생이나 이 고통에서 건져 주실 분은 하나님밖에 없음을 믿고 고백합니다. 주여, 이제는 제가 티끌을 뒤집어쓰고 회개하오니 제게 용서와 구원을 베풀어 주옵소서. 제가 입을 닫고 이제는 땅끝까지 회개하겠습니다."

그랬다. 바로는 전심으로 죄를 뉘우치고 회개했다.

"네. 잘하셨습니다. 일평생을 살면서 가장 복된 날이 바로 오늘이 될 것입니다. 오늘 이 선택이 변호사님과 가정을 사망에서 생명으로 옮기는 축복이 될 것이니 더 이상 괴로워하지 마시기 바랍니다. 주님께서는 회개하는 마음을 기뻐하십니다. 많은 돈을 유흥으로 탕진해서 망해도 그 마음을 전심으로

회개하여 돌아가면, 주는 맨발로 맞아 주시며 잔치를 베푸시는 하나님이십니다.[84]

내 손에 아무런 능력이 없어 빈털터리 인생이며 날 구원하실 이는 오직 하나님밖에 없다며, 그 마음을 겸손히 하여 주께로 나오는 자, 그 마음이 상한 심령을 기뻐하시고 죄악에서 돌이키는 자들을 가장 기뻐하시는 분이 우리 하나님이십니다.[85] 이제는 죄와 사망의 고통은 다 사라질 것이니 두려워하지 마시고 그분께 모두 맡기시기 바랍니다."

---

84 "그리고 살진 송아지를 끌어다가 잡으라 우리가 먹고 즐기자 이 내 아들은 죽었다가 다시 살아났으며 내가 잃었다가 다시 얻었노라 하니 그들이 즐거워하더라" (눅 15:23-24)

85 "주께서는 제사를 기뻐하지 아니하시나니 그렇지 아니하면 내가 드렸을 것이라 주는 번제를 기뻐하지 아니하시나이다 하나님께서 구하시는 제사는 상한 심령이라 하나님이여 상하고 통회하는 마음을 주께서 멸시하지 아니하시리이다" (시 51:16-17)

19장. 바벨탑 붕괴

"백부장님, 저기 좀 보세요."

멀리서 바로가 마음의 고집을 꺾고 주님께 엎드려 회개하자 그 순간 저 거대한 바벨탑이 붕괴되기 시작했다. 수많은 세월이 흐른 뒤에 이제 저 높디높은 탑이 무너져 내리고 있었던 것이다. 도무지 무너질 것 같지 않던 저 단단한 탑이 이제 이들의 눈앞에서 와르르 쏟아져 내리고 있으니, 기도하며 함께했던 기도의 용사들의 눈에서도 하나같이 감격의 눈물이 흐르기 시작했다. 그리고 멀리 하늘에서부터 성령의 비둘기가 반짝이는 회개의 방패를 가져다주었다.

"이제부터 시작입니다. 모두가 정신 바짝 차리고 집중하셔야 합니다. 이제 여러분은 서둘러서 이 무너진 탑의 터를 지나 아모리 족속이 진치고 있는 야베스 길르앗을 거쳐 암몬 족속들이 있는 곳을 우회하여 사본과 사르단, 숙곳[86]과 마하나임을 지나 먼저는 바산과 아모리인들과 전투를 치르셔야 합니

---

86 Succoth, '작은 양우리', 요단강 동쪽 땅이며 얍복강 북쪽 약 3.2km 지점으로 출애굽 당시 이스라엘 민족이 출발한 장소인 '우상들의 언덕'을 의미하는 숙곳과는 다른 장소이다.

다. 그리고 가나안 족속의 욕므암을 지나 브리스 족속이 점거하고 있는 세겜의 그리심 산에 올라 뿔라의 포도원에 가서 이 씨앗을 심고 돌아오셔야 합니다.

여정이 만만치 않을 것이니 모두 집중하시고 진지한 각오로 임하셔야 합니다. 여러분도 아시다시피 앞으로 지나쳐야 할 곳들은 온갖 악하고 해로운 영들이 활개를 치는 곳이기 때문에 절대로 개인적인 행동을 삼가시고 마음의 각오를 단단히 하시기 바랍니다.

악하고 해로운 영들의 가장 큰 특징은 '갑작스러움'에 있습니다. 그들은 항상 방심한 틈에, 전혀 생각지 못한 때에 발의 뒤꿈치를 물고 공격을 합니다. 그러므로 선 것 같아도 넘어질까 항상 주의해야 합니다.[87] 절대로 방심하지 마십시오. 한순간도 깨어 있지 않으면 우는 사자와 같이 악한 영들이 덤벼들고 삼킬 자를 찾는[88] 그들에게 사로잡혀 일을 그르치게 됩니다. 그러니 모두 정신 바짝 차리고 전진하십시오."

성령님은 용기를 비롯한 여호와의 군대가 앞으로 해야 할 일들과 여정을 설명해 주었다. 그리고 이것이 이제 이들의 사명이 되어서 모두가 일사각오一死覺悟의 마음과 정신으로 임무에 임하였다.

이들은 한참을 이동하여 들가시와 찔레가 가득한 숙곳을 지나쳤다.[89] 거칠고 어두운 숲을 지나자 용사들은 여기 저기 찢긴 상처로 괴롭고 지

---

87 "그런즉 선 줄로 생각하는 자는 넘어질까 조심하라" (고전 10:12)

88 "근신하라 깨어라 너희 대적 마귀가 우는 사자 같이 두루 다니며 삼킬 자를 찾나니" (벧전 5:8)

89 "그 성읍의 장로들을 붙잡아 들가시와 찔레로 숙곳 사람들을 징벌하고" (삿 8:16)

칠 대로 지쳐서 근처의 붉은 강 나루터 주위에서 잠시 쉴 곳을 찾았다. 이 붉은 강줄기는 랍바성 암만에서 발원하여 북쪽으로 흐르다가 서쪽 요단으로 흘러들어 가는 얍복의 붉은 강이었다. 이들은 강 주변 브니엘에서 잠시 숨을 고르며 결전을 앞두고 있었다. 그리고 그때였다.

"그런데, 왜 용기의 영이 백부장이 되어야 하지?"

갑자기 기지의 영이 뒤에 있는 담력의 영에게 속삭였다. 그리고 담력도 그의 말에 맞장구를 쳐 주며 대꾸했다.

"맞아, 기지의 영이 아니면 모든 전투에서 백전백패였을걸?"

둘은 갑자기 역모를 꾸미듯이 멀리서 자고 있는 용기의 영을 향해서 악을 도모하기 시작한 것이다. 더불어 악한 계획에 담력의 영은 실행에 옮길 수 있도록 담력을 실어 주고 있었다. 그러자 한쪽에서 신경질을 부리면서 시끄럽다며 조용히 하라고 짜증을 내기 시작했다. 패기의 영이었다.

"정말 기분 상해서 못 해 먹겠네. 너희 같은 천하에 쓸모없는 것들하고 이 사명을 감당하느니 나는 일찌감치 내 갈 길 가는 게 낫겠다. 신경질 나고 짜증나서 도저히 너희하고 같이 일 못하겠다. 기분 더럽고 불쾌하네, 정말."

갑자기 분위기가 이상하게 흘러가기 시작한 것이다. 또 한쪽에서는 민첩의 영이 고개를 푹 숙이고는 중얼거리기 시작했다.

"우리는 실패할 거야. 저들을 봐, 저들은 아낙 자손[90]들의 영이 함께하는 강한 자들이라고. 우리가 무엇을 할 수 있겠어. 애당초 질 수 밖에 없는 싸움이란 말이야. 우리는 메뚜기같이 아무것도 할 수 없는 존재들이니[91] 믿음이고 사명이고 다 소용 없는 짓이야. 저길 보라고 온통 흑암이며, 더 이상 소망도 없는 그저 절망의 땅일 뿐이라고. 브니엘의 태양은 길을 잃어버렸고, 이곳은 어둠의 세력이 다 장악해서 우리는 백전백패일 수밖에 없는 무모한 전쟁이란 말이야. 그래도 종살이를 할 때는 하라는 것만 하면 되니까 오히려 편한 것도 많았지만……. 이것 봐, 사명이란 게 얼마나 힘든 길인지. 온몸은 들가시와 찔레로 다 찢겨 있지, 발도 다 부르트고 먹는 것도 형편없고 사명의 길은 피곤하고 고된 길이라고. 더구나 우리 같은 메뚜기들은 그냥 저들이 하라는 것만 하다가 죽는 게 편한 거야. 모두 포기하고 다시 악한 영들에게 가자고. 우린 틀렸어."

상황과 분위기가 심각하게 돌아갔다. 원인은 성령님이 그렇게 당부하고 당부했던 이 땅의 해로운 영들의 영향력 때문인 것이다. 특히나 바산과 아모리 땅의 주변은 주눅 들게 만들어 자존감과 사기를 떨어뜨리며 스스로 메뚜기로 여기게 만드는 해로운 영들이 가득했고, 더불어 온통 부정적인 영들이 가득해서 이 해로운 영향력이 이들에게 퍼지고 있던 것이었다. 문제는 점점 더 신경질과 짜증과 미움, 혈기와 불화에 휩싸여 용기에게 반항하고 서로 치고받고 싸울 태세로 분위기가 악화된

---

90   여호수아가 가나안을 정복하기 전까지 헤브론에서 살았으며 고대에 유명한 용사였던 이들은 네피림의 일족이었다(창 6:4).

91   "거기서 네피림 후손인 아낙 자손의 거인들을 보았나니 우리는 스스로 보기에도 메뚜기 같으니 그들이 보기에도 그와 같았을 것이니라" (민 13:33)

것이었다.

용기는 심상치 않은 상황을 감지하고서는 다급하게 기도하기 시작했다.

"주여, 도와주소서. 중요한 임무를 앞두고 정신을 바짝 차려도 모자랄 판에 우리 모두 이 악하고 해로운 영들에게 붙잡혀 이 저주받은 땅에서 서로 싸우고 미워하고 대적하고 있습니다. 주님이시여, 제 손에는 이들을 통제할 수 있는 능력이 없나이다. 이들의 혈기와 살기 충만한 마음을 저는 다스릴 수 없습니다. 바라나니 이곳을 성령의 거룩한 은혜와 주의 보혈로 깨끗하게 하사, 우리의 더러워진 마음과 악한 생각을 씻어 주시고, 샬롬의 축복 가득한 평화를 내려 주소서."

용기는 서둘러 성령의 도움을 구하기 시작했다. 그 순간이었다. 살벌한 분위기 속에서 모두가 서로를 향해 칼과 창을 들이대며 달려들려고 한 그때, 하늘에서 사닥다리가 내려오기 시작했던 것이다. 그리고 사닥다리 위아래로 빛의 천사들이 평화와 평강의 축복을 담아서 내려 주기 시작했고, 고요하고 그윽한 평안이 임하기 시작한 것이다.

오래 전 어떤 영이 벧엘[92]에서 사닥다리를 봤다는 전설 같은 이야기가 있었는데, 그 사닥다리가 지금 이곳 브니엘에서도 보이기 시작한 것이다. 하늘에서 천사들이 오르내리며 그들이 보내 준 축복의 평화가 임재

---

92 가나안 사람들은 '루스'라고 불렀으나, 야곱이 이곳에서 꿈을 통해 하나님을 본 후에 '하나님의 집'이라는 뜻의 '벧엘'로 불렀다. "꿈에 본즉 사닥다리가 땅 위에 서 있는데 그 꼭대기가 하늘에 닿았고 또 본즉 하나님의 사자들이 그 위에서 오르락내리락 하고" (창 28:12)

하자 서로 쥐고 있던 칼과 창을 내려놓기 시작하였고 마치 깊은 잠에서 깬 것처럼 서로를 보며 놀랐고 상황을 간파한 뒤 모두가 서로를 붙잡고 울기 시작했다.

내 형제요, 수많은 세월을 힘들 때나 어려울 때나 동역하며 함께했던 이들에게 지금 무슨 짓을 하는 것이냐며 여기저기서 울고 또 울기 시작했다. 그랬다. 해로운 영, 악한 영의 권세가 이렇게 무서웠다. 함께 수고하고 고생하느라 불쌍하고 안쓰러운 내 동료들, 내 가족들, 내 지체들을 향해 이같이 창과 칼을 들이대며 싸우는 것이다. 세치 혀와 눈빛과 온몸으로 소중한 벗들에게 이같이 해악을 끼치게 되는 것이다.

용기는 이들을 불러 모아 이곳, 브니엘에서 단을 쌓고 하나님께 용서를 구하고 회개의 예배를 올렸다. 단 앞에서 이들은 두 번 다시 서로에게 창과 칼을 겨누지 말자고 다짐하고 또 다짐했다. 성령님께 그 같은 힘을 달라고 모두가 간절한 마음으로 기도한 것이다. 그리고 언젠가는 다시 또 이곳 브니엘에 찬란한 태양이 뜨기를 모두가 소망을 담아 기도했다.

용기는 이제 각오를 새롭게 하였고 함께 온 용사들과 일전을 준비했다. 믿음의 씨앗을 심기 위해서는 반드시 먼저 바산과 아모리 족속들과 전쟁을 치러야 했다. 이들의 땅을 거쳐서 세겜으로 들어가야 했기 때문이다. 이들은 천사들의 도움으로 완전히 회복되었고 성령님의 도움을 받고 하나님께 간절히 기도하며 전쟁에 임했다.

아무리 강한 무기가 있고 능력이 뛰어나도 이 같은 영들과의 싸움은 여호와의 도우심이 아니면 결단코 승리할 수 없음을 모두가 절실히 깨닫게 된 것이다. 전쟁은 여호와께 속했음을 고백하고 여호와께서 도우시리라는 믿음을 의지하며 용사들은 용기의 명령을 기다리고 있었다.

"아모리와 바산의 악한 영들은 네피림과 아낙 자손들의 악한 영들로 이루어진 거인들과 다름없는 강한 족속들입니다. 이들과 싸우려면 여러분은 목숨을 걸고 싸워야 합니다."

용기가 보냈던 정탐꾼들이 아모리와 바산을 정탐하고 돌아와 용사들에게 자세히 설명을 했다. 실제로 바산 왕국은 심히 거대하고 넓은 영토를 가지고 있었고 모든 성읍은 대단히 견고했다. 이들은 정탐꾼들의 보고대로 실제로 르바임의 후손으로 모두가 기골이 장대한 거인의 영들이었다.

"여러분이 싸워야 할 이 거인의 영은 상대를 압제하고 죽이는 영입니다. 이들은 잔인하고 강하여 이들을 상대하려면 모두 정신을 바짝 차려야 합니다. 실제로 이들의 세력이 워낙에 강하여 마음 동산 내에서도 이들에 대한 말들이 무성합니다. 또한, 어찌나 악랄하고 잔인한지 이들에 관해서는 떠도는 말들도 많습니다.

바산의 힘센 소들은[93] '의로운 자들을 포위한 흉포한 적들'이라고 표현할 정도입니다. 그리고 바산의 암소[94] 또한 '사마리아에 거주하는 사치를 좋아하고, 쾌락을 즐기는 여인네들의 앞잡이'라고 표현하기도 합니다. 게다가 교만한 자와 거만한 자, 자고(自高)한 자를 '레바논의 높고 높은 백향목'과

---

93 "많은 황소가 나를 에워싸며 바산의 힘센 소들이 나를 둘러쌌으며" (시 22:12)
94 "사마리아의 산에 있는 바산의 암소들아 이 말을 들으라 너희는 힘없는 자를 학대하며 가난한 자를 압제하며 가장에게 이르기를 술을 가져다가 우리로 마시게 하라 하는도다" (암 4:1)

'바산의 모든 상수리나무[95]'라고 표현할 정도이며 단을 '바산에서 뛰어나오는 사자의 새끼[96]'라고 표현할 정도로 힘 있는 용사들입니다. 실제로도 이들은 헤르몬 산 가까이에 있던 라이스까지 점령해서 통치하고 있는 강한 영들입니다.

다음으로 저희가 싸워야 할 적들은 아시다시피 아모리 족속입니다. 저들끼리는 '산중 사람'이라고 하면서 자부심이 강합니다. 이처럼 이들은 자고하고 교만한 영들의 족속이며 자랑의 영들이 함께 공생하면서 오만과 패역함 그리고 정욕이 지배하도록 만듭니다.

또한, 이들뿐 아니라 바산과 아모리를 진멸하고 뿔라까지 가려면 세겜 땅을 좌우로 둘러싼 넓은 지경의 가나안 족속과도 마주치게 될 것입니다. 이들과의 결전은 나중에 의의 족장과 더불어 치루시고 지금은 뿔라까지 갔다 오는 동안 만나게 될 족속들과 싸워야 할 것 같습니다. 이들은 '낮은 땅'을 의미하여 인간에게 자존감을 떨어뜨려서 가난과 실패를 일으키는 저주의 영들이 지배하고 있는 곳입니다.

바산은 현재 얍복의 붉은 강에서 헤르몬까지 장악하고 있으며 이들을 반드시 먼저 쳐야 하는 이유는 첫째로 뿔라까지 가기 위해서이지만 나중에 의의 족장과 합세하여 마음 동산의 정복 전쟁을 치룰 때에, 만일 이들이 후방을 교란하면서 뒤에서부터 공격을 하면 전세가 매우 위험한 상황에 처하기 때문입니다. 따라서 반드시 먼저 이 바산과 아모리 족속들을 쳐서 이 지역을

---

95 "또 레바논의 높고 높은 모든 백향목과 바산의 모든 상수리나무와" (사 2:13)
96 "단에 대하여는 일렀으되 단은 바산에서 뛰어나오는 사자의 새끼로다" (신 33:22)

정복 전쟁의 교두보로 확보해야만 합니다.[97]"

정탐꾼들의 보고를 듣고 모두 결전을 다짐하고 전쟁에 임할 그때에 여호와께서 용기의 영에게 말씀하셨다.

내가 바산과 아모리를 네 손에 붙이노니 너는 이제부터 그 땅을 얻어서 기업으로 삼으라.

용기의 영은 주의 말씀을 받들었고 모든 용사는 기도하며 적진을 향해 달려갔다. 이후로 전투는 실로 치열했으며 모든 용사는 목숨을 걸고 싸웠다. 워낙에 강한 족속들인지라 만만치 않은 전쟁이었으나 여호와께서 이 모든 적을 용사들의 손에 붙이셨기 때문에 용사들은 모든 악한 영들을 쳤고 그 모든 성읍을 취하고 각 성읍을 진멸하여 아르논 골짜기 주변의 아로엘 골짜기 안쪽 성읍부터 길르앗까지 높은 성읍들을 다 진멸한 귀하고 값진 첫 전투였다.

이들은 대승을 거둔 후에 서둘러서 뿔라의 포도원으로 이동해 갔다. 역시나 포도원 근처에만 가는데도 하늘에는 악한 까마귀의 전령들이 까악 까악 소리를 내며 분주히 날아다녔고 가까이 갈수록 한 치 앞을 볼 수 없을 만큼 안개가 자욱했다. 점점 더 깊이 들어가니 불의 소리와 화염의 불길이 거세졌고 강렬한 불꽃은 불의 혀처럼 갈라지며 포도원의 경계를 이루고 있었다.

이곳에서부터는 이제 용기 혼자 방패를 들고 칼과 불 사이로 들어가

---

97 '마음 동산의 정복 전쟁'의 전쟁사(戰爭史)는 아가페 출판 『주 삶-여호수아편』을 참조했다.

기 시작했다. 까마귀도 접근할 수 없는 더 깊은 곳에 도착하자 공중에서 그룹[98]들과 스랍[99]들이 포도원을 지키고 있는 것이 보였다.

하나님께서 태초에 아담과 하와를 지으시고 낙원 같은 에덴 동산에서 아담과 함께하며 모두가 행복한 날들을 보냈으나 죄가 들어오면서 아담과 하와는 하나님을 피해 숨기 시작했다. 죄의 속성이 바로 하나님을 피해서 도망치며 숨는 것이기 때문이다. 곧 하나님과의 단절인 것이다. 또한, 그들은 부끄러워 무화과 나뭇잎으로 몸을 가리기 시작했다. 죄의 또 하나의 속성이 부끄러움이기 때문이다. 죄수들을 보라. 모두가 얼굴을 숨기고 가리느라 정신이 없다. 죄가 부끄럽다는 것을 본능적으로 알기 때문이다. 하나님은 아무 잘못도 없는 짐승을 죽여서 가죽으로 옷을 지어 입혀 주셨다. 그래서 죄의 속성은 또한 반드시 누군가의 희생과 죽음이었다. 하나님은 이들을 동산에서 쫓으셨다. 또 다른 죄의 속성인 죄의 중독으로 금단 증상이 생겨 절대 먹어서는 안 되는 생명나무까지 먹으려 들기 때문이다. 그리고 인간의 수명이 단축되었다. 그래서 또 하나의 죄가 갖는 속성은 생명의 단축과 노화라는 저주의 질병이었다. 히틀러 같은 죄인들이 영생을 살면서 죄를 짓는다고 생각해 보라. 수없이 많은 힘없는 이가 죽어 나가기 때문에 수명을 단축한 것이다.

이제 죄가 있으면 심판의 칼과 불[100]로 인해 이곳을 통과할 수 없게 되

---

98 하나님의 수호신 천사를 일컫는다. "그룹들은 그 날개를 높이 펴서 그 날개로 속죄소를 덮으며 그 얼굴을 서로 대하여 속죄소를 향하게 하고" (출 25:20)

99 예배를 시중드는 천사를 일컫는다. "그의 옷자락은 성전에 가득하였고 스랍들이 모시고 섰는데 각기 여섯 날개가 있어 그 둘로는 자기의 얼굴을 가리었고 그 둘로는 자기의 발을 가리었고 그 둘로는 날며" (사 6:1-2)

100 "이같이 하나님이 그 사람을 쫓아내시고 에덴 동산 동쪽에 그룹들과 두루 도는 불 칼을 두어 생명나무의 길을 지키게 하시니라" (창 3:24)

19장. 바벨탑 붕괴

었다. 죄의 대가는 칼과 불의 심판이기 때문이다. 살인자들이 마음껏 활보하는 세상을 생각해 보라. 지옥이 따로 없게 될 것이다. 죄를 범한 자들은 칼과 불의 감옥 안에서 살아야 하며 그 형량에 따라 칼과 불의 죄책의 고통을 감수하며 살아야 한다. 그래서 이 징계의 심판과 정의와 공의의 화염검을 통과할 수 있는 유일한 길은 회개밖에 없는 것이다. 스스로 한하고 티끌과 재 가운데에서 회개하여[101] 주님의 자비와 긍휼을 구하는 것만이 심판의 칼과 죄책의 화염불로부터 피할 수 있는 유일한 길이었다.

이제 용기만 홀로 방패를 들고 뿔라의 터로 기도하며 나갔다.

'주여, 도와주소서. 바로가 티끌과 재 가운데 회개하여 건네준 방패입니다. 이 손에 들려진 회개의 방패로 주의 진노 중에 긍휼을 베푸시고 심판의 저주에서 벗어나게 해 주소서.'

타다 남은 재 같은 인생이여
한 줌도 안 되는 티끌 같은 인생이여
그대는 어서 죄에서 돌이키라

오, 티끌과 재 가운데 회개했사오니
도는 칼과 가공할 화염의 불이여
칼의 저주와 불의 징계에서 우리를 구원하소서…….

---

101 "내가 주께 대하여 귀로 듣기만 하였사오나 이제는 눈으로 주를 뵈옵나이다 그러므로 내가 스스로 거두어들이고 티끌과 재 가운데에서 회개하나이다" (욥 42:5-6)

용기는 방패와 믿음의 씨앗을 의지해서 불 속으로 걸어갔다. 가공할 화기火氣가 전혀 느껴지지 않았다. 긴장으로 손이 바르르 떨릴 지경이었다. 서서히 칼과 불의 문을 지나자 어느새 눈앞에는 아무 손도 닿지 않은 포도원이 보였다. 용기는 가슴팍에 넣어 둔 이 귀한 씨앗을 정성스럽게 땅을 파서 심었다. 그 위로 눈물과 회한과 소망을 담아 간절함으로 씨앗을 심었다. 가슴 뭉클한 감격에 방울진 눈물방울이 흙 위로 떨어졌다. 심기를 마치자 포도원의 불이 잦아들었고 그룹과 스랍들이 씨앗의 터에 내려와 땅을 축복해 주었다.

이제 용기 일행은 모든 임무를 마치고 호렙 산으로 성령의 인도를 받아 출발하기 시작했다.

주여,
뿔라의 터에 씨앗을 담았습니다.

심기는 이 약한 손으로 했으나
이제 기르시는 것은 주의 손이오니

연한 풀 위에 가는 비를 내리시듯이
주의 말씀의 양분으로 먹이시고

때에 따라 자비를 봄비처럼 내리시어
시절을 좇아 마르지 않는 샘으로 뿌리를 뻗게 하소서.

19장. 바벨탑 붕괴

20장. 세례

"변호사님, 안 됩니다."

전도사는 바로를 다급하게 불렀다. 회개하면 이제 모든 일이 잘 풀릴 것만 같았다. 그런데 어느 날 바로는 더 이상 살고 싶지가 않아서 강물 속으로 눈물을 흘리면서 걸어가고 있는 것이었다. 마치 혈전으로 막혔던 말초 혈관을 혈전 용해제로 재관류를 하면 쌓였던 전해질 및 세포독성 물질이 한꺼번에 쏟아지면서 세포 및 조직의 부종이 생기고 그에 따른 이차적인 부작용으로 다시 혈관이 막히거나 신경이 손상되거나 혹은 구획증후근[102] 등의 문제가 발생하는 것과 같았다. 말하자면 영적인 '재관류증후군' 증상이 나타난 것이었다.

그동안은 죄로 인해 양심도 지각도 영혼도 병들어서 죄의 심각성과 타인에게 준 상처의 깊이도 전혀 몰랐고 죄의식도 없으니 힘들지 않았으나, 영이 새로워지게 되면 그동안 범했던 죄들의 끔찍한 실체와 타인

---

102 Compartment Syndrome, 일부 상·하지 근육은 하나의 덩어리를 이루어 구획을 형성하고 있는데 부종 등이 심해질 때 근육 구획 내의 압력이 증가하면서 그곳의 동맥을 압박하고 말단부의 혈액 공급을 차단하여 4~8시간 안에 구획 내 근육과 기타 연부 조직이 괴사하는 질환이다.

에게 가했던 상처들이 선명하게 드러나면서 죄의식과 죄책이 칼과 화염검을 들고 쫓아오기 때문이다.

또한, 괴로움에 힘들어할 때 사탄은 이 죄책을 틈타 일하기 시작한다. 바로도 마찬가지였다. 과거에 지은 죄들이 밤마다 괴롭혔다. 특히나 아들의 죽음이 그를 괴롭힌 것이다. 아이를 죽였다는 고통에 밤새 몸부림치다가 더 이상 버틸 수가 없어서 죽으려고 물속에 들어가고 있는 것이다. 허나, 하나님은 아론 전도사를 이곳으로 보내셔서 전도사가 재빨리 뛰어 들어가 바로를 잡아서 끌어내게 하셨다.

"놔두세요. 저 좀 죽게 놔두세요. 도저히 아이 생각이 나서 견딜 수가 없습니다. 내가 저질렀던 죄들이 칼을 들고 시도 때도 없이 쫓아옵니다. 도망칠 수가 없습니다. 이 죄책의 괴로움을 견딜 수가 없습니다. 이대로 죽고 싶습니다. 살고 싶은 마음이 없습니다. 죽는 것이 편합니다. 제발 절 좀 내버려 두세요."

바로는 호소했다. 죽게 해 달라고 간절히 눈물로 호소했다. 그러나 전도사는 그의 팔을 끌었다.

"안 됩니다. 만일에 변호사님이 이대로 죽는다면 사탄만 좋아하게 됩니다. 이 싸움의 승자는 하나님도 변호사님도 아닌 사탄이 되는 것입니다. 파괴의 악마요, 죄와 거짓의 아비요, 공중 권세를 지닌 더러운 사탄만 좋은 일을 시키는 것이라고요. 살아서 사탄이 원하는 악한 삶이 아닌, 하나님이 원하는 선한 삶을 사셔야 승리하는 것입니다.[103] 변호사님을 부르신 목적은 감람나무

---

103 "이같이 너희 빛이 사람 앞에 비치게 하여 그들로 너희 착한 행실을 보고 하늘에 계신 너희 아버지께 영광을 돌리게 하라" (마 5:16)

처럼 하나님을 영화롭게 하고, 사람을 유익하게 하는 것이기 때문입니다.[104] 그러니 여기서 멈추세요."

바로는 멈춰서 오열했다. 그리고 전도사의 어깨를 잡고서 몸을 들썩이며 절규했고 "주여, 이 어린 양을 용서해 주소서. 주여, 저에게 자비를 더해 주소서." 소리치며 눈물을 흘렸다.

"맞습니다. 이 같은 고통을 지고 가신 이가 있습니다. 그분이 바로 예수입니다. 우리가 겪고 있는 이 고통들을, 변호사님이 겪은 이 고통보다 더 큰 고통을 짊어지시고 우리의 이 더러운 죄들 때문에 십자가에서 물과 피를 쏟으신 분이 예수님이십니다. 그러니 이제 예수님을 영접하고 그분을 구주로 고백하시고 세례를 받으시기 바랍니다."

---

104 "감람나무가 그들에게 이르되 내게 있는 나의 기름은 하나님과 사람을 영화롭게 하나니 내가 어찌 그것을 버리고 가서 나무들 위에 우쭐대리요 한지라" (삿 9:9)

21장. 우리 주 예수

"우리 예수님은 그 마음이 얼마나 따뜻한 분이신지 모른답니다. 주님은 아무리 상대가 악하여도 누구든지 오른편 뺨을 치면 왼편도 돌려 악을 선으로 갚으시고[105] 속옷까지 달라고 요구하면 겉옷까지 주시는 분이시며 오 리를 가자고 하면 우리 주님은 그 사람과 십 리를 동행해 주시고 꾸어 달라는 자들을 거절하지 않고 그들의 청을 모두 들어주시는 선하신 분이십니다.

온 동네 사람들이 간통한 여인을 향해 저주하면서 돌로 쳐 죽이자고 잔뜩 흥분해서 돌을 던지려고 할 때, 우리 주님만이 이 여인의 앞을 가로 막으시고 누구든지 죄 없는 자가 이 여인에게 돌을 던지라며 이 여인을 지켜 주셨습니다.

주님은 마리아의 오빠인 나사로가 죽어 장례를 치를 때, 그곳은 주님을 죽이려는 자들이 많기 때문에 주님이 가시면 생명이 위태로워서 제자들도 가시면 죽는다고 말리는데도 주님은 불쌍한 나사로를 살리기 위해서 위험을 무릅쓰고 찾아가서 '나사로야, 일어나라.'라고 하시며 그들을 향해 눈시울을 적셨던 분이십니다.

---

105 "나는 너희에게 이르노니 악한 자를 대적하지 말라 누구든지 네 오른편 뺨을 치거든 왼편도 돌려 대며" (마 5:39)

주님은 밤새 피로하고 지쳤음에도 허다한 무리의 질고와 고통을 불쌍히 여기시며[106] 본인의 몸은 생각지도 않으시고 그들을 고쳐 주셨으며 어른들이 모인 곳에 어린 아이들이 안수를 받으러 나오자 제자들은 아이들을 꾸짖으며 나가라고 했으나, 우리 주님은 어린아이들을 용납하고 금하지 말라고 하시며 아이들을 인자한 미소로 안아 주시며, 천국은 어린 아이들을 위한 곳이라며 이 아이들을 안수하고 축복하셨습니다.[107]

우리 주님은 밑바닥 인생으로 가정도 무너져 수차례 이혼하고 사회에서 천대와 무시를 받으며 절망과 고통 중에 살아온 사마리아 여인에게 영원히 마르지 않을 물을 주시겠다며 세상이 줄 수 없는 따뜻한 위로와 새 소망을 주신 분이십니다.

나인 성 과부의 아들이 죽어 상여가 나갈 때 유대인들은 관에 손이 닿으면 불결해져서 부정을 타기 때문에 손을 대지 않지만, 주님은 그 과부를 불쌍히 여기셔서 전통과 관습을 깨고 관에 손을 대시고 아들을 살리셨으며, 문둥병자들도 사람들은 더럽고 부정을 탈까봐 안수는커녕 쳐다보는 것도 싫어하는데 주님은 이들을 불쌍히 여기셔서 썩어서 흘러내리는 얼굴과 머리에 손을 얹어 안수해 주신 분이십니다.

우리 주님은 우리 같은 죄인들의 허물을 덮어 주시기 위해 창에 옆구리를 찔리셨고, 우리 죄악을 덮어 주시기 위해 온몸이 채찍으로 상해졌고, 우리에

---

106 "예수께서 나오사 큰 무리를 보시고 불쌍히 여기사 그 중에 있는 병자를 고쳐 주시니라" (마 14:14)

107 "그때에 사람들이 예수께서 안수하고 기도해 주심을 바라고 어린 아이들을 데리고 오매 제자들이 꾸짖거늘 예수께서 이르시되 어린 아이들을 용납하고 내게 오는 것을 금하지 말라 천국이 이런 사람의 것이니라 하시고 그들에게 안수하시고 거기를 떠나시니라" (마 19:13-15)

게 평화를 주시기 위해 오롯이 잔인한 징계를 받으셨으며 우리 인생의 질병과 고통과 사망의 질고를 낫게 하시기 위해 채찍에 살점이 떨어져 나가는 고통을 선택하셨습니다.[108]

주님은 제자 유다가 돈을 받고 로마 군인에게 당신을 팔아넘길 줄 아시면서도, 잡혀가기 전날에 대야에 물을 담아 이이도 다른 제자들과 똑같이 발을 씻어 주시고 축복을 해 주신 분이십니다.

주님이 군인들에게 잡혀가시던 날 모든 제자는 이미 다 배신하고 도망쳤고, 마지막까지 절대로 주를 부인하지 않고 곁에서 지킬 것이라던 베드로마저도 같은 도당이라고 심문하자 주님을 저주하면서까지 부인하며 주를 배신한 베드로를, 주님은 탓하지 않으셨습니다. 오히려 부활하신 뒤에 주님은 갈릴리 해변으로 찾아가 밤새 고기를 잡느라 고생한 베드로에게 따뜻한 마음으로 생선을 구워 놓으시고 함께 식사를 하셨습니다. 베드로는 배신했던 일이 떠올라 마음이 찔려 괴로워하자 주님은 이이를 향해 원망의 소리 한마디도 하지 않으시고 '요한의 아들 시몬아, 네가 나를 사랑하느냐'라고 세 번 물으시고는 인자한 얼굴로 어린 양들을 잘 부탁한다며 떠나셨습니다.

우리는 내 원수요, 내가 미워하는 사람을 향해 자비는 고사하고 그 사람과 상종하지도 못하는데 우리 주님은 아무 잘못도 죄도 없는데도 극악한 죄인들을 위해 굴욕을 당하고 고문을 당하였으며 이들을 향해 어떠한 말도 하지 않으셨습니다. 그저 주님은 도살장에 끌려가는 어린 양처럼 털 깎는 사람 앞

---

108 "그는 실로 우리의 질고를 지고 우리의 슬픔을 당하였거늘 우리는 생각하기를 그는 징벌을 받아 하나님께 맞으며 고난을 당한다 하였노라 그가 찔림은 우리의 허물 때문이요 그가 상함은 우리의 죄악 때문이라 그가 징계를 받으므로 우리는 평화를 누리고 그가 채찍에 맞으므로 우리는 나음을 받았도다" (사 53:4-5)

에서 잠잠한 양처럼[109] 그냥 죽기로 작정하시며 그들에게 끌려가기만 할 뿐 아무런 저항 없이 당신의 목숨을 던지셨습니다. 세상 천지에 이런 미련한 사람이 어디 있답니까. 우리 주님께서는 이렇게 당신의 목숨을 지독하게 악한 죄인들에게 내주시고 골고다 십자가 언덕길을 묵묵히 걸어가셨습니다.

주님은 의와 평강의 왕이시며 온 열방의 구주이심에도 그 마음이 심히 겸비하셔서 '호산나 다윗의 왕이시여'라고 소리치는 군중들 틈에 나귀를 타고 입성하신 겸손하신 분이셨습니다.

경험해 보지 못하신 분은 모르실 것입니다. 하나님과의 단절이 얼마나 두렵고 무서운지 말입니다. 이 두려움은 쉽게 상상할 수 없는 공포인 것입니다. 깜깜한 밤, 혼자서 깊은 산속 공동묘지에서 밤을 지새운다고 상상해 보십시오. 이 또한 공포와 두려움이 얼마나 큰데 하물며 지옥불의 권세와 공중의 더러운 영들과 온갖 무서운 저주와 더러운 죄악의 구덩이에 홀로 방치된 자의 고통을 어느 누가 알겠습니까. 칼과 창과 모진 고문 도구를 준비해 놓고 피를 달라며 으르렁대는 원수들에게 먹잇감으로 내던져지는 고통인 것입니다. 소돔과 고모라에서 타락하여 성에 굶주린 늑대 같은 인간들이 집단 성폭행을 하겠다며 천사들을 내놓으라고 달려들자 롯이 딸들을 그들에게 대신 내어 주겠다고 하는 것과 사사 시대에 집단 강간을 당할 제사장을 대신하여 무지막지한 짐승들에게 첩을 던져 준 것처럼 그렇게 버려지는 것입니다. 강간범들에게, 짐승보다 더 악하고 잔인한 고문관들에게, 물을 칼에 뿜어 대며 피를 보고 싶어 안달이 난 망나니에게 발가벗겨 던져지는 것입니다. 사자와

---

109 "우리는 다 양 같아서 그릇 행하여 각기 제 길로 갔거늘 여호와께서는 우리 모두의 죄악을 그에게 담당시키셨도다 그가 곤욕을 당하여 괴로울 때에도 그의 입을 열지 아니하였음이여 마치 도수장으로 끌려 가는 어린 양과 털 깎는 자 앞에서 잠잠한 양 같이 그의 입을 열지 아니하였도다" (사 53:6-7)

굶주린 하이에나 떼에게 어린 양을 던져 주는 것입니다. 피의 굶주림, 죄악의 부르짖음, 잔인한 저주, 음란하고 악하며 온갖 더럽고 역겨운 죄악에 시뻘건 용암처럼 광분한 짐승 같은 자들에게 던져지는 것입니다.

아무 죄도 없던 이분, 사랑스럽고 진실하며 아버지의 선한 미소와 부드럽고 인자한 모습만 봤던 그가 이제는 죄를 향한 아버지의 가장 무섭고 살기 가득한 눈빛을 봐야 했고 죄악을 향한 아버지의 가장 큰 진노를 받아들여야 했습니다. 그리고 죄가 전가되어 더럽고 역겨운 죄들로 범벅이 된 아들에게 모든 죄의 책임을 물어 피도 눈물도 없이 사형을 집행하는 징계의 칼을 맞아야 했으며 죄의 모든 저주가 쏟아부어진 끔찍한 형벌을 받으셔야 했습니다.

그래서 이제 그는 잔인하게 고문을 당했고, 가장 저급하고 무식하고 불량스러운 자들이 가장 거룩하시고 성결하신 분에게 침을 뱉었고, 뺨을 때렸고, 성희롱과 조롱과 멸시와 폭력을 가하며 십자가로 끌고 갔습니다.

이 외롭고 무서운 길에 제자들더러 조금만 깨어 있으라고 해도 무심한 제자들은 잠만 쿨쿨 잤고 혼자서 겟세마네 동산에서 땀방울이 핏방울이 되도록 기도하시며 홀로 그 깜깜한 밤, 어둠의 동산에서 이 무서운 형벌을 견딜 수 있기를 기도했습니다. 너무 고통스러워 피할 수만 있다면 잔을 옮겨 달라고 간청했으나, 이마저도 아버지의 뜻이 이루어지길 바란다며 이내 마음을 돌이켜 순종하시고 붙잡혀 가셨습니다.

혈기 충만한 베드로가 잡아가는 병사 마고의 귀를 잘라 저항했으나, 주님은 칼로 흥한 자는 칼로 망한다고 칼을 내려놓으라고 하시고 마고의 귀를 치료해 주셨습니다.

주님은 당신을 선지자 노릇을 하라며 희롱하고 때리고 조롱하고 채찍질하고 고문했던 이들과 범죄자를 살려 주고 예수를 십자가에 못 박아 죽이라고 외쳐 댄 이들을 향하여 '아버지 저들을 용서해 주소서, 저들은 저들의 죄를 몰라서 그런 것'이라며 이 자들을 두둔하며 용서해 달라고 기도하셨습니다. 그리고 극한 고통을 조금이나마 덜어 줄 수 있는 진통제인 몰약도 거부하시고 이 견디기 힘든 고통을 온몸으로 감내하셨습니다.

주님은 마지막 물과 피를 쏟는 그 고통스러운 상황에서도 육신의 약한 늙은 어미 마리아를 제자 요한에게 부탁하고 그녀의 안부를 챙기셨고 옆에 십자가에 같이 매달려 있던 평생을 죄만 짓고 악한 짓만 골라한 강도가 주님을 믿겠노라 고백하자 그 생명의 불꽃이 사라지는 그때에도 마지막 힘을 다해 오늘 밤 함께 낙원에서 만나자며 그 강도를 축복해 주셨습니다.

저는 인간의 몸을 입고 이 땅을 살면서 인류 역사 이래로 이처럼 사신 인간은 들어 본 적도 없으며 찾아 볼 수도 없었습니다. 우리는 이런 분을 감히 흉내조차도 내지 못한 죄인일 뿐이어서, 우리 같은 죄인은 이같이 거룩하고 깨끗한 분 옆에 서면 우리의 죄악이 낱낱이 드러나게 마련입니다. 이런 분이 우리 같이 죄질이 나쁜 형편없는 죄인들을 위해 십자가에 달려 죽으셨으니, 저는 세상의 거짓된 왕들을 따르느니 일평생 이분을 따를 것이며, 이분에게 제 삶을 맡긴 것입니다. 변호사님도 의롭고 따뜻하고 축복의 본체가 되신 이분을 마음으로 영접하여 이분의 진실한 제자가 되길 진심으로 기원합니다."

전도사는 애정 가득한 마음으로 예수님이 어떤 분이신지 바로에게 소개했고 이분을 꼭 영접하기를 바란다고 권면했다. 그리고 바로는 조용히 다 듣고 난 뒤 이제 남은 삶은 예수님께 맡기겠노라고 고백했다.

"다행입니다. 이제 변호사님도 세례를 받을 때가 온 것 같습니다. 세례의 참된 의미는 바로 예수 그리스도 안에서 함께 죽고 함께 부활하여[110] 그리스도와 한 몸이 되어 하나님 나라의 유업을 받는 유일한 길인 것입니다. 그리고 더불어 세례는 하나님께서 주신 가장 귀한 은혜의 선물입니다. 또한, 세례는 주님을 영접한 마음의 고백을 외적으로 증거하는 것입니다. 그리하여 그리스도를 구세주로 믿고 그를 진심으로 따르겠다는 의지를 공식적으로 선포하는 것입니다. 또한, 침례의 세례뿐 아니라 성령 세례를 통해서 새사람으로 거듭나는 기회가 되시기를 바랍니다.

이제 죄는 주님과 같이 십자가에 못 박혀 죽었고 새로운 생명으로 주님과 함께 부활하였음을 고백하는 구원의 표를 받으시길 바랍니다. 홍해가 이스라엘을 씻는 세례의 물이 되었듯이[111] 이곳 또한 변호사님을 세례하기 위해 주님께서 허락하신 곳 같습니다. 주님을 이제 주인으로 모시고 그분을 당신의 구주로, 당신의 구속자로, 당신의 구원자로 받아들이시기 바랍니다."

"네, 제가 세례를 원합니다."

바로는 눈물을 흘리며 주님을 구주로 모시겠노라 고백했다. 그리고 전도사는 바로를 무릎 높이의 물가로 데리고 나와 그에게 물속에 몸이 들어갔다가 나오는 침례의 세례를 베풀었다. 물 밖으로 나오는 바로의 얼굴에는 태어나 단 한 번도 경험해 보지 못했던 감격과 평안과 기쁨의

---

110 "너희가 세례로 그리스도와 함께 장사되고 또 죽은 자들 가운데서 그를 일으키신 하나님의 역사를 믿음으로 말미암아 그 안에서 함께 일으키심을 받았느니라" (골 2:12)

111 "형제들아 나는 너희가 알지 못하기를 원하지 아니하노니 우리 조상들이 다 구름 아래에 있고 바다 가운데로 지나며 모세에게 속하여 다 구름과 바다에서 세례를 받고" (고전 10:1-2)

광채가 햇살처럼 퍼지기 시작했다. 그리고 눈에서는 수십 년간 볼 수 없었던 지극히 순수하고 티 하나 없이 맑고 깨끗한 물방울이 맺히기 시작했다. 마음의 참평화, 하늘에서 내려오는 그윽하고 감미로운 평화가 마음 가득히 채워지기 시작한 것이다. 성령의 비둘기가 하늘로 오르며 하늘에서는 조용한 음성이 들리는 것 같았다.

애썼다, 아들아. 수고했다, 내 아들아. 이제 수고하고 무거운 짐들을 다 내게로 가져오너라. 내 멍에는 가볍고 나는 자비하고 온유하니 내게서 쉼을 얻으라.[112] **네가 알지 못하는 크고 비밀한 일들을 행하여 네게 가장 귀한 축복과 평안을 주노라.**[113] **사랑한다, 아들아.**

이 같은 음성이 바로 귓가를 맴도는 것 같았다. 아론은 고이 싼 성경책을 바로에게 선물로 주며 당부의 말을 전하였다.

"이제 일평생 이 성경을 마음에 간직하시고 말씀에 따라 순종하며 사십시오. 주의 말씀이 구름기둥이요, 불기둥이 되어서[114] 변호사님을 이끌 테니 그

---

112 "수고하고 무거운 짐 진 자들아 다 내게로 오라 내가 너희를 쉬게 하리라 나는 마음이 온유하고 겸손하니 나의 멍에를 메고 내게 배우라 그리하면 너희 마음이 쉼을 얻으리니 이는 내 멍에는 쉽고 내 짐은 가벼움이라 하시니라" (마 11:28-30)

113 "평안을 너희에게 끼치노니 곧 나의 평안을 너희에게 주노라 내가 너희에게 주는 것은 세상이 주는 것과 같지 아니하니라 너희는 마음에 근심하지도 말고 두려워하지도 말라" (요 14:27)

114 "여호와께서 그들 앞에 가시며 낮에는 구름기둥으로 그들의 길을 인도하시고 밤에는 불기둥으로 그들에게 비추사 낮이나 밤이나 진행하게 하시니" (출 13:21)

말씀에 따라 좌로나 우로나 치우치지 마시고 똑바로 전진해 가시기 바랍니다. 놀라지 말고 두려워하지 마시기 바랍니다. 주의 강한 손과 펴신 팔이 인도하실 것이니, 마음을 지극히 담대히 하여 새롭게 하고 이제 성령의 충만함을 받아 땅끝까지 복음을 증거하는 삶을 사시길 바랍니다."

바로는 눈물을 흘리며 "아멘."으로 화답하였다.

22장. 호렙 산

"비돔과 라암셋이 물에 잠기고 있어요!"

바로가 전도사의 팔에 안겨 물에 잠기고 떠오를 때, 애굽과 블레셋의 경계를 이루는 시홀[115]의 붉은 강이 창일하여 모든 도성을 물로 덮었으며 붉은 강물의 흉용함같이 땅을 덮어 성읍들과 그 악한 영들의 거민들을 다 멸하고 온 애굽의 지경을 붉은 물로 모두 덮어 버린 것이다.

시홀의 강이 범람하기 전에는 하늘에서 뇌성과 강한 여호와의 소리가 진동을 했었고, 천사장들의 나팔 소리가 하늘을 채우자 악한 영들은 혼비백산하며 도망쳤던 것이다. 그리고 노예로 끌려갔던 영들은 차꼬가 풀리면서 모두 도성을 빠져나왔다. 이들이 성읍을 다 빠져나갈 때 악한 영들이 정신을 차리고 쫓아갔으나, 갑자기 시홀의 붉은 강물이 하늘 높이 치솟아 오르면서 악한 영들과 모든 성을 다 집어삼키고 덮어 버린 것이었다.

---

115 시호르(sihor), 애굽어로 애굽과 팔레스타인의 경계를 이루는 강이다. 시홀은 '호르스의 못'을 뜻하는 말이다. 이사야에서는 시홀을 나일로 명시하고 있어 시홀을 애굽의 나일 강으로 보는 사람도 있다. "시홀의 곡식 곧 나일의 추수를 큰 물로 수송하여 들였으니 열국의 시장이 되었도다" (사 23:3)

비단 애굽뿐만 아니라 궁창 위로 성령의 강한 불같은 바람과 그룹과 스랍들이 하늘에서 날아다니면서 악한 영들을 쫓아내기 시작했고 이들이 가는 곳곳마다 여호와의 권능과 성령의 능력이 일어나기 시작한 것이다. 오염된 의식의 바다는 마르지 않는 샘물이 솟아나면서 맑아졌고 인지의 영 벨루가는 지각, 기억, 사고의 영들과 함께 족쇄가 풀리면서 자유롭게 헤엄쳐 나왔다. 비손과 기혼의 붉은 강에서는 주의 보혈의 붉은 피가 흘러들어 와 해롭고 악한 모든 것을 쓸어 가기 시작했다. 모든 곳에서 악하고 해로운 것들이 씻겨지고 사라지기 시작한 것이다. 더불어 믿음의 씨앗 주변으로는 밝은 빛이 뻗어 나가기 시작했다.

하늘 위로 성령의 비둘기가 날아가는 곳곳마다 더러운 곳이 깨끗해졌고, 묶인 자들의 흉악의 결박이 풀리고, 억압의 줄에 압제된 영들이 자유를 얻게 되었다. 진리의 성령이 이들을 자유롭게 한 것이다.[116] 그리고 모든 영이 압제에서 해방되어 땅끝에서부터 나오기 시작했으며 주님께서 사로잡힌 자들을 돌아오게 할 때에 의로운 처소가 되고 거룩한 산이 되어 복이 충만하게 되었다.[117] 이후에 모든 이는 성령의 인도를 받아 시나이 반도의 남부에 있는 호렙 산의 평지에 모였다.

"그동안 모두 고생하셨습니다. 저는 진리의 성령입니다. 이제 이곳에서 제

---

116 "그러므로 예수께서 자기를 믿은 유대인들에게 이르시되 너희가 내 말에 거하면 참으로 내 제자가 되고 진리를 알지니 진리가 너희를 자유롭게 하리라" (요 8:31-32)

117 "만군의 여호와 이스라엘의 하나님께서 이와 같이 말씀하시니라 내가 그 사로잡힌 자를 돌아오게 할 때에 그들이 유다 땅과 그 성읍들에서 다시 이 말을 쓰리니 곧 의로운 처소여 거룩한 산이여 여호와께서 네게 복 주시기를 원하노라 할 것이며" (렘 31:23)

22장. 호렙 산

가 주님께서 바라는 것들을 전하고 알려 주려고 여러분을 찾아왔습니다."

"아, 성령님. 감사합니다. 이런 날이 오는 군요. 이런 날이 오리라고는 상상도 못했어요. 그럼 저희는 앞으로 무엇을 해야 하나요?"

의의 족장은 성령님과 대화를 주고받았다.

"네, 이제부터 여러분은 세상의 법이 아니라 하나님의 법의 다스림을 받아야 합니다. 그래서 이 양심의 법 위에 하나님의 법을 새겨 두셔야 하며 말씀에 따라 그리고 양심을 증인으로 삼아 거룩하고 경건하게 사셔야 합니다. 하나님께서는 이제 여러분이 하나님의 법을 알기를 원하십니다."

성령님의 인도로 포로에서 해방되어 자유롭게 된 영들이 호렙 산에서 모여 이제 하나님의 법을 배우기 시작한 것이다.

"용기의 백부장님도 믿음의 씨앗을 목숨을 다해 심으셨고 더불어 블레셋에서 고생하셨던 정직, 신실, 진실, 성실의 제사장님들도 고생 많았습니다. 여러분이 양심의 법궤를 무사히 가져오셔서 정말 다행입니다. 모두 애쓰셨습니다. 자, 이제 하나님의 법을 듣기 전에 가장 먼저 해야 할 일이 있습니다."

보혜사 성령은 두 개의 돌판을 보이시고 산 아래 단을 쌓고 선한 영들을 12지파대로 열두 기둥을 세우고 말씀하기 시작했다. 그리고 각 12지파는 사랑의 영을 필두로 하여 사랑, 희락, 화평, 인내, 자비, 양선, 충성, 온유, 절제, 겸손, 만족의 영이 있고 감사의 영이 마지막이었다. 이들은 성령의 선한 열매들로 나타나며 이 선으로 악을 싸워 이겨야 한다고 강조했다.

그리고 성령님은 거룩 지파는 율법과 마음의 성전인 법궤를 거룩하게 지키도록 거룩을 대제사장으로 세우시고, 나중에 땅을 정복하여 지파별로 나눌지라도 땅을 갖지 말라고 당부하셨다. 그리고 양심의 법궤는 이제 언약의 궤로 명하셨고 이 양심의 법궤에 하나님의 법을 담으셨다. 또한, 언약궤는 제사장들 이외에는 누구도 함부로 만져서도 다루어서도 안 된다고 강조하셨다.

"언약궤는 마음 동산이 회복되면 뿔라에 놓으시고 그곳은 하나님의 성전처럼 지키고 보존해야 합니다. 그리고 이제 다윗의 때처럼 24반열[118]을 따라 제사장의 족장을 세우셔야 합니다. 거룩 지파의 거룩의 영은 대제사장으로 섬기며 거룩 지파는 오직 언약궤와 뿔라의 성전과 주변의 푸른 초장만 분깃으로 기업을 삼으실 것입니다.

24반열은 거룩, 성결, 정결, 고결, 경건, 순결, 존귀, 고귀, 엄숙, 숭고, 청빈, 청렴, 근면, 정의, 공의, 공정, 공평, 정직, 진실, 신실, 성실, 금욕, 독실, 순종의 영들로 세우시고 이 반열의 제사장들만이 언약궤를 관리하셔야 하며 특히 주께서도 거룩하시니 반드시 거룩과 성결로 하나님의 법을 지켜야 합니다.

또한, 이것은 하나님의 법이며 주의 종 모세에게 주신 주의 나라의 율법과 계명입니다. 하나님께서는 택한 이스라엘 백성들에게는 모세를 통해 이 율법과 계명을 주셨으나 이방 족속들에게는 그 마음과 양심 판에 하나님의 선

118 다윗 왕은 성전 건축 준비와 함께 성직에 임할 레위 사람을 분류하고 제사장들을 24반열로 조직하였다. 제사장 24반열은 제비로 뽑았는데 엘르아살 가문에서 16족장, 이다말 가문에서 8족장이 뽑혀 도합 24족장이 24반열의 우두머리가 되었다.

한 것들을 새겨 주셨습니다.[119] 그래서 이제 여러분은 하나님의 백성이 되었기 때문에 이 양심의 법 위에 하나님의 법을 올려놓으셔야 합니다.

하나님의 법은 이것입니다. 첫째, 너는 나 외에는 다른 신들을 네게 두지 말라. 둘, 너를 위하여 새긴 우상을 만들지 말라. 셋, 너는 네 하나님 여호와의 이름을 망령되게 부르지 말라. 넷, 안식일을 기억하여 거룩하게 지키라. 다섯, 네 부모를 공경하라. 여섯, 살인하지 말라. 일곱, 간음하지 말라. 여덟, 도둑질하지 말라. 아홉, 네 이웃에 대하여 거짓증거하지 말라. 열, 네 이웃의 집을 탐내지 말라."

그리고 성령은 대제사장인 거룩의 영과 함께 이 귀한 계명의 돌판을 양심의 법궤 안에 넣고 속죄소로 덮었다. 그런 후 성령님은 말씀을 이어 가셨다.

"모세의 율법은 죄가 더 퍼지지 않도록 만들어 주신 안전장치입니다. 또한, 율법은 죄를 깨닫게 하여 율법을 통해 죄가 죄 됨을 알게 하셨습니다. 그러나 죄가 들어온 놋 땅에는 율법을 지킬 능력이 없어서 모두가 범법자가 된 것입니다. 왜냐하면 인간들은 어려서부터 계획하는 바가 심히 악하여 의인이 단 한 사람도 없기 때문입니다.[120] 그래서 하나님께서는 당신의 독생자를 죽

---

119 "율법 없는 이방인이 본성으로 율법의 일을 행할 때에는 이 사람은 율법이 없어도 자기가 자기에게 율법이 되나니 이런 이들은 그 양심의 증거가 되어 그 생각들이 서로 혹은 고발하며 혹은 변명하여 그 마음에 새긴 율법의 행위를 나타내느니라" (롬 2:14-15)

120 "기록된바 의인은 없나니 하나도 없으며 깨닫는 자도 없고 하나님을 찾는 자도 없고 다 치우쳐 함께 무익하게 되고 선을 행하는 자는 없나니 하나도 없도다" (롬 3:10-12)

이면서까지 인간을 구원하신 것입니다.

나라와 독립을 위해 고생하며 죽은 독립투사나 열사들처럼 하나님께서도 당신이 그토록 정성을 다해 아름답게 지으신 나라를 사탄이 다 장악해서 온통 죄악으로 가득 참을 안타까워하셨고, 당신의 나라와 백성들을 구원하시기 위해 독립투사인 예수님을 보내셔서 죄와 율법과 사망에 대하여 싸우고 죽게 하신 것입니다. 예수는 죽음에서 부활하여 사망의 저주를 끊으셨고, 죄와 사망의 쏘는 불화살을 멸하셨으며, 하나님 나라의 의의 훼손 없이 당신의 백성들을 구원하신 것입니다. 아담의 죄로 인해 죽을 수밖에 없는 인간들이 예수님의 의로 인해 살아난 것입니다.[121] 독생자 예수의 희생으로 하나님 나라의 의는 지켜졌고 더불어 인간들은 오직 믿음으로 구원을 받게 된 것입니다.

예수님은 새 계명을 주셨으니 곧 마음을 다하고 목숨을 다하고 뜻을 다하여 하나님을 사랑하고 이웃을 내 몸처럼 사랑하라는 것이었습니다.[122] 결코 법이 부족한 것이 아닙니다. 이 두 계명만 온전히 지켜도 세상은 곧 낙원이 되기 때문입니다. 다만 인간에게는 이 두 계명을 지킬 만한 능력이 없기 때문에 죄가 있는 곳은 율법과 정죄 아래 있을 수밖에 없는 것입니다.

예수님은 율법을 폐기한 것이 아니라 사랑으로 완성하셨습니다. 그래서 진실로 거듭나면 새 마음과 새 영을 받아 사랑으로 율법을 지킬 수 있게 되어 은혜 아래에서 자유하게 됩니다. 그러나 거듭나지 못하면 사랑으로 율법을

---

121 "아담 안에서 모든 사람이 죽은 것같이 그리스도 안에서 모든 사람이 삶을 얻으리라" (고전 15:22)

122 "예수께서 가라사대 네 마음을 다하고 목숨을 다하고 뜻을 다하여 주 너의 하나님을 사랑하라 하셨으니 이것이 크고 첫째 되는 계명이요 둘째도 그와 같으니 네 이웃을 네 자신 같이 사랑하라 하셨으니 이 두 계명이 온 율법과 선지자의 강령이니라" (마 22:37-40)

지킬 수가 없으므로 율법의 저주 아래에서 살 수 밖에 없는 것입니다. 따라서 율법 아래서는 정죄를 받아 죽을 수밖에 없지만, 예수님이 화목제물로 십자가에서 피를 뿌림으로 율법의 저주를 막아 주신 것입니다.

이 은혜가 얼마나 감사한 것인지 모릅니다. 죄수가 대통령과 함께 살 수 있습니까? 교도소와 대통령의 관저는 하늘과 땅만큼이나 격리된 곳입니다. 만일에 죄수가 대통령을 만나고 싶다면 대통령은 비서나 보좌관을 보내서 죄수의 사연을 들을 것입니다. 그런 존재가 예수님입니다. 죄수와 대통령이 함께할 수 없기 때문에, 반드시 중보자가 있어야만 하는 것입니다.

육신의 세상도 이럴진대 하물며 하늘나라의 왕과 악한 죄인들이 어찌 함께 지낼 수 있겠습니까? 그분은 완전한 의요, 빛이시므로 회전하는 그림자도 없는 가장 거룩하신 분이시기 때문입니다.[123] 이 거룩함은 완전한 거룩함이므로, 우리는 흰 도화지에 떨어트린 잉크 방울과 같은 존재로서 그분 앞에서는 더러운 얼룩일 뿐이기 때문입니다. 물과 기름이 어찌 섞일 수 있으며, 죄와 정의가 어찌 공존할 수 있겠습니까? 불가능합니다. 그래서 중보자가 반드시 필요한 것입니다. 그것도 육신을 입었으나 율법을 완성할 수 있는 가장 거룩하고 정의롭고 공의로워 하나님과도 대면할 수 있는 분이셔야만 합니다. 이런 분만이 더러운 죄인과 거룩한 왕의 중보자가 될 자격이 있는 것입니다.

또한, 정의와 공의는 지켜져야 하고 죄에 대한 책임은 반드시 누군가는 져야 합니다. 정의의 왕이라면 살인자에게 합당한 형량을 내려야 합니다. 죗값은 반드시 정의와 공의에 따라 처리되어야 합니다. 그래서 정의롭게 죄인을 구제할 수 있는 방법은 죄의 대속밖에 없는 것입니다. 죄는 반드시 처리되어

---

123 "온갖 좋은 은사와 온전한 선물이 다 위로부터 빛들의 아버지께로부터 내려오나니 그는 변함도 없으시고 회전하는 그림자도 없으시니라" (약 1:17)

야 하기 때문입니다. 그리고 죄인을 대신해서 예수님이 목숨을 내놓고 구원해 주신 것입니다. 죄악의 심판, 율법의 저주, 죄의 책임을 예수님이 다 떠안으시고 죄인이 된 인간을 속량하시고 구원해 주신 것입니다."

성령님의 말씀을 진지하게 듣던 열정의 영이 성령님께 질문을 했다.

"성령님, 모세의 율법에 남아 있는 '종에 관한 법'은 어떻게 받아들여야 하나요? 지금 시대는 노예 제도가 없어졌으니 사실 종의 법은 필요 없을 것 같은데 궁금합니다."

열정의 영은 눈을 반짝이며 좀 더 깊은 말씀을 듣고 싶어 했다. 그리고 성령님은 미소를 지으며 말씀해 주셨다.

"네, 노예 제도는 참으로 안타까운 제도죠. 그리고 당연히 노예 제도는 죄가 잉태되어 만들어진 죄를 모태로 한 제도입니다. 인간의 죄악 때문에 이혼 증서를 허락하신 것처럼[124] 노예 제도도 인간의 죄악 때문에 허락하신 것입니다.

하나님은 아담과 이브를 지으실 때 하나님의 자녀로 여기셨고, 마찬가지로 예수님을 구주로 영접한 이는 모두 하나님을 아바 아버지로 부르게 하셨습니다.[125] 자녀의 특권을 주신 것입니다. 그런데 자녀에게 필요한 덕목 중 하나가 바로 순종입니다. 바른 자녀라면 부모에게 순종하는 것은 참으로 옳은

---

124 "예수께서 이르시되 모세가 너희 마음의 완악함 때문에 아내 버림을 허락하였거니와 본래는 그렇지 아니하니라" (마 19:8)

125 "너희가 아들이므로 하나님이 그 아들의 영을 우리 마음 가운데 보내사 아빠(아바) 아버지라 부르게 하셨느니라" (갈 4:6)

것이기 때문입니다. 그리고 이 같은 순종은 마치 종이 주인을 대하듯 순종하라고 말씀하신 것입니다.

게다가 종의 법은 현대 사회에서 반드시 필요하기 때문에 남겨 두신 것입니다. 왜냐하면 아무리 링컨 같은 대통령이 노예 제도를 없앴다고 하지만, 죄가 있는 곳에서는 평등한 사회가 될 수 없고 위계의 질서가 반드시 필요하며 이 질서가 깨지면 인간 사회는 극도의 혼란에 빠지기 때문입니다.

오늘날 현대인들은 노예 제도가 폐지된 평등한 사회라고 주장하지만, 실상은 전혀 그렇지 않습니다. 직장에서도 상사가 있고 후임이 있으며 군대는 말할 것도 없이 모든 시스템과 사회 조직에는 직위와 직급이 있습니다. 동년배, 동기, 심지어 친한 친구들 사이에도 보이지 않는 상하 관계가 있기 마련입니다.

이런 상하 관계는 돈, 권세, 명예, 혈연, 지연, 학연 등의 연줄이나 심지어 지식과 정보 또는 강한 힘과 능력에 따라서도 생기며 이것들을 가진 자에게 없는 자들은 아쉬운 소리를 해야 하고 그에게 무언의 눈치를 보며 복종을 할 수밖에 없습니다. 한참 떠들썩했던 성 노예 사건들을 보세요. 사람은 약점 하나를 잡히면 그것으로 쉽게 약점을 잡은 이들의 노예가 될 수 있기 때문이며 실제로 인간은 모두가 세상에서 무언가의 노예요, 종으로 살고 있기 때문에 그렇습니다. 여러분이 악한 영들의 노예로 살았던 것처럼 말이죠.

그래서 하나님께서는 죄가 관영된 곳에서는 아무리 링컨 같은 인물이 수십, 수백 명이 나와서 평등한 사회가 되었다고 떠들어도 결국 인간은 평생을 누군가를 상전처럼 모시고 살 수밖에 없기 때문에 이때 어떻게 처신해야 하는지 종의 법을 통해 말씀해 주신 것입니다.

그리고 예수님은 섬김의 본을 보여 주셨습니다. 또 아브라함의 충직한 종

엘르에셀이나 애굽의 노예였던 요셉, 노예로 팔려갔던 다니엘 등을 통해서도 종의 본을 보여 주셨습니다. 따라서 상사가 아무리 나이가 어려도, 또는 무시할 만해도 모두가 규율과 체계의 권위에 순종해야 합니다. 그렇지 않고 무시하면 질서는 깨질 수밖에 없습니다. 이때, 진실한 종의 마음으로 질서에 순종해야 하며 예수님의 마음으로 그들을 섬기고 상사들을 축복하며 기도해 주고 성실하게 일해야 합니다. 더불어 상사는 하늘에 상전이 있음을 명심하여 주 안에서 의와 공평과 진실과 따뜻한 마음으로 아랫사람에게 선을 베풀어야 합니다.[126] 하지만, 안타까운 것은 주 밖에서는 이 종의 법을 온전히 지킬 수가 없답니다. 오직 주 안에서만 가능한 일이기 때문입니다."

성령님은 부드럽고 친절하게 말씀해 주셨고 모든 영은 매우 진지하게 말씀을 들었다. 서서히 해가 지면서 석양 놀이 하늘을 수놓았고, 아픈 기억과 슬픈 상처들은 헤르몬 산의 감미롭고 선선한 바람에 날려 가고, 성령 충만한 저녁은 깊어만 갔다.

성령님이 가르쳐 주시는 여호와의 율법을 즐거워하며, 그 율법을 주야로 묵상하는 이들이 진실로 복되고 행복한 이들이었다.[127]

---

126 "상전들아 의와 공평을 종들에게 베풀지니 너희에게도 하늘에 상전이 계심을 알지어다"(골 4:1) / "상전들아 너희도 그들에게 이와 같이 하고 위협을 그치라"(엡 6:9)

127 "복 있는 사람은 악인들의 꾀를 따르지 아니하며 죄인들의 길에 서지 아니하며 오만한 자들의 자리에 앉지 아니하고 오직 여호와의 율법을 즐거워하여 그의 율법을 주야로 묵상하는도다 그는 시냇가에 심은 나무가 철을 따라 열매를 맺으며 그 잎사귀가 마르지 아니함 같으니 그가 하는 모든 일이 다 형통하리로다 악인들은 그렇지 아니함이여 오직 바람에 나는 겨와 같도다 그러므로 악인들은 심판을 견디지 못하며 죄인들이 의인들의 모임에 들지 못하리로다 무릇 의인들의 길은 여호와께서 인정하시나 악인들의 길은 망하리로다"(시 1:1-6)

23장. 이삭

"전도사님 제발 부탁드립니다, 제발요."

바로는 전도사의 팔을 끌어당기면서 애원했다.

"저는 너무 진지합니다. 앞으로는 절대 '바로'로 살고 싶지 않아서 그렇습니다. 정말 '바로'라는 이름만 들어도 진절머리가 날 정도라니까요. 진실로 거듭난 삶을 살고 싶은 간절한 마음이니 제발 부탁합니다. 개명하리라 마음을 먹자 얼마나 들뜨고 설레던지 간밤에는 잠도 못 이룰 정도였습니다."

바로는 '바로'라는 이름 때문에 치른 희생들이 트라우마처럼 남아서 이제는 이 '바로'라는 이름이 너무 싫었던 것이다. 할 수만 있다면 이름을 바꾸고 싶었고, 좀 더 의미 있는 이름으로 바꾸고 싶어서 전도사를 찾아온 것이다. 바로는 개구진 아이처럼 환한 얼굴로 잔뜩 흥분해서 전도사를 바라보았다.

"하하하."

전도사는 그저 웃기만 하고 딱히 말씀은 하지 않고 있었다.

"이왕이면 성경에 등장하는 귀한 분으로 개명해서 남은 삶은 이름값을 하며 살고 싶은데, 제가 성경 인물들에 대해 너무 몰라서 그렇습니다. 혹시 추천해 줄 만한 이름 없을까요?"

해맑게 웃으며 전도사의 눈을 바라보니 전도사도 웃으며 답했다.

"하하하. 굳이 개명까지 해서 새로운 삶으로 살 필요는 없지만, 우리 변호사님의 마음은 십분 공감이 되네요. 변호사님의 확고한 결단과 마음의 진지함이 보여서 그럼 제가 추천해 보지요. 사실 하나님도 여러 인물에게 새로운 작명을 해 주셨답니다. '아브람'을 '아브라함'으로 '사래'를 '사라'로 '야곱'을 '이스라엘'로 다소의 '사울'을 '바울'로 시몬 '베드로'를 '게바'로 작명을 해 주셨습니다. 또한, 인류는 죄가 들어온 뒤부터 항상 악과 선이 공존했답니다. '가인'과 '아벨', '이스마엘'과 '이삭', 기스의 아들 '사울'과 '다윗', '하만'과 '모르드개', 그리고 '가룟 유다'와 '바울'처럼 말이죠. 그래서 이 땅에 사는 동안 우리는 육에 따라 율법 아래 사는지, 아니면 하나님의 법과 그분의 은혜 아래 사는지에 따라 삶은 이들처럼 현격히 갈리게 됩니다. 대표적인 케이스가 '이스마엘'과 '이삭' 같습니다.

이스마엘은 아브라함의 육체적인 특성과 여종인 어머님의 특성을 물려받았으나 이삭은 아버지의 믿음을 물려받았고 내적으로는 거룩한 영적인 생활도 이어받았답니다. 약속의 상속자로서 이삭은 아버지와 함께 장막에 머물렀으나 이스마엘은 광야에서 자신의 장막을 치고 여러 부족과 동맹하며 그의 힘을 따라 살았습니다. 이삭은 묵상과 성스러운 것들과 대화했으나, 이스마엘은 사람들과 다투며 삽니다. 그의 마음은 세상에 있었기 때문입니다. 그리고 이삭은 자신을 하나님께 희생 제물로 드렸죠. 그러나 이스마엘에게는 자기희생이라는 것이 없습니다. 오직 성령으로 난 사람만이 온전히 자신을 하나님께 드릴 수 있기 때문입니다.

또한, 육체를 따라 여종의 아들로 태어난 이스마엘은 항상 종의 흔적을 지니지만, 이삭은 아버지의 기업을 물려받아 자유하며 살게 됩니다. 이삭은 은혜 안에서 자유합니다. 그의 삶과 영혼은 기쁨과 평안으로 충만합니다. 자유롭습니다. 마찬가지로 감정도 자유롭습니다.[128] 육을 따라 난 사람은 진실로 울어야 할 상황에서는 웃고, 웃어야 할 상황에서는 화를 내는 경우가 많기 때문입니다.[129] 그러나 하나님 나라 안에서 사는 사람들은 감정도 자유로워집니다. 웃어야 하는 곳에서 웃고, 울어야 할 곳에서 울게 됩니다. 또한, 이스마엘은 하나님의 심판을 두려워하며 광야로 쫓길까 두려워합니다. 이삭은 은혜 안에서 아버지가 주실 기업의 약속과 언약 안에서 두려움 없이 살게 됩니다. 육체로 난 사람과 영으로 거듭난 사람의 삶은 천국과 지옥만큼의 차이가 있습니다.

이 같은 삶을 비교하여, 저는 변호사께서 이제 거듭났으니 앞으로의 삶은 하나님이 주실 새로운 언약의 기업을 얻고 영원한 천국의 축복과 구원의 은

---

128 육을 따라 살아가는 이스마엘과 언약의 말씀을 따라 살아가는 이삭의 삶은 스펄전 목사님의 『약속』을 참조하였으며, 죄의 교리 등을 비롯한 성경적인 말씀들은 저자의 멘토인 스펄전(Charles Haddon Spurgeon, 1834~1892) 목사님과 로이드(Martyn Lloyd-Jones, 1899~1981) 목사님 그리고 존 번연(John Bunyan, 1628~1688) 목사님의 영향을 많이 받았다.

129 "이르되 우리가 너희를 향하여 피리를 불어도 너희가 춤추지 않고 우리가 슬피 울어도 너희가 가슴을 치지 아니하였다 함과 같도다" (마 11:17)

총으로 가득한 삶을 사시길 바랍니다. 더불어 이삭처럼 묵상하고 하나님의 거룩한 것들과 대화를 나누며 그분의 영화를 위해 그리고 그분의 나라와 의를 구하며 살기를 바랍니다. 그분의 은혜 안에서 참자유를 누리며 사는 그분의 자녀가 되기를 소망합니다. 그러니 제가 추천하고 싶은 이름은 '이삭'이 좋을 것 같습니다."

"감사합니다. 역시 우리 전도사님한테 오기를 잘했네요. 꼭 나중에 식사를 대접할 테니 시간을 내 주세요. 그럼 다음에 뵙겠습니다."

둘은 가볍고 기쁜 마음으로 헤어졌다. 전도사는 한참 동안이나 신나하며 깃털처럼 가벼워진 바로의 걸음과 새 소망으로 들뜬 모습을 흐뭇한 마음으로 바라보았다.

마치 우리를 저 멀리서 바라보는 인자한 아버지, 하나님의 마음과 같았다.

24장. 진리의 말씀

"이스라엘 백성들의 광야의 여정과 전쟁의 기록은 성도들에게 영적인 여정을 상징하는 모형과 그림자[130]와 같습니다. 한마디로 죄의 노예에서 주님의 보혈로 구원받는 과정이랍니다. 광야에서는 하나님의 임재와 은혜로 율법과 말씀을 가르치셨고, 젖과 꿀이 흐르는 약속의 땅은 예수님이 계신 천국과 새 예루살렘의 그림자와 같습니다. 이 같은 영적인 여정을 모르고 말씀에 순종하지 않고 이스라엘 백성들처럼 원망과 불평만 하면 약속의 땅에 들어갈 수 없으며 결국 지옥으로 갈 수밖에 없습니다.

또한, 이 믿음의 씨앗이 자라서 열매를 맺지 못하면 교회는 다녀도 겉모양만 성도일 뿐이지 거듭나고 성화되지 못하여 육을 따라 살기 때문에 주의 몸 된 교회와 하나님께 민폐만 될 뿐입니다. 이들이 바로 주님을 죽였던 바리새인과 사두개인처럼 되기 때문입니다. 그래서 믿음의 씨앗이 온전히 뿌리를 내릴 때까지 인내하며 결실을 맺어야 합니다. 더불어 우리의 영혼이 구원받아서 이 땅에서도 평온한 안식을 누려야 합니다. 그리고 안식의 주인이신 예수님이 다시 오실 때 가나안 혼인 잔치의 신부처럼 들려져서 하늘 천국의 참

---

130 천국의 모형과 그림자는 '하나님 나라의 영토(Oasis Church)'를 참조했다.

안식에 입성하는 것이 진정한 하늘 천국의 기업입니다.

그래서 천국의 모형이요, 그림자인 마음의 가나안 땅에서도 안식을 누리려면 반드시 악한 영들과 싸워야 하는 영적 전쟁이 필요한 것입니다. 우리 안에 악하고 해로운 영들이 평안의 안식의 땅을 장악하고 지배할 때, 우리는 참된 안식을 누리지 못하고 결국 죄와 사탄의 종살이만 하다가 죽게 되기 때문입니다. 따라서 영적 전쟁은 실전만큼이나 진지한 것이며, 하나님의 도우심이 아니면 결단코 승리할 수도 없는 싸움입니다.

하나님께서는 온 땅의 주인이시며 천하가 다 그의 것이고 시간도 영혼도 영적인 땅과 지경도 다 그의 것입니다.[131] 그러므로 그분의 것을 죄와 사탄에게 뺏겼다면 이제 그것들을 다시 찾아와야 합니다. 악의 손아귀로 들어간 선한 영들과 죄의 권세로 포로가 된 영혼을 구원해야 합니다. 또한, 하나님께서는 당신의 법에 순종하는 자들을 통해 반드시 하나님 나라를 세우실 것이라고 말씀하셨습니다. 온 땅이 그분의 것이기 때문입니다.[132] 반드시 악이 지배한 하나님의 땅을 예수 그리스도가 다스리는 땅으로 회복해야 합니다. 그래서 이 영적 전쟁이 무엇보다 중요한 것입니다. 그리고 이 영적 전쟁에서 빼놓을 수 없는 것이 바로 우상 숭배입니다.

인간은 오로지 자기를 위하여 우상을 만들고 섬깁니다. 그리고 우상에게 지극 정성을 다합니다. 무당도 그의 신을 만나려고 1시간을 정성 들여 몸단장을 합니다. 이들을 향한 인간의 마음은 완전히 열려 있습니다. 그래서 그

---

131 "누가 먼저 내게 주고 나로 하여금 갚게 하겠느냐 온 천하에 있는 것이 다 내 것이니라" (욥 41:11)

132 "이는 너를 지으신 이가 네 남편이시라 그의 이름은 만군의 여호와이시며 네 구속자는 이스라엘의 거룩한 이시라 그는 온 땅의 하나님이라 일컬음을 받으실 것이라" (사 54:5)

의 우상을 대하는 태도와 힘없는 사람들을 대할 때의 태도가 완전히 극과 극으로 다른 것입니다.

인간은 수많은 우상을 섬기며 사는데 알고 보면 우상은 인간이 자기를 위해 만든 죽은 신死神입니다. 하나님은 너희를 위하여 새긴 우상을 만들지 말라고 경고하심에도[133] 불구하고 인간들은 높아지고 풍요를 누리기 위해 자기를 위해 수많은 우상을 만들고 자기를 위해 살다가 죽습니다. 그래서 가장 강력한 우상이 '자아自我'인 것입니다. 그런데, 심히 안타까운 사실은 인간이 자기를 위해 사는 것 같으나 자세히 들여다보면 사탄이 원하는 '죄'를 위해서 사는 것이며 결국은 한평생 '사탄과 죄'의 종살이만 하다가 한 평 무덤의 저주 속으로 들어간다는 것입니다.

태초에 하와는 아담과 함께 하나님께서 먹지 말라고 한 선악과를 보고 죄가 들어오자 자기 눈의 만족을 위하여, 자기 입의 즐거움을 위하여 보암직도 하고 먹음직도 한 그 선악과를 먹어서 하나님 말씀을 거역하고 죄를 짓게 됩니다. 자기의 욕망을 위해, 식욕을 채우기 위해, 만족을 주기 위해 죄를 지었지만 실은 뱀이 원하는 죄를 지은 것입니다. 뱀이 원하는 대로 가정이 깨졌고, 뱀이 원하는 대로 하나님 말씀을 거역했고, 뱀이 원하는 대로 에덴 동산에서 쫓겨나 하나님과 단절되었고, 결국 뱀이 원하는 대로 저주를 받아 죽게 된 것입니다.

평생을 희생만 하며 살았다고 주장하는 이들도 있습니다. 그런데, 자세히 들여다보면 결국 인간은 눈을 뜨고 눈을 감는 매일과 평생을 자기 자신이 원하는 것을 하며 사는 존재라는 것을 부인할 수 없습니다. 좋은 찬송가를 권

---

133 "너를 위하여 새긴 우상을 만들지 말고 또 위로 하늘에 있는 것이나 아래로 땅에 있는 것이나 땅 아래 물 속에 있는 것의 어떤 형상도 만들지 말며" (출 20:4)

해도 자기가 듣기 싫으면 단 1분도 듣지 않고 거부하며 자기가 듣기 좋은 음악을 듣습니다. 5분만 일찍 일어나서 잠깐이라도 기도하라고 해도 싫으면 거절합니다. 그리고 실컷 자고 자기가 일어나고 싶은 시간에 일어납니다. 자기가 좋아하는 반찬을 먹습니다. 심지어 건강을 생각해서 야채를 좀 먹으라고 해도 자기가 기름진 음식을 좋아하니 자기를 위해 고기를 먹습니다. 그리고 간섭한다고 짜증을 냅니다. 자기가 원하는 옷을 입고, 자기를 위하여 자기가 좋아하는 방송을 보고, 자기가 좋아하는 신발을 신습니다. 자기들이 좋아하는 방송을 보려고 서로서로 싸웁니다. 또 자기를 위하여 자기가 좋아하는 길로만 다니며 자기의 마음을 기분 좋게 해 주기 위해 자기가 좋아하는 언어를 사용합니다. 욕을 하는 것이 자기에게 만족이 되면 욕하지 말라는 사람에게 무슨 참견이냐며 화를 냅니다. 아이에게 희생했다고 해도 아이의 의사와 상관없이 자기가 아이를 원해서 자기를 위해 아이를 갖는 것입니다. 자기가 좋아서 아이를 낳고 자기에게 근사한 가정을 만들어 주려고 결혼을 하며 자기가 좋아하는 양육 방식으로 자기만족을 위해 양육합니다. 모두가 자기를 위해, 자기가 하고 싶은 대로, 자기 멋대로 삽니다.

그렇다면 하루에 단 5분이라도 하나님이 원하는 것을 했던 순간이 얼마나 있습니까? 서로 용서하라고 해도 자기가 용서하고 싶지 않으니까 자기감정과 기분을 위해 용서하지 않습니다. 심지어 어린 아이들이 이혼하지 말라며 울며불며 호소해도 자기들이 같이 살기 싫으니까 자기들을 위해 이혼을 합니다. 그러면서 아이들을 위해서 그랬다고 기만합니다. 자기가 좋아하는 사람하고만 친합니다. 자기를 위해 자기에게 명품으로 치장해 주고 비싼 옷을 입혀 줍니다. 자기에게 듣기 좋은 말을 하는 사람들을 좋아하고, 듣기 싫은 말을 하면 미워합니다. 자기에게 이득이 되는 것만 관심을 갖습니다. 자기 몸을 위해 자기 건강을 위해 자기 장수를 위해 자기 즐거움을 위해 자기 편익을 위해 자기의 기쁨을 위해 자기의 기분, 명예, 성공, 권세, 자랑을 위해 자기를 더 돋보이게 하려고 멋지게 꾸며 주고 누리게 하고 삽니다. 그렇게 평생을 자기가 원하고 좋아하는 것을 하고 삽니다. 아내 옷은 사주지도 않으면서 술집 아가씨가 자기 앞에서 윙크해 주면 팁을 줍니다. 왜입니까, 자기를 즐겁게 해 주었기 때문입니다. 결국 이것들이 자기의 우상이며, '사신死神' 우상인 것입니다.

구약에서는 하나님과 신들의 전쟁이라고 하지만, 사실 신들이라는 것은 인간들이 만든 우상이며 결국 인간과 하나님 나라의 싸움이며 더 깊이 들어가면 하나님과 사탄과의 싸움입니다. 그래서 주권을 하나님께 넘겨줄 때 비로소 그분의 백성이 되는 것입니다.

우상의 특징은 그들에게 종속되는 것이므로 우상이 자식을 원하면 자식까지도 바치게 됩니다. 문제는 이처럼 우상으로 성스러운 것들이 깨지고 더럽혀진다는 것입니다. 하나님이 우상 숭배를 끔찍하게 싫어하신 이유입니다. 우상 때문에 힘없는 이들이 죽어 나가고, 가정이 깨지고, 교회가 흔들리기 때문에 극도로 싫어하는 것입니다. 무엇보다 하나님을 위해 지은 이들이 결국 사탄의 종이 되어 죄만 쌓다가 유황불로 끌려가기 때문에 그토록 싫어하신 것입니다. 그러므로 죄의 종으로 살면 사망에 이르나 의와 그리스도에게 순종하면 평안과 생명을 얻게 되는 것입니다.[134]

---

134 "너희 자신을 종으로 내주어 누구에게 순종하든지 그 순종함을 받는 자의 종이 되는 줄을 너희가 알지 못하느냐 혹은 죄의 종으로 사망에 이르고 혹은 순종의 종으로 의에 이르느니라 하나님께 감사하리로다. 너희가 본래 죄의 종이더니 너희에게 전하여 준 바 교훈의 본을 마음으로 순종하여 죄로부터 해방되어 의에게 종이 되었느니라" (롬 6:16-18)

이에 의가 앞장서서 하나님의 말씀을 대언하고, 지체들은 의의 명령을 따라 그에게 순종할 것이며 모두가 그의 말을 들어야 합니다. 그리고 의는 반드시 하나님 나라의 의에 충성과 진실과 정직으로 받들어 대언해야 할 책임이 있습니다. 이처럼 하나님 나라와 의에 순종하고 따를 때 진정한 샬롬의 평화와 기쁨을 누리고 진정한 행복을 얻게 됩니다.

따라서 여러분은 이제 의에 순종하고 일사각오一死覺悟의 마음으로 영적 전쟁에 임해야 합니다. 그리고 악한 우상들을 모조리 없애야 합니다. 죄와 악은 절대로 타협해서는 안 됩니다. 아무리 작은 죄일지라도 그 안에는 엄청난 지옥불의 권세가 도사리고 있기 때문입니다. 신체포기각서에 서명한 손톱만한 글씨 때문에 평생을 성 노예로 살다가 죽는 여인과 같습니다. 고작 1g의 마약을 맛보았을 뿐인데 평생을 마약 중독자로 살 수도 있는 것입니다. 단순히 황제에게 머리만 조아리면 된다고 했는데 거부하자 산 채로 가죽을 벗겨 내서 잔인하게 죽입니다. 이것이 바로 죄의 무서운 미혹입니다. 그 작은 속삭임 속에 무저갱만큼이나 깊은 간계와 원자탄 같은 파괴력과 끔찍하고 잔인한 사망의 권세가 숨어 있는 것입니다. 죄를 죽여야 하는 이유입니다.

이제 여러분은 이 같은 악한 영들과의 싸움을 앞두고 있습니다. 평화의 동산을 파괴하고 장악한 악하고 해로운 영들과 이제 영적 전쟁을 해야 합니다. 저 더러운 영들로부터 젖과 꿀이 흐르는 안식의 땅을 찾아와야 합니다. 절대로 타협해서는 안 됩니다.”

성령님은 호렙 산에서의 마지막 밤에 모든 이에게 율법과 죄에 대하여 진지하고 엄하게 말씀하셨다.

사망의 쏘는 살이 무엇이더냐
지옥불의 권세는 어디서 오는 것이더냐

악하고 추악한 짓만 골라 하는 더러운 것들아
정사와 권세와 공중의 악한 영들은 들을지어다.

내게 은과 금은 없을지라도
나사렛 예수 그리스도의 이름으로 명하노니 떠나가라.

더럽고 악한 것들은 물러갈지어다.
추악하고 해로운 것들아, 일곱 길로 떠날지어다.

오, 주여.

이 사망에 매인 몸에서
이 악하고 더러운 영들에게서
묶여 있는 결박과 압제와 멍에에서
속히 우리를 구원하소서…….

25장. 모압 평야

"이제 여러분은 들으세요."

모압 땅에 모인 영들을 향해 진리의 영은 말씀을 이어 가셨다.

"오늘 여러분은 제 말을 명심하고 또 명심해야 합니다. 여러분이 곧 요단을 건너 여호와께서 주시는 땅에 들어가게 되면 그날 여호와의 율법을 다시 기록하여 에발 산에 세우고 석회를 바를 것이며 또 거기서 하나님 여호와를 위하여 제단을 쌓아 번제와 화목제를 드리고 그 앞에서 먹고 여호와 앞에서 즐거워하며 기뻐해야 합니다. 반드시 에발 산에서 단을 쌓고 이 모든 주의 율법의 말씀을 분명하고 정확하게 기록해야 할 것입니다."

모압 땅에서 성령님은 모든 영을 모아 놓고 다시 한번 여호와의 율법을 강조하셨고[135] 가나안 땅에 들어가면 그리심 산보다 먼저 에발 산에서 제단을 쌓으라고 명하신 것이다. 그리고 성령님은 계속해서 말씀하

---

135 가나안 땅으로 들어가기 전에 모압 평원에서 거듭해서 모세의 율법을 되풀이해서 알려 주셨기 때문에 '신명기(申命記, 히브리어: דברים 데바림)'에서의 '신'은 '거듭 신'인 '申'으로 표기되는 것이다.

셨다.

"하나님께서는 인간이 선하고 축복된 길을 가기를 원하시지만, 인간은 하나님을 떠나 죄를 향해 달려갑니다. 주체 못 하는 혈기로 폭력을 휘두르는 사람, 복수하러 가는 사람을 제어할 방법이 없습니다. 술, 담배나 다른 나쁜 것들도 그렇습니다. 아무리 타일러도 그 강력한 충동을 제어할 수 없습니다. 그래서 '너 그러다 암 생길 거다!'라며 저주에 가까운 쓴소리를 해야 그나마 조금 들으려 하는 것이 어리석은 인간들의 현실입니다. 그런데 이마저도 저주의 쓴소리가 죄와 악을 향해서 쓰여야 하는데 오히려 이 저주의 말들이 사람과 영혼을 죽이는 곳에 쓰인다는 것이 문제인 것입니다.

또한, 마음의 쓴소리와 양심의 정직한 소리는 듣기 싫어하고 회피합니다. 양심에 화인을 쳐서 양심을 죽이고 죄를 향해 달려갑니다. 망치로 못을 때려야 하는데 본인의 손만 때리고 사는 어리석은 짓을 하게 되는 것입니다. 죄가 그렇게 만든 것입니다. '죄를 지으면 정녕 죽으리라.'라는 주님의 말씀[136]을 비틀어서 '나한테 피해를 주면 정녕 죽으리라.'라며 진실을 비틀어 버리는 것입니다. 그래서 여호와께서는 먼저 에발 산에 가서 제단을 쌓고 죄에서 돌이키지 않으면 정녕 죽을 것이라는 저주의 말씀을 다시 기록하여 두려워서라도 죄를 짓지 말라고 하신 것입니다. 그리고 이후에 그리심 산에서 축복의 단을 쌓고 복을 누리라고 하십니다."

성령님은 너무 중요한 말씀이므로 진지하고 집중해서 가르쳤고 더불

---

136 "범죄하는 그 영혼은 죽을지라 아들은 아버지의 죄악을 담당하지 아니할 것이요 아버지는 아들의 죄악을 담당하지 아니하리니 의인의 공의도 자기에게로 돌아가고 악인의 악도 자기에게로 돌아가리라" (겔 18:20)

어 잘못된 감정, 이성, 지성, 사고, 인지, 의식, 기억들을 바르고 건강하게 교정해 주셨다.

"인간의 모든 비극은 말씀드린 것처럼 '죄' 때문입니다. 죄로 인해 하나님과 단절되었고, 인간 사이가 단절되었고, 자연과 단절되었습니다. 그리고 그 죄는 인간의 감정도 다 비틀어 버렸습니다. 원래 낙원에는 기쁨만 있었으나 죄가 들어온 놋 땅에서는 죄악으로 기쁨을 누릴 수 없으니 놋 땅에서는 감정을 잘 다루어 생명을 잘 지키라며 안전장치로 여러 가지 감정을 만들어 주신 것인데 죄는 이들까지도 다 비틀어 버린 것입니다.

영이 죽고 육을 따라 사는 인간 세상은 3차원의 지배를 받게 됩니다, 따라서 높이와 깊이와 너비처럼 인간의 마음과 감정과 의식들 또한 모두 이에 영향을 받게 됩니다. 이것은 '벡터[137]'로 표현될 수 있으며, 죄와 사탄이 바로 이 '벡터'를 비틀어 버린 것입니다. 그래서 '시점, 방향, 끝점' 이 세 영역이 완전히 뒤틀린 것입니다.

인간은 항상 하나님의 말씀에서 시작해서 하나님 나라와 의를 향하여 그리고 하나님을 영화롭게 하는 끝점과 인간의 유익을 끝점으로 해야 하는데, 사탄이 이 벡터를 뒤틀어 버린 것입니다. 그래서 시작도 방향도 끝도 다 바뀌어 버렸습니다.

하나님 대신에 사람과 사탄과 죄가 영광을 받게 만든 것입니다. 죄를 향한 저주를 사람을 향한 저주로 뒤틀어 버린 것입니다. 하나님 나라를 욕되게 하는 것과 불의를 보고 거룩한 분노를 품어야 하는데, 내 감정을 상하게 하는

---

137 Vector, 수학 개념으로 크기와 방향을 갖는 물리량을 의미한다. 또한, 일반적으로 벡터는 시점과 끝점을 연결하는 화살표로 표시할 수 있다.

자를 향해 분노합니다. 오직 죄를 미워하고 사람은 미워하지 말아야 하는데, 사람을 미워하고 죄는 미워하지 않도록 비틉니다. 죄를 깨달으면 회개를 해야 하는데, 스데반 집사의 회개하라는 설교를 듣고 대제사장 이하 많은 이는 마음과 양심에 찔리자 이를 갈더니 스데반 집사를 돌로 쳐 죽였습니다.[138] 세상에서도 '심사가 뒤틀렸다, 심사가 꼬였다.'라고 말할 정도입니다. 미안해서 위로를 해 주고 싶은데, 심사가 꼬여서 더 감정 상한 말을 합니다. '죄'로 인해 뒤죽박죽 뒤틀려서 그렇습니다. 벡터는 시작도 방향도 끝도 뒤틀고 비틀고 구부려서 뒤섞이면 완전 엉망이 되는 것입니다. 따라서 이제는 이 벡터를 교정하고 모든 감정을 리셋[139]해야 합니다.

사람을 미워해서는 안 되며 죄를 미워해야 합니다. 내가 가진 것과 내 의를 자랑할 것이 아니라, 오직 십자가만 자랑해야 합니다.[140] 나보다 더 가진 자를 질투하는 것이 아니요, 오로지 거룩에서 떠나 타락하고 음란해질 때 맹렬히 질투해야 하는 것입니다. 내가 손해를 볼 때 분노하는 것이 아니라, 불의와 죄악의 참상을 보고 분노해야 합니다. 내 이익을 위협할 때 저주하는 것이 아니요, 오직 죄와 악을 향해서 저주를 해야 합니다. 죄와 음란과 악을 향한

---

138 "목이 곧고 마음과 귀에 할례를 받지 못한 사람들아 너희도 너희 조상과 같이 항상 성령을 거스르는도다 너희 조상들이 선지자들 중의 누구를 박해하지 아니하였느냐 의인이 오시리라 예고한 자들을 그들이 죽였고 이제 너희는 그 의인을 잡아 준 자요 살인한 자가 되나니 너희는 천사가 전한 율법을 받고도 지키지 아니하였도다 하니라 그들이 이 말을 듣고 마음에 찔려 그를 향하여 이를 갈거늘" (행 7:51-54)

139 Reset, 기억 장치·계수기·레지스터 등을 0의 상태로 되돌리거나 처음 상태로 돌려놓는 것이다.

140 "그러나 내게는 우리 주 예수 그리스도의 십자가 외에 결코 자랑할 것이 없으니 그리스도로 말미암아 세상이 나를 대하여 십자가에 못 박히고 내가 또한 세상을 대하여 그러하니라" (갈 6:14)

담력이 아니라, 오로지 선한 것과 의로운 것과 하나님의 나라를 위해 담력과 담대함과 용기를 내야 합니다. 주 앞에서 자신의 죄를 깨달아 마음과 양심이 찔리면 이를 갈 것이 아니라, 통회하는 마음으로 '오, 이 일을 어이할꼬.'라고 하며[141] 가슴을 치면서 죄악에서 돌이켜 회개하는 것이 정상입니다. 그런데 오히려 불쾌하다고 이를 갈고 화를 내며 언짢게 생각한다면 이미 죄로 상당히 뒤틀어진 상태인 것입니다.

또한, 죄가 주인이 되면 이제 죄가 원하는 대로 살 수밖에 없습니다. 죄의 종이 되면, 절대로 죄가 요구하는 것 외에는 행할 수 없습니다. 가령 용서해 달라고 선처를 좀 해 달라고 부탁을 해도 절대로 선처를 해 주지 않습니다. 주인인 '죄'가 '절대로 선처하지 말라.'라고 명령하기 때문입니다. 그 죄가 원하는 악을 끝까지 행해야만 '죄의 주인'이 만족하고 좋아하기 때문입니다. 사랑해야 하는데 그 사람을 미워하고 있다면 그냥 죄의 노예인 것입니다.

욕심이 장성하여 죄를 낳고 죄가 장성하여 사망을 낳습니다. 죄의 어미인 욕심충은 선을 원치 않고 오로지 죄의 충란만을 원하고 낳습니다. 욕심 어미는 죄의 충란이 아니면 버리기 때문입니다. 그리고 죄의 충란은 장성해서 사망의 아비가 되어 더 많은 자를 지옥으로 끌고 가려고 악랄하고 지독하게 일합니다.

또한, 인간은 참기쁨과 행복은 돈과 명예와 부귀가 가져다줄 것으로 착각하나, 이 모든 것은 아침 구름처럼 쉬이 사라질 것들이며 전도서 기자가 말씀

---

141 "저희가 이 말을 듣고 마음에 찔려 베드로와 다른 사도들에게 물어 이르되 형제들아 우리가 어찌할꼬 하거늘" (행 2:37)

하신 것처럼 헛되고 헛되어 헛되니 참으로 헛되고 헛된 것들입니다.[142] 하나님 나라의 의를 구하고 선을 행하며 정직하고 바르게 살 때 진정 행복하고 평안하며 세상에서 얻을 수 없는 참기쁨을 누리게 되는 것입니다. 더불어 '선善'이란 결단코 절대로 그저 막연히 착한 것이 아니라, '하나님과 가까워지는 것이 진짜 선'인 것입니다. 이렇게 지은 바 되었기 때문입니다.

그런데 매일 하나님의 임재를 경험하지 못하고 그분과 교제하며 살지 못하는 이유는 간단합니다. 말씀대로 살지 않기 때문입니다. 사랑하라고 할 때 사랑하지 않으면 하나님을 경험할 수 없습니다. 나누라고 하는데 나누지 않으면 경험할 수 없습니다. 해가 지도록 분을 품지 말라는데[143] 분을 품고 있으면 경험할 수 없습니다. 형제를 일곱 번의 일흔 번을 용서하지 않기 때문에 하나님을 경험할 수 없습니다. 거룩하고 담대하라고 하는데 음란하고 두려워하면 경험할 수 없습니다. 정직하라고 하는데 정직하지 않으면 경험할 수 없습니다. 용서하라고 하는데 용서를 안 하고 못하면 경험할 수 없습니다. 원수까지 사랑하라는데 사랑하지 않으면 절대로 경험할 수 없습니다. 겉옷만이라도 돌려줘야 하는데 아까워서 주지 않으면, 말씀을 주야로 묵상하지 않으면, 감사하지 않으면, 기도하지 않으면, 깨어 있지 않으면, 안식일에 오락만 구하고 살면 등등 하나님을 경험할 수 없습니다. 도대체 하나님이 어디 있냐고 할 때 이것 중에 제대로 순종하고 있는 것이 얼마나 되는지 스스로 점검해야 합니다.

죽으면 죽으리라고 나아갔던 에스더처럼, 사자굴 속에서의 다니엘이나 풀

---

142 "전도자가 이르되 헛되고 헛되며 헛되고 헛되니 모든 것이 헛되도다 해 아래에서 수고하는 모든 수고가 사람에게 무엇이 유익한가" (전 1:2-3)

143 "분을 내어도 죄를 짓지 말며 해가 지도록 분을 품지 말고 마귀에게 틈을 주지 말라" (엡 4:26-27)

무 불 가운데에서도 믿음의 절개를 지킨 다니엘의 친구들처럼, 적어도 하나님을 신뢰하고 그분이 원하는 대로 사는 이들은 매일이 기적 같은 날들이요, 실로 측량할 수 없는 기이한 하나님의 역사를 누리고 살게 됩니다. 그러나 위의 것들조차도 순종하지 않는다면 천 년이 흐르고 만 년이 흘러도 삶은 변하지 않으며, 하나님을 결단코 만날 수 없습니다."

성령님은 진지하게 말씀하셨고, 영들은 모든 말씀을 새겨들었다.

"여러분, 이제는 절대로 죄와 사망과 사탄에게 종노릇을 하지 말 것이며 반드시 하나님의 말씀을 의지해서 그 말씀대로 순종하여 성령의 선한 열매를 맺으며 살아야 할 것입니다. 모든 피조물은 심지어 시간도 반드시 하나님으로 시작해서 하나님으로 끝나야 합니다. 하나님이 알파요 오메가이시며 시작이고 끝이기 때문입니다.[144]"

"성령님, 그럼 저는 어떻게 쓰임 받으면 좋을까요?"

지식의 영이 질문했다.

"네. 지식은 그 무엇보다 하나님을 아는 데 열심히 쓰여야 합니다. 하나님에 대한 무지로 인해 인생들이 망하기 때문입니다.[145] 그리고 하나님이 어떤 분이신지 알려면 우선 하나님의 마음을 알아야 하며 성경은 곧 하나님의 마

---

144 "나는 알파와 오메가요 처음과 마지막이요 시작과 마침이라" (계 22:13)
145 "내 백성이 지식이 없으므로 망하는도다 네가 지식을 버렸으니 나도 너를 버려 내 제사장이 되지 못하게 할 것이요 네가 네 하나님의 율법을 잊었으니 나도 네 자녀들을 잊어버리리라" (호 4:6)

음이니 열심히 성경 말씀을 주야로 묵상해야 합니다. 또한, 온 세상의 모든 책을 다 합쳐도 그 깊이와 가치는 성경의 첫 장에도 미치지 못할 만큼 성경은 의로 교육하기에 유익한 책이므로 성경을 아는 지식에 열심을 내야 합니다.[146]

그리고 이제 지식은 선한 목적과 뜻에 따라 쓰여야 하며, 주 안에서 필요한 이들에게 친절하게 전하고 나눠야 합니다. 하나님께서는 지식도 하나님을 영화롭게, 사람에게 유익하도록 쓰임 받기를 원하시기 때문입니다. 현실은 대부분 지식으로 돈을 벌어 본인과 가족만 배 불리며 살지만, 적어도 나는 선하게 쓰임 받겠다고 다짐하고 정말 그렇게 살면 하나님께는 영광이요, 사람들에게는 축복이며 본인도 평안하고 행복해지는 것입니다. 다만 주 밖에서는 거의 불가능하기 때문에 그저 안타까울 뿐입니다."

성령님은 모든 영에게 친절하고 따뜻하게 설명해 주셨다.

"우리도 선한 곳에 쓰임 받고 싶어요. 그런데 저희 뜻대로 되지 않을 때는 어떻게 해야 하나요?"

성령님은 다시 부드럽고 인자한 미소를 지으며 답해 주셨다.

"네, 선하게 쓰임 받기를 원하나 뜻대로 마음대로 되지 않을 때가 많지요. 그래서 바울 선생도 선을 행하고 싶은데, 다른 죄의 법이 선을 행하지 못하

---

146 "모든 성경은 하나님의 감동으로 된 것으로 교훈과 책망과 바르게 함과 의로 교육하기에 유익하니" (딤후 3:16)

게 하므로 스스로를 곤고한 사람으로 여기며[147] 사망에 매인 것을 한탄하듯이 이는 아무리 선한 마음을 품어도 너무나 강력한 죄가 이끌기 때문입니다. 그래서 인간 스스로의 힘으로는 결단코 선한 마음을 품을 수도 또 행할 수도 없답니다. 그러나 오직 하나님으로서는 가능하니[148] 반드시 성령의 충만함을 구하며 간절하게 기도해야 합니다. 바로 이것이 하늘의 문을 여는 열쇠요, 선을 행할 수 있는 능력이 되는 것입니다."

그리고 성령님은 주님의 기도를 가르쳐 주시고 함께 기도했다.

"주님께서는 기도의 본을 알려 주셨습니다. 하늘에 계신 우리 아버지여 이름이 거룩히 여김을 받으시오며 나라가 임하시오며 뜻이 하늘에서 이루어진 것 같이 땅에서도 이루어지이다. 오늘 우리에게 일용할 양식을 주시옵고 우리가 우리에게 죄 지은 자를 사하여 준 것 같이 우리 죄를 사하여 주시옵고 우리를 시험에 들게 하지 마시옵고 다만 악에서 구하시옵소서. 나라와 권세와 영광이 아버지께 영원히 있사옵나이다. 아멘."

성령님은 기도를 가르쳐 주시고는 그 자리에 있는 모든 영과 함께 손을 모아 똑같은 마음으로 기도하기 시작했다. 그러자 하늘에서 하나둘씩 무언가가 반짝이기 시작했다. 바로 소망의 별이었다. 흑암의 권세가

---

147 "내 속사람으로는 하나님의 법을 즐거워하되 내 지체 속에서 한 다른 법이 내 마음의 법과 싸워 내 지체 속에 있는 죄의 법으로 나를 사로잡는 것을 보는도다 오호라 나는 곤고한 사람이로다 이 사망의 몸에서 누가 나를 건져내랴" (롬 7:22-24)

148 "예수께서 그들을 보시며 이르시되 사람으로는 할 수 없으나 하나님으로서는 다 하실 수 있느니라" (마 19:26)

장악했던 모압 평원에 어느덧 밤하늘에는 소망의 별빛이 회복되어 하나둘씩 영롱하게 반짝였으며 드넓은 평원에는 평화롭고 고요한 밤이 쌓여 가고 있었다.

26장. 싯딤

쿵~

이삭은 브올생명 차장과의 미팅을 위해 서둘러 길을 나섰고 가는 도
중에 앞에서 갑자기 레미콘이 휘청거리다가 넘어지면서 순간 도로는
아수라장이 되었다. 이삭은 간발의 차이로 트럭을 피했고, 놀란 가슴을
쓸어내리면서 처참해진 사고 현장을 떠났다. 이삭은 중요한 미팅인지
라 뒤도 보지 않고 서둘러서 약속 장소로 향했다.

그런데 사실 이런 위험한 상황이 최근 들어 세 번이나 있어서 살짝 두
렵기도 했지만, 마음을 추스르며 이삭은 강하게 엑셀을 밟았다.

"아, 제가 변호사님을 직접 보게 되다니 영광입니다."

"아, 아닙니다. 그저 부족한 사람일 뿐입니다."

"아닙니다. 말이야 바른말이지, 변호사님이 실력이 없어서 일이 이렇게 된
것인가요? 운이 나빠서 그랬죠. 그 여자아이 부모님만 안 죽었어도, 그리고
살아남은 아이가 국민들에게 감정을 자극만 안 했어도 이런 식으로 일이 진
행되지는 않았겠죠. 모두가 다 아는 일이구요. 이 일과 상관없이 변호사님의
능력을 모르는 이가 어디 있나요. 다만, 워낙에 국민들에게 미운털이 박혀서

그렇죠. 그렇지만 다들 국민들은 개돼지라고 하지 않습니까? 여론이 잠잠해지면 곧 사그라질 겁니다. 조금만 기다려 보시죠."

이삭은 거듭난 뒤 집안도 안정을 찾아갔고, 이제 변호사 자리를 알아보는 중에 대기업인 '브올생명'으로부터 스카우트 제의를 받은 것이었다. 손가락 안에 드는 재벌 기업이었다.

"네, 말씀만으로도 참 감사합니다. 그나저나 대충 설명을 듣고 오긴 했는데, 지금 이사님 자리가 어찌 공석이 되었나요?"

"네, 저희 이사님이 사고를 당해서 말이죠. 현재 저희 기업의 법제 이사 팀은 국내에서 가장 막강한 팀입니다. 지금 10명에서 근무하고 있고 변호사님이 오시면 이 팀의 대표로 모시는 것입니다. 그만큼 역량이 충분하고 무엇보다 저희 회장님께서 무척이나 기대가 크답니다."

"네, 저도 어제 전화를 받고 내심 많은 생각을 했습니다. 재벌 기업이라 저말고도 누구라도 쉽게 대표를 찾으실 테고 저는 사실 큰 선택의 여지가 없습니다. 연봉도 상상을 초월할 정도로 파격적이고 더구나 사실 제가 찬밥 더운밥 가릴 형편도 아니고요. 다만, 이런 말을 해서는 안 되지만 기업에 대한 국민들의 정서가 썩 좋지가 않은 것이 맘에 걸리긴 합니다. 허심탄회하게 말씀드려서요."

그랬다. 이 기업은 악질 기업으로 소문이 자자한 기업이었기 때문이다. 국민 모두가 아는 일이라 새삼스럽지도 않았다.

"맞습니다. 인정합니다. 그렇지만 털어서 먼지 안 나는 기업은 단 하나도 없을 것입니다. 그리고 좋은 소리만 듣고 어떻게 돈을 번답니까? 변호사님, 다른 것 다 제쳐 두고 이런 대우와 조건은 어디에서도 찾을 수가 없을 것입니다. 더구나 변호사님도 당장 개업은 어렵잖습니까. 눈 딱 감고 결단하시죠, 변호사님."

"좋습니다. 해 보죠."

"네. 잘하셨습니다, 변호사님. 오늘은 역사적인 날이니 제가 A급 아가씨들로 꾸려서 화려하게 세팅을 해 놨습니다. 정식 가족이 된 기념으로 오늘 뜨겁고 화끈하게 놀아 봅시다. 오늘은 저희가 최고로 모시겠습니다. 저도 한 번 본 적이 있는데, 고스비[149]라는 여배우 지망생인데요, 특별히 회장님이 변호사님을 위한 선물로 준비해 놨습니다. 와, 저도 보고 정말 놀랐는데 여신이 있다면 정말 그런 얼굴일 겁니다. 제가 본 여자 연예인 중에 고스비를 능가하는 여인은 본 적이 없습니다. 가히 최고 중에 최고입니다. 오늘 우리 변호사님을 위해 저희 기업이 마련한 성의 표시이니 즐기시기 바랍니다."

"안녕하세요, 고스비입니다."

화사한 미소와 함께 여배우는 이삭에게 인사를 건넸다. 차장의 말에 거짓이 있었다면, 실물에 비해 소개가 다소 미흡했다는 것이다. 가히 영혼마저 홀릴 만큼 미모가 뛰어나고 뛰어났다. 티 하나 없는 탄력 있는

---

149 "이스라엘이 싯딤에 머물러 있더니 그 백성이 모압 여자들과 음행하기를 시작하니라 미디안 여인의 이름은 고스비이니 수르의 딸이라 수르는 미디안 백성의 한 조상의 가문의 수령이었더라" (민 25:1-15) / "여호와께서 모세에게 말씀하여 이르시되 미디안인들을 대적하여 그들을 치라 이는 그들이 속임수로 너희를 대적하되 브올의 일과 미디안 지휘관의 딸 곧 브올의 일로 염병이 일어난 날에 죽임을 당한 그들의 자매 고스비의 사건으로 너희를 유혹하였음이니라" (민 25:16-18)

피부에 술람미 여인처럼 신선하고 나드 향처럼 은은한 매력을 지녔다. 앵두 같은 입술, 선명한 눈매, 미소 지을 때 살짝 감기는 눈웃음은 남자들의 애간장을 녹여 버릴 것만 같은 미모였다. 이삭은 세례까지 받은 몸인지라 인사치레만 하고 주점을 나가려 했으나, 머리털을 낚아채서 잡아 끌어내지 않고서는 이 여인의 유혹을 뿌리치고 자발적으로 떠나는 것은 거의 불가능해 보였다.

"네, 반갑습니다. 이삭입니다."

"능력 있고 잘생긴 변호사 오빠네?"

그녀의 말 한마디에 이삭은 이미 취해 버린 것만 같았다. 옆에서는 이미 노래와 춤이 시작되었고, 차장도 신이 나서 들썩였다. 주점 마담까지 가세해서 가히 흥분되고 짜릿한 시간이 흘러갔다. 그렇게 모압주점에서 모두 술과 돈과 음란에 취하고 취했다. 난잡한 음행으로 쾌락에 탐닉했고, 밤이 새도록 음탕하고 퇴폐적인 시간이 흘러갔다. 이삭이 거듭난 뒤 처음으로 음란한 죄로 돌아선 날이었다. 육신의 정욕과 안목의 정욕에 이끌려 더러운 뒷맛을 남기고 새벽 늦게야 이삭은 집으로 귀가했다.

"아빠? 괜찮아?"

"어, 괜찮아. 으윽……."

가슴을 쥐어짜는 통증은 정확히 모압주점에서 음행을 한 뒤부터였다. 가슴을 움켜쥐고 신음하고 있는 이삭을 보며 딸아이 시우가 걱정스레 말을 건넸다. 너무 심한 통증이라 심장을 갈퀴로 뜯어내는 것 같은 통증이었다. 간헐적인 통증과 함께 시작된 구역과 어지럼증으로 괴로웠고 식은땀으로 온몸이 흥건했다. 난생 처음 겪는 이 같은 통증은 불쾌한 감정을 넘어서 두려움까지 생겼다. 그러나 브올생명으로 출근할 날이 가까워지면서 나름 준비할 것들이 너무 많아서 한가하게 병원에 갈 엄두가 나지 않았다.

이삭은 대충 진통제를 구해서 통증을 달랬으나 진통제로 해결될 통증의 정도가 아니었다. 통증의 강도를 1에서 10으로 봤을 때, 처음 시작된 통증은 4였으나 매일 1과 2를 넘어 3일째 되는 날은 거의 8에 육박할 정도였다.

이삭은 이제 하나님을 향해 읍소하기 시작했다. 이 두려움과 고통에서 제발 좀 벗어나게 해 달라며 자비를 구했다. 그리고 기도하는 중에 선명하게 드러나는 일이 있었으니 브올생명과 고스비의 음행이었다. 기도 중에 성령의 죄에 대한 책망의 음성[150]을 선명하게 들었기 때문이다.

이삭은 죄에서 돌이켜 하나님 앞에 식은땀을 흘리면서 간절히 기도하기 시작했다.

"오, 주님이시여. 용서해 주옵소서. 이 죽은 개만도 못한 인생이 행음하고 우리 여호와의 이름을 욕되게 하였나이다. 하나님의 거룩함에 먹칠을 하고, 성령을 근심케 하고,[151] 육신의 정욕과 안목의 정욕으로 주의 나라를 멸시하

---

150 "그가 와서 죄에 대하여 의에 대하여 심판에 대하여 세상을 책망하시리라" (요 16:8)

151 "하나님의 성령을 근심하게 하지 말라 그 안에서 너희가 구원의 날까지 인치심을 받았느니라" (엡 4:30)

였으니 이 미련하고 악한 인생을 용서해 주옵소서. 선을 행하려 하나 악이 나를 놓아주지를 않고, 경건하고 거룩하게 주의 나라에 임하고자 하오나 죄가 나를 끌고 갑니다. 더러운 바알브올의 우상을 다시 들이고 정욕에 눈이 멀어 지켜야할 선을 넘어섰으며 3일이 지나서야 죄를 깨닫고 영혼의 깊음같이 스올의 장막에서 고통 중에 있사오니 오, 주여. 날 용서하시옵소서. 부디 주의 진노 중에 긍휼을 발하시어 이 미련한 자를 용서해 주시고 날 좀 살려 주옵소서. 사자의 이 사이에 내 뼈들이 끼어 있고 내 심장이 그의 목구멍에 박혔사오니 오, 주님이시여. 날 저주의 구덩이에서 건져 주옵소서. 두 번 다시 음란에 발을 들이지 않을 테니, 주님이시여. 제발 이 죄인을 용서해 주시어 이 고통과 통증에서 건져 주옵소서. 오, 주여. 회개하오니 은혜와 자비를 베풀어 주옵소서."

이삭은 뜨겁게 기도했다. 진심으로 회개했으며 죄에서 뉘우치고는 있는 힘을 다해서 차장에게 전화를 걸어 사정이 생겨서 대표직을 도저히 맡을 수가 없겠노라고 죄송하게 되었다고 전화를 하고서는 바로 쓰러져 버렸다.

27장. 여리고 정탐

의의 족장은 일어나 요단을 건너 마음 동산으로 들어가라. 무릇 광야와 레바논에서부터 큰 하수 유브라데에 이르는 헷 족속의 온 땅과 또 해지는 편 대해까지 너희들의 지경이 되리라. 너의 평생에 너를 능히 당할 권세가 없으리니 내가 너와 함께 있을 것임이라. 내가 너를 떠나지 아니하며 버리지 아니하리니 마음을 강하게 하라 담대히 하라. 오직 너는 마음을 강하게 하고 극히 담대히 하여 내가 준 율법을 네 입에서 떠나지 말게 하며 주야로 그것을 묵상하여 그 가운데 기록한 대로 다 지켜 행하라. 그리하면 네 길이 평탄하게 될 것이라 형통하리라. 내게 네게 명한 것이 아니냐. 마음을 강하게 하고 담대히 하라. 두려워 말라 놀라지 말라. 네가 어디로 가든지 네 하나님 나 여호와가 너와 함께 할 것이라.

여호와께서 의의 족장에게 직접 말씀해 주셨고 성령님이 동행하여 힘을 실어 주었다.

"명심하겠습니다."

족장은 마음을 강하게 하며 답했다.

"네, 맞아요. 이 패역하고 음란한 세대에서 의롭게 산다는 것은 지극히 어려운 일이에요. 그럼에도 주님께서는 오직 하나님 나라와 그 나라의 의를 지켜 행하라고 명하십니다. 의가 제대로 서지 않으면 나머지 영들도 다 무너지기 때문입니다. 꼭 명심하세요."

의의 족장은 고개를 힘 있게 숙이며 명심하겠노라고 표정으로 대답했다. 그리고 의의 족장은 여호와의 군대를 향하여 선포했다.

"진중에 두루 다니며 백성에게 명하여 양식을 예비하라. 곧 하나님 여호와께서 너희에게 주사 되찾게 하실 땅을 얻기 위해 들어갈 것이다. 너희 하나님 여호와께서 너희에게 안식을 주시며 이 땅을 너희에게 주시리라 하였으니, 너희는 그 모든 말씀을 기억하고 마음을 강하게 하라."

사뭇 진지하게 온 무리가 큰 소리로 복창하였다.

"우리는 족장께서 명하신 것은 다 행할 것이요, 보내시는 곳은 우리가 함께 가리이다. 오직 하나님 여호와께서 족장님과 함께 계시기를 원하나이다. 주께서는 오직 마음을 강하게 하시며 담대히 하소서."

의의 족장과 온 무리는 하나가 되어 전열을 가다듬고 한마음 한뜻으로 의로운 전쟁을 준비하기 시작했다. 그리고 의의 족장은 싯딤에서 용기와 용맹의 두 영으로 하여금 먼저 여리고를 정탐하도록 지시했다.

역시나 여리고는 소문으로 들었던 것만큼이나 성벽은 철옹성처럼 크고 견고한 난공불락의 요새였다. 문제는 이 거대한 성벽을 오를 수 있는 방법이 없었다. 둘은 망연자실하게 있었으나, 바로 그때였다. 누군가가 성벽 후미진 곳 뒤편에서 다급하고 조심스럽게 소리치며 붉은 밧줄을 내려 주고 있었던 것이다.

"여보시오, 이쪽으로 오시오."

위에서 어떤 이가 십자가 모양의 손잡이를 단 붉은 줄을 내려 주고 있었던 것이다.

"여러분, 저는 회심의 영입니다. 저는 여태껏 악한 족속들과 어울려 다니며 온갖 악과 죄에 가담했지만, 저는 여러분이 여호와께서 함께하심을 듣고 그 순간 마음으로 믿었습니다. 특히나, 용기의 영과 함께했던 용사들이 아모리와 바산을 전멸시킨 전투를 이곳에 있는 악한 영들 모두가 다 들었고, 여호와의 군대의 강함과 기백에 이곳 여리고에 있는 영들은 애가 녹고 정신을 잃을 만큼 두려움에 휩싸여 있습니다. 그대들의 하나님 여호와는 위로는 하늘에서도, 아래로는 땅에서도 하나님이신 줄을 저는 믿게 되었습니다. 그러므로 청컨대, 제가 여러분에게 여리고 성에 있는 모든 정보를 원하는 대로 다 알려 드릴 테니, 여러분은 꼭 이 땅을 진멸할 때 저를 구원해 주시기를 부탁드립니다."

"그대가 우리의 이 일을 누설하지 아니하면 우리의 목숨으로 그대를 대신할 것이요, 여호와께서 우리에게 이 땅을 주실 때에는 인자하고 진실하게 그대를 대우할 것이며, 그대가 우리에게 서약하게 한 이 맹세에 대하여 우리가 허물이 없게 하리다. 우리가 이 땅에 들어올 때에 우리를 달아 내린 창문에 이 붉은 줄을 매고 이 안에 머무르시오. 만일에 우리 중 누구든지 그대에게 손을 대면 그의 피는 우리의 머리로 돌아오려니와, 그대가 우리의 이 일을 누설하면 그대가 우리에게 서약하게 한 맹세에 대하여 우리에게 허물이 없으리다."

정탐꾼들은 회심의 영으로부터 가나안 일대와 모든 정보에 대해 얻게 되었고, 이들은 산에서 내려와 강을 건너 의의 족장에게 전해 받은 모든 정탐 내용을 보고하기 시작했다.

"두 분 다 너무 고생하셨습니다. 모두가 마음 동산의 상황과 여리고 성에 대해 무척이나 궁금해합니다. 그러니 어서 보고 들은 바를 전해 주시기 바랍니다."

"네, 알겠습니다."

용기의 영은 마음을 가다듬고 그가 여리고를 넘어 마음 동산을 두루 다니며 보고 들은 바에 대해 소상히 설명하기 시작했다.

"먼저 헷 족속입니다. 세겜 남쪽과 북쪽 일대에 자리하고 있습니다. 이곳에는 주로 공포와 두려움의 영이 장악하고 있으며 악몽, 우울, 거짓, 속이는 영도 활개를 치고 있습니다. 영토가 가장 넓고 가장 만만치 않은 상대가 될 것입니다. 다음은 기르가스 족속입니다. 세겜 북쪽에 위치한 규모가 그리 크지 않은 족속입니다. 이곳은 '진흙탕'을 의미하며, 주로 '혼돈과 무질서'를 일으키는 영들로 이루어져 있습니다. 인간의 삶을 진흙탕과 같이 한 치 앞을 볼 수 없도록 혼돈과 공허를 일으켜 혼을 쏙 빼놓고 삶을 완전히 무기력하게 만드는 영이 대부분입니다.

아모리 족속입니다. 저희가 바산과의 전투에서 이들 중 상당수를 쳐서 없앴으나, 여전히 이들 중 해로운 영들이 남아 있는 상태입니다. 이번 기회에 남은 악한 영들을 모조리 진멸시켜야 합니다. 거의 대부분 교만의 영이 지배하고 있습니다. 더불어 자랑과 오만, 패역과 정욕으로 사람들을 죄로 이끌고 갑니다.

세겜 땅을 좌우로 둘러 싼 넓은 지경의 가나안 족속입니다. '낮은 땅'을 의미하며 인간에게 자존감을 떨어뜨리고, 가난과 실패를 일으키는 저주의 영들이 많이 활보하고 있습니다.

브리스 족속은 '시골 사람'을 뜻합니다. 아시다시피 이곳에 뿔라의 포도원이 있으며 에발 산에서 저주의 영들과 활발하게 교류하며 활동을 하고 있습니다. 신경질, 미움의 영이 주로 활동하고 있으며 게으름, 혈기의 영들도 수시로 드나드는 곳입니다. 저와 함께 다녔던 용사들이 이곳에서 이들 때문에 큰 어려움을 당했던 경험이 아직도 생생합니다. 상황을 짜증나게 만들고 미움과 혈기를 일으키고 싸움을 야기하는 해로운 영들이 있는 곳입니다. 단호히 물리쳐 죽여야 할 족속들입니다.

가나안 바로 옆에서 활동하고 있는 히위 족속입니다. 이들은 예술, 문화, 스포츠, 오락 등을 통해 향락과 쾌락주의로 빠져들게 만듭니다. 중독을 쉽게 일으키며 도박과 음란과 퇴폐한 삶으로 이어지게 만듭니다. 이것들에 빠지면 빠질수록 마음에 안정을 잃어버리고 긴장과 불안으로 자극적이고 충동적이 되며 삶은 저급하고 음란해지게 됩니다. 특히나 신나고 재미있다고 낄낄대고 깔깔대며 웃으면서 농 짓거리와 음담패설을 늘어놓으며 하나님의 형상을 비웃고 조롱하고 이간질하고 거룩하고 경건한 것을 비웃으며, 때로는 억박지르고 험담하고 놀라게 하며 놀리고 악한 말과 행위로 사람들의 영혼을 파괴합니다. 삶의 안정을 흔들어 놓아서 항상 초조하고 불안하게 만듭니다. 평안이 없고 늘 자극적인 곳으로 끌고 가서 인생을 망치게 만듭니다. 애굽과 바벨론의 화려한 문화도 다 이들과 관련되어 있습니다. 특히나 하나님의 말씀이나 심판을 경시하게 만들며, 소돔과 고모라의 롯의 아내나 사위들처럼 하나님의 나라를 가벼운 소재거리로 만들고, 온통 이생의 자랑과 음란한 정욕으로 사람들을 세속주의로 빠져들게 만듭니다.

마지막으로 여브스 족속은 '짓밟다'라는 의미이며 말 그대로 억압하고 압제하며 증오, 원망, 불평 등의 해로운 영들이 있습니다. 원망과 불평에 휩싸이면 감사할 수가 없게 됩니다.

이상이 우리가 영적 전쟁을 치러야 할 상대들이며 평화의 안식을 파괴시킨 주범들입니다. 이들은 선조 아담으로부터 생긴 죄의 쓴 뿌리들로 오랜 시간 장성하고 사탄의 권세로 강해져서 죄를 확장시키고 영향력을 퍼뜨리며 또 다른 죄를 충동질하기도 하는 것입니다."

용기는 진지하게 정탐한 내용을 상세히 보고하였다.

"맞습니다. 용기 백부장님이 설명을 잘 해 주셨습니다. 오직 육으로 사는 이들은 영이 죽었기 때문에 왜 불행한지, 왜 삶에 기쁨이 없고 평안이 없는지 그 원인조차 모른답니다. 이러한 영적인 일들과 의미에 관심이 없기 때문에 망하는 것이며 오직 삶의 목표가 하나님과 그 나라의 의가 되어야 하는데 육적인 것과 세상에 목표를 두기 때문에 불행한 것입니다. 마찬가지로 전염병이 창궐할 때 오직 백신만 바라보고 살면 불행한 것입니다. 삶의 고통의 수레 바퀴는 절대로 멈추지 않기 때문에 백신을 맞아도 다른 모양의 고난과 문제 들은 끊임없이 계속되기 때문입니다. 반드시 하나님 나라와 그 나라의 의를 위해 사는 것이 축복과 평안한 삶입니다.

또한, 하나님이 함께해 주시지 않으면 감히 이 전쟁을 승리할 수 없으니 여러분은 오직 만군의 여호와 우리 하나님만을 의지하고 성령님의 도우심으로 싸우시기 바랍니다. 누구도 독단으로 행동해서도 안 되며 무엇이든 간에 반드시 기도로 임해야 합니다."

의의 족장은 이제 본격적으로 전쟁에 돌입할 준비에 들어갔다. 그리고 모든 영에게 담대히 선포하기 시작했다.

"이제 모두 하나님의 전신 갑주를 취하십시오. 이는 악한 날에 능히 대적하고 모든 일을 행한 후에 서기 위함입니다. 두 발로 힘 있게 대장부처럼 서서 진리로 갑주 위에 허리띠를 착용하십시오. 의의 흉배를 가슴에 붙여 심장을 보호하십시오. 어떤 현장에서 전투를 치른다 해도 발의 뒤꿈치가 상하지 않도록 또한 어떤 상황에서도 흔들리지 않을 평안의 복음의 예비한 것으로 신을 신으십시오. 이 모든 것 위에 그 어떤 의심도, 그 어떤 흉악의 궤사도, 쏟아지는 불화살의 공격도 막을 수 있는 믿음의 방패를 가지고 이로써 능히 악한 자의 모든 화전을 소멸하십시오. 그리고 죽음마저도 축복이 될 구원의 투구를 써서 머리를 보호하셔야 합니다. 갑주를 다 입고 난 후 이제 여러분은 대적들을 물리칠 좌우의 날 선 예리한 성령의 검, 곧 하나님의 말씀을 가지십시오. 이는 어떤 것이라도 호흡하는 모든 것의 관절과 골수와 혼과 영을 쪼개기까지 하는 무기입니다. 더불어 대저 모든 기도와 간구로 하되 무시로 성령 안에서 기도하고 이를 위하여 깨어 구하기를 항상 힘쓰며 앞으로 전진 또 전진하십시오.

또한, 양심의 법궤와는 항상 이천 규빗의 상거相距가 되게 하며 가까이 가지 말아야 합니다. 나 '의'가 먼저 앞서갈 것이고 거룩과 경건, 정직과 신실 등의 제사장들이 언약궤를 어깨에 짊어지고 그 뒤를 따라 전진하십시오.[152] 또한, 여러분은 이 거룩한 전쟁에 오직 성결함으로 전투에 임해야 할 것입니다."

의의 족장은 마음의 각오를 새롭게 하였고 모두가 한마음으로 의의 족장 말에 집중했으며, 의의 족장은 오직 성령의 인도함으로 일사불란하게 움직이고 있었다.

"이제 여러분은 이곳에 진을 치고 제사장들은 앞으로 나와 주시기 바랍니다."

의의 족장은 성령님의 도움을 받으며 싯딤을 떠나 요단의 붉은 강 앞까지 이르렀다.

"여러분은 거룩과 경건, 정직과 신실의 제사장들이 하나님의 법궤를 들어서 메는 것을 보거든 진을 철수하여 제사장들의 뒤를 따르시오. 여러분이 이전에 가 보지 않았던 길을 가기 때문에 제사장들이 길을 안내할 것이오."

---

152 "그리하면 네 빛이 새벽 같이 비칠 것이며 네 치유가 급속할 것이며 네 공의가 네 앞에 행하고 여호와의 영광이 네 뒤에 호위하리니" (사 58:8)

의의 족장은 목소리를 강하게 하며 진중하고 위엄이 있게 다음 말들을 이어 갔다.

"여러분은 자신을 성결하게 하시오. 주님께서 놀라운 일을 이루실 것입니다."

그리고 의의 족장은 제사장들에게 언약궤를 메고 다른 영들보다 앞서 건너가라고 명령했고 그들은 언약궤를 메고 무리들 앞에서 나아갔다.
그리고 성령께서 족장에게 일러 말씀하셨다.

"이제 족장께서는 법궤를 멘 제사장들에게 요단 붉은 강의 물가에 이르거든 강으로 들어가서 있으라고 말하세요."

족장은 성령의 충만함으로 성령께서 하시는 말씀에 더하여 말을 이어갔다.

"자, 여러분은 이곳으로 와서 여호와의 말씀을 들으십시오. 이제 이루어질 이 일을 보고 살아 계신 하나님이 여러분 가운데 계셔서 가나안 족속과 헷 족속과 히위 족속과 브리스 족속과 기르가스 족속과 아모리 족속과 여부스 족속들을 쫓아내신다는 것을 알게 될 것입니다. 온 땅의 주권자이신 주님의 법궤가 여러분 앞에서 요단의 붉은 강을 건널 것입니다. 온 땅의 주권자이신 주님의 궤를 멘 제사장들의 발바닥이 붉은 강물에 닿으면, 곧 위에서부터 흘러내리던 붉은 물줄기가 끊기고 둑이 생기어 붉은 물이 고일 것입니다. 그러면 법궤를 멘 제사장들은 언약궤를 메고 강으로 들어가 서시기 바랍니다."

곧 영들이 요단의 붉은 강을 건너려고 자기들의 진을 떠날 때, 언약궤를 멘 제사장들이 백성 앞에서 나아갔다. 그 궤를 멘 사람들이 붉은 강까지 나왔을 때는 제방까지 강물이 가득 차올랐다.

그리고 이들은 성령의 충만함을 받은 의의 족장의 말 앞에 일사불란하게 반응했다. 모두가 마음의 각오를 새롭게 했고, 이제 믿음으로 움직이기 시작한 것이다. 하지만 현실은 만만치가 않았다.

사실 여리고 성은 그 크기가 가히 상상을 초월하게 광대했고, 이 요단의 붉은 강줄기 또한 사랑의 베데스다 연못에 온기가 돌면서 차갑던 헤르몬 산의 눈이 녹아 이제 강물의 수위는 최고로 높아지고 셌으며, 타르 찌꺼기와 지질 등의 염증성 플라크들이 강기슭에 꽤나 많이 쌓였다. 더구나 헤르몬 산의 차가운 얼음물이 쏟아져 내려오면서 지금의 붉은 강의 유속과 수위는 가히 상상을 초월할 정도였다.[153] 이 세찬 물살을 뚫고 깊은 강을 믿음으로 건넌다는 것은 사실 나이아가라 폭포의 거센 물살 속으로 들어가라고 다그치는 것과 다름없었다. 또한, 설사 강을 건넌다 해도 철옹성처럼 버티고 있는 강력한 여리고 성의 악한 영들과 싸운다는 것도 사실은 말이 되지 않는 상황이었다. 이를테면 유치원 아이와 격투기 선수가 진지하게 겨루는 싸움과 같았으니 이들은 사실 죽으러 가는 것과 다름없었다.

153 베르누이 방정식: 흐르는 유체에 대하여 유선(streamline)상에서 모든 형태의 에너지의 합은 언제나 일정하다는 것이며, 이 정리에 따라 관의 직경이 감소되면 유속이 빨라지는 원리로 호스를 손으로 누를 때 물줄기의 세기가 증가하는 원리이다. 이를 응용해서 초음파에서 혈관의 막힌 정도를 평가하기도 한다.

이 불가능한 상황 속에서 이들은 이제 만군의 하나님 여호와를 의지하는 법을 배우기 시작했고, 성령님은 이들에게 그 하나님을 계시하고 일러 주고 인도해 주고 있었다. 그리고 이 기가 막힌 도전을 앞두고 모두가 요단의 깊은 붉은 강으로 들어가는 제사장들을 숨죽이며 바라보고 있었다. 그리고 제사장들은 모두가 죽을 각오를 하며 차디찬 강줄기 안으로 한 발, 한 발을 내딛고 전진해 갔다.

28장. 응급 수술

"급성 심근 경색입니다. 현재 매우 중요한 관상 동맥이 2개 이상 막혀 버렸어요. 대부분 생활 패턴이 망가지고 술, 담배, 기름진 음식과 잦은 회식, 운동 부족, 극심한 스트레스, 엉망인 식습관들이 원인인지라 바쁘게 사는 중년들에게는 시한폭탄과 같은 무서운 질병이죠. 근데 지금 선생님은 너무 심각해서 이 상태로는 스텐트[154] 삽입도 약물 치료도 어렵습니다. 바로 혈관 우회로 바이패스 수술[155]을 해야 합니다. 그리고 지금 하나는 완전히 막혔고요, 다른 하나는 열고 들어가 봐서 살릴 수 있을 것 같으면 스텐트로 시도해 보겠습니다. 에크모[156]도 돌려야 하고 의료진도 있어야 하는데 정말 억세게 운이 좋으십니다.

오늘은 주말이고 심장 수술 전문의 선생님들 대부분이 몇 년에 한 번 열리

---

154 Stent, 그물망 모양 스텐트를 혈관에 삽입해 막힌 부위까지 다다르게 한 뒤 좁아진 부위에서 그물망을 펼쳐 물리적으로 혈관을 넓히는 시술이다.

155 관상 동맥 우회술(Coronary Artery Bypass Grafting 'CABG')로 체내의 다른 부위에 있는 동맥이나 정맥을 이용하여 막힌 혈관을 연결해 주는 수술이다.

156 ECMO, 체 외막 산소 공급, 몸 밖에서 인공 폐와 혈액 펌프로 환자의 혈액에 산소를 공급한 후 체내에 넣어주는 기기로 혈관의 흐름을 막아서 모든 피가 몸 밖에 인공 심장과 폐를 거쳐서 순환하도록 하는 장치이다.

는 심장학회에 거의 다 참석한 상태라서 아마 이 지역에서 지금 이 시간에 에크모 돌려 수술할 수 있는 병원을 찾기 힘들 거예요. 더구나 여기도 마찬가지로 수술할 상황이 아니면 상급 병원으로 전원해야 하는데, 가는 도중에 목숨을 장담할 수 없는 상태이구요. 그런데 오늘 낮에 저희 병원에서 가장 유능하신 심장외과 전문의께서 볼일이 있다며 병원에 갑자기 오셨고, 지금 당직실에서 식사 중이십니다. 이런 일은 상상할 수 없는 일인데 정말 선생님은 천운인 거 같습니다. 요새 이 과장님 만나기 어렵거든요. 수술이 까다로운 환경인데 정말 하늘이 도운 것 같습니다."

그랬다. 현재 이삭은 혈관이 완전히 막혔고, 막힌 혈관 때문에 그동안 이렇게 심한 통증으로 고생을 했던 것이다. 이삭은 통증이 시작될 때만 해도 주님께서 왜 낫게 해 주시지 않는지 하늘을 원망하기도 했지만, 기도하면서 본인의 깊은 음행의 죄를 깨닫고 회개했던 것이다. 더구나 연거푸 발람의 저주와도 같은 매우 위험한 순간에서 하나님은 세 번이나 구원해 주셨는데[157] 이삭은 하나님의 '은혜'를 '음행'으로 갚았던 것이었다. 다행히 하나님께서는 이삭의 회개를 받아 주셨고, 크고 비밀한 일들을 이루고 계신 것이었다.

한편, 이삭이 받을 수술은 에크모를 돌려서 피를 몸 밖으로 순환시켜야 하는 수술이었다. 마취 상태에 빠진 이삭의 가슴을 열고 곧 큰 혈관들을 클램프로 차단하면서 수술이 시작되었다.

---

157 거짓 선지자 발람이 발락의 사주로 이스라엘을 향하여 세 번이나 저주하려고 했지만 하나님이 그때마다 저주를 축복으로 바꿔주셨다(민 22~24).

29장. 요단강 도하(渡河)

"저기 좀 보세요, 붉은 강물이 멈췄어요."

그랬다. 요단 앞에 모여 제사장들은 먼저 붉은 강에 발을 내딛었으며 무리들은 뒤에서 이들을 마음 졸이며 기다리고 있었다. 제사장들은 모두가 죽으면 죽으리라는 믿음으로 다리를 굳세게 하여 강바닥을 디디고 섰던 것이다. 그러자 그 순간 헤르몬 산 위에서부터 흘렀던 깊고 세찬 요단의 붉은 강물의 흐름이 약해지더니 북쪽 요단강 서편 기슭의 사르단 성읍에서부터 사르단 남동쪽 아담 성읍 부근에서 멈췄고 완전히 마른 땅처럼 변한 것이었다.

그랬다. 수술 방에서 수술이 시작되면서 굵은 혈관을 클램프로 차단하고 에크모를 돌리는 순간 거센 요단의 붉은 강줄기가 멈췄던 것이다. 그리고 이들은 새 일 중에 행하신 놀라운 하나님의 섭리와 역사를 찬양하며 길을 나섰다. 주의 길은 바다에 있음을[158] 찬양하며 강을 건너기 시작했다.

---

158 "주의 길이 바다에 있었고 주의 곧은 길이 큰 물에 있었으나 주의 발자취를 알수 없었나이다" (시 77:19)

여호와는 우리의 힘이요

노래시며 구원이시로다.

우리 모두가 하나님을 찬송하며 높이리니

여호와는 요새시며

그의 이름이시로다.

여호와여, 신 중에 주와 같은 자가 누구리이까

주와 같이 거룩함에 영광스러우며

찬송할 만한 위엄이 있으며

허다한 기이한 일을 행하는 자가 누구니이까

주여, 이것이 주의 손으로 세우신 성소로소이다.

여호와의 다스리심이 영원무궁하시니

너희는 여호와를 찬송하라

그는 높고 영화로우심이로다.

모든 영은 기쁨의 찬양과 찬송을 드렸고 온 무리가 미리암[159]이 그랬던 것처럼 주의 도우심을 감사드리며 축복의 노래를 부르기 시작했다.

---

159 Miriam, 미리암은 모세와 모세의 형 아론의 누이로, 홍해를 건너고 이스라엘 백성들과 함께 노래를 지어 여호와 하나님을 찬양하였다.

30장. 여리고 성

"여러분은 이제 모두 거룩한 전쟁을 앞두고 세례를 받으셔야 합니다."

바산과 아모리 족속이 용기의 영들에게 대패했다는 소식이 퍼지면서 요단 서쪽 아모리에 남은 악한 영들과 해변에 진을 치고 있던 가나안의 악한 영들은 여호와의 군대가 길갈에 진을 치고 있는 상황에 꽤나 긴장하고 있었다. 이때 성령님이 이들과 전쟁을 치루기 전에 모두 모여 성령 세례를 받으라고 하신 것이다.

"모세의 때에는 언약 백성의 표징을 삼기 위해 생식기의 표피를 벗겨 내어 여호와의 백성임을 표로 삼았으나, 지금은 예수님으로 인하여 믿음으로 그분의 언약 백성이 되기 때문에 미간의 표와 기호를 세례로 바꿔 주신 것입니다. 이 또한 얼마나 감사할 일이겠습니까. 통증이 심한 할례를 믿음을 통한 세례로 언약 백성을 삼아 주신 것은 귀하고 값진 은혜랍니다. 이제 모두 나와서 세례를 통해 모두 성결로 그분의 자녀가 되는 축복을 누리세요."

이에 의의 족장으로 시작하여 모든 영이 성령님으로부터 성령 세례를 받았다. 예수님을 인격적으로 신뢰하고 구세주로 고백하면 하나님의 자녀요, 그분의 백성이 되어 그분과 함께 하는 것이다. 모든 세례가 끝이 나고 모든 무리가 족장의 명령만을 기다리며 길갈에 머물고 있었고, 의의 족장은 여리고로 가까이 다가가 살피는 중에 갑자기 누군가가 칼을 차고서는 그의 앞길을 막아섰다.

"당신은 누구시오?"
"나는 여호와의 군대 대장으로 지금 왔느니라."

의의 족장은 땅에 엎드려 절하며 말했다. 여호와께서 직접 군대 대장을 보내 주신 것이다.

"내 주여, 종에게 무슨 말씀을 하려 하시나이까?"
"네 발에서 신을 벗으라. 네가 선 곳은 거룩하니라."

의의 족장은 발에서 신을 벗고 그에게 경의를 표했다. 사실 이 전쟁은 여호와께서 함께해 주시지 않거나 성령님이 도와주시지 않으면 결단코 승리할 수 없는 전쟁이기 때문에 전쟁에 능하신 여호와께서 이 전쟁이 하나님의 전쟁임을 알리시고[160] 주의 자녀가 되는 자들에게는 스스로 거룩하게 하도록 도와주신 것이다. 성령님을 통해 거룩하게 하여 순종하게 하고 주의 보혈로 구원을 얻게 하려고 성령님과 천군과 천사들을

---

160 "또 여호와의 구원하심이 칼과 창에 있지 아니함을 이 무리에게 알게 하리라 전쟁은 여호와께 속한 것인즉 그가 너희를 우리 손에 넘기시리라"(삼상 17:47)

통해서 끊임없이 돕는 것이었다.[161]

그리고 이 여리고의 전쟁은 만만치 않은 전쟁이기 때문에 여호와의 군대 대장이 의의 족장에게 모든 작전 명령을 내리고, 의의 족장은 대장의 명을 받들어 전쟁에 돌입하게 된 것이다.

여리고는 요단강 서쪽에 위치해 있어서 가나안의 중부로 통하는 요지이므로 전략상 매우 중요한 지역이었다. 따라서 가나안의 해로운 영이 연합 작전을 하지 못하도록 미리 차단하고, 가나안 정복의 교두보를 확보하기 위해서는 먼저 여리고 성을 장악해야만 했다.

이처럼 악과 죄 그리고 해로운 영들은 서로 연합하는 특성이 있다. 이 때문에 바벨탑 사건[162] 때 하나님은 악과 죄가 연합하여 더 큰 죄악을 잉태하기 전에 그들을 흩으신 것이었다. 죄의 어미가 욕심충이요, 이 욕심충을 먹이는 것이 탐심과 욕망 그리고 야망과 야심들이니 이들이 한데 어우러져 강력한 죄악의 연합을 이루면 그 파괴력은 더욱더 거세지게 되는 것이다.

또한 모든 죄악의 중심지요, 암덩이를 먹이는 '신생 혈관'[163]같은 여리고 성은 정복하기가 거의 불가능한 요새였다. 이 강력한 영적인 여리고 성은 마치 마약을 끊는 것과 같고 술, 담배, 야동, 섹스 같은 음란하고 퇴

---

161 "곧 하나님 아버지의 미리 아심을 따라 성령이 거룩하게 하심으로 순종함과 예수 그리스도의 피 뿌림을 얻기 위하여 택하심을 받은 자들에게 편지하노니 은혜와 평강이 너희에게 더욱 많을지어다" (벧전 1:2)

162 "그러므로 그 이름을 바벨이라 하니 이는 여호와께서 거기서 온 땅의 언어를 혼잡하게 하셨음이니라 여호와께서 거기서 그들을 온 지면에 흩으셨더라" (창 11:9)

163 기존 혈관으로부터 새로운 혈관이 생성되는 것으로 암세포는 신생 혈관을 통해 영양분을 공급받아서 무한 증식하며 생존한다.

폐적인 것들과 두려움, 불안, 근심, 염려, 미움, 혈기, 질투, 시기심, 정욕 등과 같이 악하고 해로운 영들과 나쁜 습관 같은 것이다. 이 철옹성 같은 해롭고 나쁜 습관의 성은 우리의 선한 의지를 무참히 짓밟아 좌절하게 하고 결국 포기하게 만들어서 평생 종으로 살게 만드는 것이다.

이 같은 악한 영들의 강력한 성벽을 무너뜨리고 거룩하게 참자유를 누리며 산다는 것은 인간의 힘으로는 불가능한 것이다. 이 강력한 죄의 권세, 악의 영향력, 철옹성 같은 공중의 정사와 권세 그리고 이 모든 것의 아비인 사탄을 이긴다는 것은 불가능하다. 여호와의 선하신 능력과 성령의 도우심이 아니면 무너뜨릴 수 없다. 그래서 하나님이 아닌 다른 방법으로 마음을 다스려 거룩하게 살면서 평안을 얻을 수 있다고 주장하는 모든 것은 사교詐巧요, 사기인 것이다. 그들을 의지해서 삶을 맡기고 돈을 갖다 바치는 이들이 세상에서 가장 어리석은 자들이다.

보라, 내가 여리고 성을 네 손에 넘겨주었으니 너희 모든 군사는 그 성을 둘러 주위를 매일 한 번씩 돌되 엿새 동안을 그리하라. 제사장 일곱은 일곱 양각 나팔을 잡고 언약궤 앞에서 나아갈 것이요, 일곱째 날에는 그 성을 일곱 번 돌며 제사장들은 나팔을 불 것이며 제사장들이 양각 나팔을 길게 불어 그 나팔 소리가 너희에게 들릴 때에는 모든 영은 다 큰 소리로 외치면 그 성벽이 무너질 것이라. 또한, 너희는 온전히 바치고 그 바친 것 중에서 어떤 것이든지 취하여 고통을 당하지 않도록 너희는 그 바친 물건에 손을 대지 말 것이라.

여호와의 명령이 떨어졌고, 의의 족장은 큰 소리로 외쳤다.

"제사장들은 들으시오. 그대들은 언약궤를 메고 일곱은 양각 나팔 일곱을 잡고 여호와의 궤 앞에서 나아가시오. 또 그 성을 돌되 무장한 자들이 여호와의 궤 앞에서 나아갈 것이며, 성 주변을 돌 때에는 모두 입에서 아무 소리도 내지 말고 내가 명령하여 '외치라'라고 하는 날에 외치시오."

이들은 먼저 요단 동편을 차지한 12지파 중에서 충성, 인내, 양선 반 ╪지파 중에서 칼과 창을 쓸 수 있는 무장한 군사들을 차출해서 이들이 가장 앞에 섰고, 그 뒤를 제사장 일곱이 양각 나팔 일곱을 잡고 여호와 앞에서 나아가며 나팔을 불고, 여호와의 언약궤는 그 뒤를 따르며 그 무장한 자들은 나팔 부는 제사장들 앞에서 행진하며 후군은 궤 뒤를 따르고 제사장들은 나팔을 불며 행진하였다.

매일 성을 나팔만 불며 여호와의 군대는 여리고 성을 돌았다. 그 우렁찬 소리와 일사불란하게 행렬하는 여호와의 군대는 장엄하고 사기가 충천해 있었다. 그리고 일곱째 날이 되었고, 제사장들이 나팔을 불 때에 의의 족장은 온 무리에게 외쳤다.

"외치라, 여호와께서 이 성을 너희에게 주셨느니라."

이에 모든 무리가 "아아아~~~"라고 외쳤고, 제사장들이 더욱 더 거세고 강하게 나팔을 불었으며 온 무리가 나팔 소리와 함께 크게 소리 질러 외치자 바로 그때 철벽처럼 단단하고 강력한 성벽이 와르르 무너져 내렸다. 악한 영들은 혼비백산하여 사방으로 도망쳐 다녔으며 여호와의 장수들과 무리들은 성으로 들어가 여리고 성내에 있는 온갖 악하고 해로운 영들을 닥치는 대로 칼날로 멸하였으니 이날에 살아남은 자는 오직 회심의 영밖에 없었다.

　사실 이 전투에서 두려움에 떨고 있는 여리고의 악한 영들에게 매일 한 번씩 행진하며 들려오는 나팔 소리는 말 그대로 공포였던 것이다. 바산과 아모리를 무참히 진멸하고 불어난 요단의 붉은 강을 신의 능력으로 마른 땅처럼 건너온 여호와의 군대가 나팔을 불며 일사불란하고 장엄하게 깃발을 들고 성 주위를 빙빙 돌고 있다고 상상해 보라. 소리만 들어도 공포였던 것이다. 더구나 그 뒤에는 여호와의 신이 함께한다는 사실을 알고 있었기에, 이들의 행진과 나팔 소리는 보고 듣는 이들의 간장을 말릴 만큼 두렵고 무서운 것이었다. 그리고 마지막 날은 모두가 고함을 지를 때 천지를 진동시키는 여호와의 능한 손이 땅을 진동시켜 이 막강한 여리고의 성벽을 단숨에 무너뜨렸던 것이다.

31장. 국선변호사

"안녕하세요, 변호사님? 멀리서 변호사님을 보고 제 눈을 의심했는데, 바로 변호사님이 맞으시네요? 그런데 성함이 바뀌셔서……."

세월이 많이 흘러 이삭은 작은 사무실을 개업했으나 워낙에 실력이 뛰어난 변호사였던지라, 역시나 사무실은 빨리 안정을 찾아갔다. 이삭은 사무실을 차리면서 꼭 기회가 닿으면 서민들과 저소득층을 변론하는 국선변호 일을 해 보자고 마음을 먹었다. 줄곧 수임료가 많은 기업이나 부자들을 변론했던 시절을 회개하는 마음으로 국선변호사[164]의 예비명부에 등록을 해서 일하고 있었던 것이다.

그리고 어느 날 법원에서 익히 아는 검사를 우연히 만나서 얘기를 나누게 되었다.

"변호사님이 국선변호를 한다는 것이 정말 믿겨지지가 않네요. 국내 스타 변호사님에, 잘생기고 연봉은 손가락에 꼽혔던 그 변호사님 맞습니까?"

---

164 개인적 사유로 피고인이 변호인을 선임할 수 없는 경우 피고인의 '권리'를 보장해 주기 위해 국가가 선정해 주는 변호인이다(국선변호사의 전반 업무는 '나무위키'를 참조했다).

"부끄러운 과거일 뿐입니다. 지금은 이름도 바뀌었고, 속사람도 많이 변해 가는 중입니다."

"네, 주님을 영접하고 그리스도인이 되었다는 말은 얼핏 들었는데 그분이 사람을 많이 바꿔 놓으셨네요. 오래 살고 볼 일입니다."

국선변호는 이전 막대한 연봉과 억대의 성과급을 받던 시절에 비하면 정말 형편없는 수준의 보수였다. 또한 업무 강도도 심했다. 월 20~30건을 해결하지만, 대부분의 경우 한 사건이 1개월 이내에 끝나는 게 아니기 때문에 이게 쌓여서 보통 사건이 100여 건이 넘어서 피로에 지치고 시간에 쫓겨서 변론의 질도 떨어지기 일쑤였고 업무 강도가 매우 높아 수백 건을 수임해도 받는 월급은 상당히 낮은 직업이었다.

게다가 흉악범의 변호 때문에 사회적 시선도 곱지 않았다. 사실 흉악범도 법적으로는 국민이니 변호사를 선임할 권리가 있고, 설령 그렇지 않다 해도 변호사를 선임할 권리는 신체의 자유 및 재판청구권의 일부로 외국인에게도 인정되는 기본권이다. 그런데 대부분 이들에게서 수익금을 받기도 어렵고, 흉악범으로 낙인이 찍힌 이상 승소할 가능성이 낮아서 경력에 오점도 많이 남기고, 흉악범을 변론하는 것만으로도 대중의 나쁜 시선이 죄다 국선변호사에게 쏟아져서 명예가 실추되는 일도 많았다.

그렇지만 흉악범은 판결이 나기 전에는 범인일 가능성이 99.9%일지라도 100%가 될 때까지 공정하게 변호해 주어야 하므로 반드시 누군가는 이 일을 해야 한다. 그렇기에 이 꺼림칙한 역할을 국선변호사가 감당하므로 농담 중에 '지옥에 가지 않을 변호사는 국선변호사'라는 말이 있을 정도였다. 이는 피고인과 모르는 상태에서 변호해야 하므로 기본 정보로만 선처를 호소할 뿐 거짓말을 하지 않고 또 힘들게 일해도 대중으로부터 욕만 먹기 때문이다.

이삭은 이런 사정을 뻔히 알면서도 국선변호사 명단에 등록을 했던 것이다. 그의 마음에는 오직 선한 일을 하고 싶은 동기 외에는 없었다. 허나 요즘은 국선변호사도 이전 같지 않아 많은 이가 지원하는 추세이기는 했다. 그럼에도 이삭 같은 변호사가 큰돈도 안 되고 고생만 하는 국선변호사를 지원하는 일은 흔치 않은 일이었다.

그런 순수한 마음에서 출발했으나, 이전에는 어쩌다 무작위로 추첨이 되어 변론을 했는데 요사이는 부쩍 국선 변론의 횟수가 늘어 갔고 능력이 뛰어나니 수임료가 많은 사건들도 동시에 늘어 가기 시작한 것이다. 더불어 일이 많아지다 보니 주일 예배도 수시로 빠지게 되었고 기도와 말씀과 예배보다는 쌓인 일감과 스트레스로 가끔 맥주와 함께 TV만 보는 날도 늘어 갔다.

처음 국선변호 일을 맡았을 때는 가난한 의뢰인에게 생활비에 보태라고 수임료를 받지 않기도 했고 그간 돈이 되는 사건 못지않게 기도하며 임했으나, 최근 들어서는 돈이 상당히 되는 큰 일거리가 늘어 가면서 차츰차츰 국선변호 일이 뒤로 밀리게 되었다. 이런 상태에서 돈이 되는 사건은 신중에 신중을 더하고, 국선변호 일은 최대한 빨리 끝내고 피고인의 양형도 가급적 낮추기 위해 피고인에게 합의나 자백을 권고하는 일이 많아지기 시작했다.

"변호사님, 큰일 났습니다."

"무슨 일이시죠?"

사무장이 다급하게 이삭을 찾고 있었다. 무슨 큰일이 난 모양이었다.

32장. 며칠 전

"안녕하세요?"

말을 하지 못하고 듣지도 못하고 거동까지 불편한 남성을 구치소에서 만났다. 시력도 좋지 않아서 소리가 나는 쪽으로 얼굴을 돌리는데, 눈의 초점도 잘 맞지 않는 마른 장애인이었다. 청각과 시각, 언어 장애가 있다 보니 통역관을 세웠는데도 의사소통이 만만치 않았다.

사건 내용은 야간에 지하 주차장에서 성폭행 사건이 일어났는데, 여성은 먼저 이 장애인을 봤고 동시에 여자 뒤에서 남자 둘이 여자 얼굴을 가리고 입을 막고 끌고 가서 성폭행을 했던 것이다. 이분은 당연히 보지도 못하고 듣지도 못하고 말도 못하는 장애인인지라 상황 파악도 하지 못했지만 CCTV에는 이 의뢰인이 찍혔던 것이다. 더구나 여자가 이 남자를 봤기 때문에 이 사람도 가담한 사람이라고 주장해서 성범죄자로 낙인이 찍히게 된 것이다.

법원에서는 사건 당시 정황을 담은 CCTV와 피해자의 진술만으로 1심 판결에서 유죄를 확정했고, 이 사람은 억울하다고 강력하게 주장했으나 이 사실은 받아들여지지 않았던 것이다.

판결 또한 증거로 제출된 CCTV만으로는 무죄도 추정할 수 있지만 피해자의 진술이 거짓으로 보이지 않아 유죄를 선고한다고 했던 것이다.

"걱정 안 하셔도 되겠습니다. 재판 자체가 큰 의미가 없는 사건이네요. 항소하면 당연히 승소할 것입니다. 걱정은 하지 않아도 될 것 같습니다. 근데 의뢰인의 시력은 얼마나 되나요?"

수화 통역사의 손도 제대로 보지 못하니 대화라는 것이 큰 의미가 없었다.

"변호사님, 수화로 주고받는 대화도 이런 상태에서는 정말 큰 의미가 없어 보입니다. 시력이 거의 실명 수준 같은데요."

짧은 대화조차도 제대로 듣지도, 보지도, 말하지도 못하니 대화는 거의 불가능했다.

"그럼 저만 믿고 기다리시면 됩니다. 일이 진행 되는대로 또 찾아뵙겠습니다."

이삭은 워낙에 베테랑이며 능력 있는 변호사인지라 사실 이 사건은 신경을 쓸 거리도 못 되는 것이었다. 이삭은 서둘러서 구치소를 나왔는데 마침 밖에서 기다리고 있던 딸과 잠깐 인사를 나누었다. 엄마와 아빠만 장애가 있었고 딸아이는 없었다.

"변호사님, 우리 아빠 좀 꼭 도와주세요. 아빠가 다른 이들에게는 그냥 장애인에 불과하겠지만, 저희 엄마와 저에게는 세상에서 가장 소중한 분이십니다. 평생을 구두를 닦으면서도 싫은 내색 한 번도 안 하시고 엄마와 저와 동생을 위해 헌신하며 사신 분이십니다. 한평생 사람들의 무시와 냉대 속에 고단한 삶을 사셨지만, 주님을 만난 뒤부터는 예수님이 위로해 주신다며 낙심하지 않으시고 정직하고 바르게 살아오셨습니다. 제가 어릴 때는 지금처럼 시력이 나쁘지 않아서 이렇게까지 큰 불편은 없으셨고, 수술하면 회복될 수도 있었는데 수술비를 제 대학 등록금으로 써 버리는 바람에 이렇게 악화된 것입니다.

아빠는 너무 착하셔서 학교에서 제가 친구들과 같이 오다 마주치면 오히려 아빠는 딸 기가 죽을까봐 급하게 피하고 숨으신 분이셨습니다. 세상에서 법이 없어도 살 수 있는 사람이 단 한 사람이 있다면, 그분이 바로 저희 아빠일 것입니다. 그러니 변호사님, 저희 가족에게 우리 아빠라는 존재는 세상 그 무엇과도 바꿀 수 없는 존재예요. 저희 아빠 좀 꼭 도와주세요. 지독하게 가난한 집이라 변변한 사례는 하지 못해도 이 은혜만큼은 평생 잊지 않고 살겠습니다. 변호사님 사무실 청소라도 매일 해 드릴 테니 제발 우리 아빠 좀 살려 주세요. 너무 불쌍한 분이십니다."

"걱정하지 마세요. 따님 절대로 실망하게 해 드리지 않겠습니다. 그리고 이 사건은 정말 왼손으로 일해도 쉽게 처리할 수 있는 일이니까 염려하지 마세요."

이삭은 의뢰인 딸의 기분을 풀어 주기 위해 가벼운 농담도 할 만큼 편하게 생각했다. 또한, 사실이 그랬다. 그리고 이삭은 다른 사건 때문에 대화를 서둘러 마무리 짓고 사무실로 향했다.

33장. 아이 성 정탐

"여러분은 예루살렘이 낫겠소, 베들레헴이 낫겠소?"

의의 족장과 참모진들은 모여서 다음 격전지를 결정하느라 진지한 회의를 하고 있었다. 예루살렘은 여부스 족속의 악한 영들이 점령하고 있는 곳인지라 주로 증오, 원망, 불평 등의 영들이 있는 곳이며 베들레헴도 이 해로운 영들이 꽤나 많이 장악하고 있는 상태였다.

"족장님도 아시겠지만, 아직 저희는 원망과 불평에 있어 영적으로 취약합니다. 따라서 조금 더 영적으로 강해진 다음에 이들과 싸우는 것이 어떨지 아룁니다. 원망과 불평은 그 해악이 다른 어떤 것보다 강력해서 현재 저희의 영적 상태로는 불리할 수도 있을 것 같습니다. 상대적으로 아이 성은 작은 성읍인데 반해, 아모리와 블레셋 쪽은 꽤나 강한 상대이므로 북쪽으로 진격해서 브리스와 히위 족속을 먼저 친 다음에 좌로 우회하여 다음 전쟁을 이어가는 것이 어떨지 아룁니다."

"좋은 의견인 것 같습니다. 현재 아이 성은 다른 성읍에 비해 공략하기 쉬운 위치이며, 말씀하신 대로 서남쪽보다는 북쪽으로 우회해서 전쟁을 이어가는 것이 나을 듯합니다. 저는 아이 성으로 결정을 내리겠습니다. 혹시 반대

의견 있습니까?"

작전 회의에서 의의 족장은 아이 성으로 결정을 했고, 결국 다른 의견 없이 참석한 부장들과 지휘관들도 모두 아이 성이 나을 것 같다며 의견을 모았다. 이들은 힘겨운 여리고와의 전쟁을 끝내고 여부스 족속이 점령하고 있는 예루살렘 쪽으로 진격할 것인지, 아래 남쪽에 있는 베들레헴 쪽으로 공격할 것인지 아니면 약간 북쪽에 있는 작은 아이 성을 점령할지 모두가 모여서 전략 회의를 열었고, 회의 결과를 토대로 최종 아이 성을 다음의 격전지로 결정을 내린 것이다.

한편 사심私心의 영, 즉 '두 마음의 영'이 여리고의 전쟁에서 여호와께 온전히 바칠 물건을 훔쳤는데 이 사실을 누구도 모르고 있었다. 여리고 성은 온갖 악하고 더러운 영들과 죄악으로 가득 차서 여호와께서 심판하셨던 첫 성이었다. 따라서 성과 성 안의 모든 것은 하나님께 온전히 바쳐서 다 죽이고 멸망시켰어야 했다. 더욱이 여호와께서 여리고 성 전투 때, 그 바친 물건을 취하게 되면 온 무리가 다 고통을 당하게 될 거라는 경고도 무시하고 죄를 범했으니 이는 탐심 때문에 하나님께 죄를 범한 것이었다.[165]

문제는 이 한 영이 저지른 죄의 영향력으로 여호와의 군대 전체에 조금씩 영적인 균열이 생기고 있었던 것이다. 그러나 정작 아무도 그 원인을 몰랐고, 무엇이 잘못되어 가고 있는지조차 모른 채, 족장은 아이 성과의 전투를 대비해서 정탐꾼을 뽑았다. 이런 악한 영향력으로 하나님

---

165 "그의 탐심의 죄악으로 말미암아 내가 노하여 그를 쳤으며 또 내 얼굴을 가리고 노하였으나 그가 아직도 패역하여 자기 마음의 길로 걸어가도다" (사 57:17)

께 뜻을 묻지 않았고, 함께해 주실 것인지 확인하지 않았으며, 이에 대하여 기도조차 하지 않고 결정을 내렸던 것이다.

"너희들은 올라가서 그 땅을 정탐하라."

의의 족장은 여리고에서 용사들을 뽑아서 벧엘 동쪽 벧아웬 곁에 있는 아이로 보내며 그들에게 올라가서 그 땅을 정탐하고 오라고 지시를 내렸다. 이들이 싸울 '아이'는 '돌무더기'라는 뜻을 가진 성읍으로 예루살렘 북쪽에 있는 벧엘 동남쪽 방향의 높은 산지에 위치해 있고 소수의 악한 영들이 지배하고 있는 곳이다. 이들은 높은 산지에 있는 만큼 산에 올라가서 정탐을 해야 했고, 산지에서의 싸움 경험이 부족한 상태임에도 무모의 영을 필두로 소수의 장수가 자신감 넘치게 아이 성으로 정탐을 나섰다.

"족장님, 아이 성은 아주 간단하게 무너뜨릴 수 있는 아주 작은 성읍입니다. 그들은 소수이니 많은 장수를 그리로 보내어 수고롭게 하지 마소서."

정탐을 다녀온 무모의 영과 장수들은 가나안 정탐에서는 메뚜기처럼 위축되어 두려운 마음에 쩔쩔맸던 때와는 정반대로 이제는 너무 자신만만하게 과신하며 아이 성의 정탐을 보고했던 것이다. 여호와께서는 삼가 행하여 좌로나 우로나 치우치지 말라고 그렇게 신신당부를 했음에도[166] 죄의 영향력은 이렇듯 항상 치우치는 결정을 내리게 만들었던

---

166 "그런즉 너희 하나님 여호와께서 너희에게 명령하신 대로 너희는 삼가 행하여 좌로나 우로나 치우치지 말고" (신 5:32)

33장. 아이 성 정탐

것이다. 죄의 속성이 다 치우쳐 한 가지로 무익하게 된다고 바울 선생이 고백한 것처럼, 모두가 치우치게 행하여 그 결과는 심히 무익하고 악을 행하는 일이 많았다.[167] 아무리 좋아 보이는 것도, 아무리 옳아 보이는 것 같아도, 하나님이 중심에 없는 상태에서의 치우침은 무익하고 어리석으며 결국 선에서 멀어지게 되는 것이다. 이제 소수의 병력은 무장을 하고 아이 성으로 출발했다.

---

167 "다 치우쳐 함께 무익하게 되고 선을 행하는 자는 없나니 하나도 없도다" (롬 3:12)

34장. 항소장

"변호사님, 어떻게 하죠? 그 의뢰인 항소장 제출 기한을 하루 넘겨 버렸어요."

"네?"

그랬다. 사무장을 통해서 듣게 된 말은 너무 충격적이었다. 그리고 어처구니없는 실수에 아무 생각도 떠오르지 않았다. 이 의뢰인의 결백을 입증하려면 반드시 법원에 항소장을 기일 내에 제출해야 했으며 상급심 재판을 받아서 승소해야 무죄 판결을 받을 수 있었던 것이다. 그러나 항소장을 기한 내에 제출하지 못해서 이 의뢰인은 1심 형이 확정되어 성폭행 전과자가 되고 만 것이다.

「형사소송법」에 따르면 1심 판결에 불응하고 항소를 하려면 선고일로부터 7일 이내에 항소장을 제출해야 하며 기일 내 제출이 이루어지지 않으면 법원은 항소를 포기한 것으로 보고 형을 확정한다. 법원이 항소 기일 이후에도 항소장을 받아 주는 경우가 있지만, 기일이 지난 항소장을 법원이 받아 주면 법질서가 무너질 우려가 있기 때문에 사실 천재지변이 아닌 이상 거의 불가능한 일이었다.

일순간 그 가족의 희망은 물거품이 되어 버렸다. 그러나 이런 어처구니없는 실수가 벌어진 것은 사실 우연이 아니다. 이삭은 하나님께 영광이요, 사람에게 유익이 되라는 성령의 권면을 소홀히 여겼던 것이 사실이었다. 이전보다 일이 많아졌고, 동시에 돈이 될 만한 굵직한 사건을 맡았던지라 이 사건은 사실 우습게 여기고 있었던 것이다. 더구나 사무장도 일이 바빠지니 이 사소한 재판은 거들떠보지도 않고 온통 큰 사건, 즉 돈이 되는 사건에 집중하고 있던 것이었다. 그러니 이런 사소한 것은 무신경해졌고 기도는커녕 관심도 두지를 않았기 때문에 이 같은 결과는 예견된 일이었다. 이삭은 큰 충격에 빠지고 말았다.

"무슨 일로 오셨습니까?"
"네, 제가 항소장을 제출해야 하는데 너무 경황이 없어 제출 시한을 딱 하루 넘겼는데, 제발 안 될까요?"
"아니, 변호사님. 안 된다는 거 뻔히 알면서 왜 그러시나요."

법원 민원실에 가서 통사정해도 먹히지를 않는다. 사실 이삭이 왜 모르겠나. 그런데, 이 장애인을 볼 면목이 없어 견딜 수가 없기에 이렇게 떼를 쓰고 있는 것이다. 사실 이전의 바로였다면 별로 개의치 않고 대충 둘러대면서 일을 진행하거나 최소한 이렇게 막무가내로 법원에 와서 사정을 하지는 않을 것이다. 그런데 지금은 세례를 받은 이삭이었으니 반응이 달라진 것은 당연했다.

"판사님, 제가 무릎을 꿇고 빌 테니 제발 한 번만 봐 주세요."
"자네, 왜 이러나? 일어나게. 아니, 알 만한 사람이 도대체 이게 무슨 짓인가?"

　이삭은 더 윗선을 찾아가 상황을 설명하고 무릎까지 꿇고서 선처를
구했다. 그러나 법과 정의와 공의 그리고 원칙의 무자비한 칼날 앞에서
는 그 어떤 인정도 선처도 긍휼도 없었다. 이삭은 수십 년 동안 법 안에
서 법을 가지고 돈을 벌고 살았으나 법이 이렇게 냉혹하고 무서운 줄은
이번 일로 절실히 깨달았다. 원칙과 율법의 저주는 아량도 자비도 없었
다. 이 매서운 칼의 심판 앞에서는 속수무책이었다. 눈물로 호소하고 무
릎을 꿇고 애원해도 받아들여지지 않는 것이다. 단 하루 기한을 어겼을
뿐인데, 정말 너무나 사소한 실수일 뿐인데도 상황은 호의적이지 않았
다. 불쌍한 장애인이 너무나 억울한 일을 당해서 그냥 소장을 받아 줘도
모든 국민이 충분히 납득할 만하며 별일이 아닌 것 같아도 법이란 게
그렇게 간단하지가 않은 것이었다.

　이삭은 새삼스럽게 왜 바울 선생이 율법을 저주라고 하면서 그렇게
강조했는지, 이런 일이 생기게 되니 몸서리를 칠 만큼 절실히 느끼게 되
었다. 법은 피도 눈물도 없이 가혹한 것이다. 죄를 확정하여 선고가 되
면, 법과 정의와 공의의 원칙에 따라 이 같은 억울한 일이 있어도 누구
도 이 칼의 저주를 피할 수가 없으며 또 법과 원칙이 그러하니 아무리
억울해도 받아들여야만 하는 것이다.

　그런데, 우리 모두는 죄인이다. 죄인은 엄정한 율법과 정의와 공의에
따라 죄책과 죄의 경중에 따른 합당한 양형을 받아야 한다. 우리가 아무
리 살려 달라고 눈물로 호소해도 율법의 잔인한 칼 앞에서는 무용지물
인 것이다. 내 딱한 사정을 아시지 않느냐고, 내가 그럴 사람이 아닌 거

아시지 않느냐고, 나라는 사람이 얼마나 불쌍한 인생인지 알고 얼마나 억울하고 힘들게 살아왔는지 알지 않느냐고, 아무리 애원하고 통사정을 해도 법은 냉혹한 것이다. 누구나 죄를 범한 즉시 그의 목은 법이라는 단두대의 차갑고 무거운 쇠칼 밑에 놓이게 되는 것이다. 이것이 정의이고 원칙이며 법이 다스리는 법치 국가이다. 아무리 사소한 죄라도 법은 법인 것이다. 만에 하나 법과 원칙에 한 사람이라도 예외가 생긴다면 그 나라의 법질서는 이미 무너진 것이다.

이런 상태에서 죄인이 된 우리가 이 율법의 저주에서 해방될 길이 도대체가 무엇이 있겠나. 더구나 완전히 의롭고 거룩하며 완전한 정의와 공의의 재판장이신 하나님이 다스리는 나라에서는 더욱더 불가능한 것이다. 그리고 이 죄의 책임은 반드시 져야만 한다. 그래서 하나님 나라의 법과 정의가 훼손되지 않고 죄인이 된 우리가 속량을 받을 방법은 오로지 '대속代贖'밖에 없는 것이다. 학급이 잘못하면 반장이 대표로 맞는 것처럼, 하나님은 죄인이 된 우리를 살리시기 위해 율법의 저주와 죄의 책임과 무자비한 심판의 징계를 당신의 아들에게 대속하여 쏟아부으시고 십자가에서 법정형의 최고 양형인 사형을 집행한 것이다. 이런 엄청난 희생을 치르고 죄인이 된 우리를 율법의 저주에서 속량해 준 하나님의 은혜가 얼마나 귀하고 값진지 그리고 예수님이 얼마나 고마우신 분인지 감히 상상할 수가 없는 은혜인 것이다.

35장. 아이 성 패배

"퇴각하라!"

아무것도 아닐 것 같던 아이 성의 악한 영들이 너무나 강하게 저항하자 성으로 올랐던 모든 선한 영은 겁을 먹고 달아나기 시작했고, 악한 영들은 성문 앞에서부터 스바림까지 쫓아와 내려가는 비탈에서 쳤으므로 선한 영들의 마음이 녹아 물같이 되었다.

아이 성은 높은 산지에 위치해서 공격하기가 쉽지가 않고, 인근 벧엘의 군사들과 합동 작전을 펼칠 가능성이 있다는 점 등을 고려하면 절대로 쉽지 않은 상대였음에도 이들은 소수의 병력만으로도 간단히 승리할 수 있다고 호언장담하며 많은 병력을 가담시키지 않았던 것이다.

무엇보다 모든 전쟁이 하나님의 손에 있으므로 하나님께 의지했어야 할 전쟁에서 장수들 중 무모의 영은 앞선 전투에서 얻은 승리에 도취되어 아이 성을 함락하고 스스로 높아지려고 했던 것이다. 그는 소수의 장수들만 이끌고 가서 전투에서 승리해 돌아올 것이라고 기대에 부풀어 있었다.

의의 족장 또한 영적 판단력이 흐려져서 이들의 보고만을 믿고 여호와께 구하지 않고 공격을 허락했다. 전쟁의 지휘관으로서 책임을 다하지 못하고 실수를 한 것이다. 게다가 족장마저도 여리고 성 점령으로 자만심이 들어와서 부하들의 보고에 냉철한 판단력이 부족했던 것도 사실이었다. 이러한 자만심과 죄의 영향력으로 전투에 임할 때 어떠한 전략도 세우지 않고 무작정 이들을 적지로 투입하는 실수도 저지르게 된 것이다.

아이 성과의 전투에 임한 선한 영들의 영적 상태는 취약했다. 이들은 여리고 성을 정복할 당시에 가졌던 집중력이 흐려졌고 여화와의 군대 대장을 의지하여 하나님의 명령과 말씀에 전적으로 복종하고 신뢰하며 이 모든 전쟁이 다 여호와의 손에 달려 있다는 사실을 명심하며 전쟁에 임했던 마음가짐도 흐려진 것이다.

여리고 성의 큰 전투를 마치고 영적인 긴장이 풀어져서 누구도 깨어 있지 않았던 것이다. 의의 족장은 이 비통한 현실 앞에 족장으로서 책임을 통감하며 여호와의 언약궤 앞에 엎드려 티끌을 뒤집어쓰고 날이 저물도록 있다가 여호와께 하소연하기 시작했다.

"주님, 슬픔이 창수처럼 밀려옵니다. 주 여호와께서는 어찌하여 이들을 인도하여 요단을 건너게 하시고, 저희를 아모리의 대적들의 손에 넘겨 멸망시키려 하셨나이까. 우리가 요단 저쪽을 만족하게 여겨 거주하였더라면 좋을 뻔하였나이다. 주여, 주의 군대가 그의 원수들 앞에서 돌아섰으니 이 종이 무슨 말을 하오리까. 가나안 족속과 이 땅의 모든 악하고 해로운 영이 듣고 우리를 둘러싸고 우리를 끊으리니 주의 크신 이름을 위하여 어떻게 하시려 하나이까."

그랬다. 악한 영들은 이전 바산과 아모리와 여리고에서의 전쟁을 통해 여호와께서 이들과 함께한다는 사실을 알고 두려워 벌벌 떨었는데, 이제 하나님이 이들을 버리셨다는 소식을 듣는다면 어떤 일이 벌어지겠는가. 이들은 곧 강력하고 더 무시무시한 영들과 동맹을 맺고 총공격을 할 것이고, 여호와의 군대는 속절없이 무너질 수밖에 없을 것이다. 의의 족장은 이런 끔찍한 일이 벌어질까봐 이 일을 어떻게 하시겠느냐며 탄식하고 간구하고 있는 것이었다.

일어나라. 어찌하여 이렇게 엎드렸느냐. 너희들이 범죄하여 내가 그들에게 명한 나의 언약을 어기었나니, 곧 악한 것을 취하고 사사로운 마음을 품어 도적하여 자기 기구 가운데 악을 저질렀느니라. 그러므로 너희들이 대적을 능히 당하지 못하고 그 앞에서 돌아섰나니 이는 자기도 바친 것이 됨이라. 그 바친 것을 너희 중에서 멸하지 아니하면 내가 다시는 너희와 함께 있지 아니하리라.

　그랬다. 이들은 주의 것을 성별하지 않고 두 마음을 품어 여호와 앞에 심히 큰 죄를 범하였고[168] 주님이 가장 싫어하는 교만과 자만심에 빠지는 죄를 범하였다. 하나님과 물질은 겸하여 섬길 수가 없다. 왜냐하면 물질이 있는 곳에 마음이 있기 때문이다.[169] 따라서 겉으로 볼 때는 하나님을 섬기는 것 같지만, 깊이 들어가면 물질의 신 맘몬[170]을 섬기고 있는

168　"그들이 두 마음을 품었으니 이제 벌을 받을 것이라 하나님이 그 제단을 쳐서 깨뜨리시며 그 주상을 허시리라" (호 10:2)

169　"네 보물 있는 그 곳에는 네 마음도 있느니라" (마 6:21)

170　Mammon, 재물의 신, 물질의 우상이다.

것이다. 또한, 주님은 공평과 정의를 원하신다. 사소해 보여도 아내가 시댁과 친정에, 남편이 처가와 본가에 대하는 태도와 마음과 드리는 물질이 다른 것도 공평과 정의가 없는 것이다. 또 내가 하면 로맨스고 타인이 하면 불륜이라고 하며 본인에게는 무한히 자애롭고 타인에게 지극히 엄격하다면 이 또한 정의롭지 못한 것이다.

의의 족장은 사심의 영을 찾아내어 그를 멸하였고, 온 무리에게 명하여 두 번 다시 이같이 두 마음을 품어 주 앞에 죄를 범하지 말 것이며 거룩하고 정직하게 또한 의롭고 성결한 마음으로 주의 일을 행하라고 명하였다.

36장. 에발 산과 남부 연합군

이제 두려워 말고 놀라지 말라. 군사를 다 거느리고 일어나 아이로 올라가라. 보라, 내가 아이의 모든 땅과 성읍을 네 손에 주었노니 너는 여리고에게 행한 것같이 아이에서도 행할 것이라. 이제 곧 성 뒤에 복병하라.

의의 족장은 여호와의 말씀에 따라 성읍 뒤에 복병을 숨긴 뒤에 아이 성의 악한 영들을 광야로 도망치는 것처럼 속여 유인하였고, 악한 영들은 이전 승리에 도취되어 성문까지 열어 두고 이들을 추격하였다.

이때 의의 족장은 성을 주리라 하신 여호와의 말씀을 따라 단창을 들어 성읍을 가리켰고 그 손을 드는 순간 복병이 그 처소에서 급히 일어나 곧 성읍을 점령하고 광야로 나간 모든 악한 영도 모조리 뒤에서 달려들어 점령했다. 모든 거민을 진멸하기까지 의의 족장은 단창을 거두지 않았고 아이 성과의 전투는 결국 여호와의 군대의 큰 승리로 마무리가 되었다.

의의 족장은 곧 부하들을 모아 여호와를 위하여 에발 산에 단을 쌓고 번제와 화목제를 드렸다. 그리고 모세의 율법을 돌에 기록하여 온 무리가 여호와의 언약궤를 멘 제사장들 앞에서 궤의 좌우에 서되 절반은 그리심 산 앞에, 절반은 에발 산 앞에 섰으니 이는 성령께서 명한 대로 하였다.

그 후에 의의 족장은 무릇 율법책에 기록된 대로 축복과 저주하는 율법의 모든 말씀과 성령께서 명한 모든 말씀을 낭독했다. 그리고 온 무리는 전심으로 여호와의 말씀을 따라 순종하기를 서약하고 다짐하였다.

그런데 이때, 가나안 남부 예루살렘의 모사의 영은 파죽지세의 의의 족장 군대를 두려워하기 시작했다. 그도 그럴 것이 현재 여호와의 군대는 가나안 중부 지방을 장악했고 여리고, 아이에 이어 이제 예루살렘으로 향하고 있었기 때문이다. 이에 예루살렘의 모사의 영은 서둘러서 연합군을 결성하기 시작했고 여호와의 군대를 일망타진하기 위해 여리고의 수십 배가 넘는 가장 강력한 대연합군을 결성한 것이다. 이때 모사의 영을 주축으로 해서 결성된 연합군은 헤브론과 야르뭇, 라기스, 에글론이었다. 이들은 길갈에 진을 치고 있는 여호와의 군대와 대전쟁을 치르기 위하여 기브온을 향해 개미 떼처럼 움직이고 있었고 해변의 모래만큼이나 많은 연합군이 기브온으로 속속 집결하고 있었다.

사실 지금까지 벌인 성읍 단위의 소규모 전투와는 달리 이제 곧 이곳에서 있을 기브온의 대전투는 가나안 남부 연합 세력과의 대규모 전쟁이었다. 따라서 의의 족장은 군사력을 총동원해서 길갈에서 기브온을 향해 올라가 이제 전에 경험하지 못한 가장 규모가 큰 대전쟁에 돌입하게 되었다.

37장. 워 룸(War Room)

"주여, 용서해 주옵소서. 회개하오니 절 좀 구해 주옵소서……."

이삭은 법원에서 돌아와 괴로워서 견딜 수가 없었다. 그리고 금식하며 골방으로 들어가 작정하고 기도하기 시작했다. 골방에 들어간 뒤에 여호와의 음성이나 하나님의 우레와 같은 소리를 듣지 않고서는 절대로 나오지 않으리라 다짐하며 은밀한 골방으로 들어가서 가슴 깊이 회개하고 부르짖으며 기도하기 시작했다.

예수님이 땀방울이 핏방울이 되도록 기도한 것처럼, 이삭도 죽을힘을 다해 말씀과 찬양과 기도를 시작했고, 낮의 해부터 밤의 달까지 골방 안에서 기도의 불을 끄지 않고 집중하며 나아갔다.

의뢰인을 향한 미안한 마음과 죄책감에 너무 힘들었고, 재심 청구 외에는 방법이 없을 것 같은 의심과 절망 그리고 무엇보다 하나님보다 돈에 집중했던 양심의 죄책이 칼을 들고 추격해 왔고 의뢰인은 둘째 치고 그의 딸에게도 너무나 미안해서 괴로웠다.

본인의 문제라면 그나마 미안함과 죄의식이 덜할 터인데 하나님이 누구보다 귀하게 여기는 고아, 과부, 나그네처럼 힘없는 장애인에게 이 같은 실수를 했기에 하나님의 율법을 어긴 죄책감까지 더해지니 너무 고통스러웠다.

이삭은 점심부터 다음날 아침까지 금식하며 '기도의 골방', 즉 치열한 영적 전쟁이 벌어지는 '기도의 워 룸War Room171'으로 들어갔다. 그리고 등을 밝혀 성경을 비추고 조용히 무릎을 꿇고 "주여!!"라고 외치며 나아갔다.

"오, 주여. 용서하여 주옵소서. 이 엄청난 실수를 어떻게 한답니까. 괴로움이 창수처럼 밀려듭니다. 이제 의뢰인의 얼굴을 어찌 보며, 이 어처구니없는 일을 어떻게 전하겠습니까? 오, 주여. 제가 티끌로 회개하며 주 앞에 무릎 꿇고 회개하오니 제발 날 구원하여 주옵소서."

이삭은 집중력이 떨어지면 찬양을 했고, 의심의 멧돼지가 다시 마음과 믿음을 쑥대밭으로 만들거나 미혹의 속삭임이 시작될 때면 하나님의 말씀을 큰 소리로 외치면서 기도했다.

이삭, 천재지변 외에는 불가능한 일을 기도한다고 되겠어? 그냥 포기하지 그래?

"거짓의 아비요, 뱀의 혀의 궤사로 악을 쌓는 더러운 미혹의 영은 떠나가라! 네가 나를 절망과 낙심으로 몰지라도 주님께서는 겨자씨만 한 믿음만 있어도 산마저도 옮길 수 있어서 믿는 자에게는 능치 못할 일이 없다고 하셨으

171　(군의) 작전 기밀실, 군사령부 상황실, 전략 사무실, 작전실을 말한다.

며[172] 하나님의 말씀은 살아 운동력이 있어 좌우에 날선 어떤 검보다도 예리하여 혼과 영과 및 관절과 골수를 찔러 쪼개기까지 하므로[173] 이제 내가 주 여호와의 말씀의 검으로 너의 그 궤사의 혀까지도 찔러 쪼갤 것이라.

또 내가 약한 것들과 능욕과 궁핍과 핍박과 곤란을 기뻐하노니, 이는 곤란 중에서도 그리스도 안에서는 내가 약할 그 때에 곧 강함이라 하셨으니[174] 나는 약할지라도 내 뒤에서 날 지켜 주시는 이가 가장 강하신 만군의 주 우리 하나님이시니 너는 여기서 물러가라!"

악한 영은 다시 또 공격했다.

이삭, 착각하지 마. 이 일은 네 손을 떠났어. 너도 알잖아. 너 변호사 맞아? 정신 차리라고! 오히려 네가 안 된다는 것 더 잘 알잖아. 왜 스스로 속이려고 그래? 게다가 너도 알다시피 이제 너는 하나님 앞에 죄가 태산처럼 쌓였단 말이야. 저 가없고 불쌍한 의뢰인은 너 때문에 비참한 성범죄자가 되었어. 이들을 도우며 살겠다고 하더니 결국 네가 믿는 하나님마저도 실망시켰으니 참으로 애석하게 됐군. 어때? 하나님이라는 신을

---

172 "예수께서 이르시되 할 수 있거든이 무슨 말이냐 믿는 자에게는 능히 하지 못할 일이 없느니라 하시니" (막 9:23)

173 "하나님의 말씀은 살아 있고 활력이 있어 좌우에 날선 어떤 검보다도 예리하여 혼과 영과 및 관절과 골수를 찔러 쪼개기까지 하며 또 마음의 생각과 뜻을 판단하나니" (히 4:12)

174 "나에게 이르시기를 내 은혜가 네게 족하도다 이는 내 능력이 약한 데서 온전하여짐이라 하신지라 그러므로 도리어 크게 기뻐함으로 나의 여러 약한 것들에 대하여 자랑하리니 이는 그리스도의 능력이 내게 머물게 하려함이라 그러므로 내가 그리스도를 위하여 약한 것들과 능욕과 궁핍과 박해와 곤고를 기뻐하노니 이는 내가 약한 그 때에 곧 강함이라" (고후 12:9-10)

37장. 워 룸(War Room)

믿으며 사는 것이 피곤하지? 이렇게 사소한 걸로도 괴로워할 바에 다시 옛날로 돌아가는 게 어때? 이전에는 이런 일로 아무런 죄의식도 죄책감도 없었잖아? 얼마나 편했는지 기억해 보라고. 더구나 그 시절의 화려한 인기, 명예, 모두가 널 떠받들고 왕처럼 모시며 네 앞에서 벌벌 떨던 모습이 그립지 않아? 이제 그만두고 다시 예전으로 돌아가자고. 어때?

"너 더러운 사탄은 썩 물러가라. 주께서 헐으신즉 세울 자가 없고 물을 그치게 하신즉 곧 마르고 물을 내신즉 곧 땅을 뒤집으시며[175] 능력과 지혜가 그에게 있어 모사를 벌거벗겨 끌어가시는[176] 만군의 여호와이시니 너의 모사의 끝은 사망이요, 그 끝은 무저갱이 될 것이라. 이제 선포하노니 이 더럽고 악한 모사의 영은 예수의 이름으로 명하노니 물러가라!"

회개도 한두 번이지. 회개한 지 얼마나 되었다고 또 이런 난리를 치는 거지? 이제는 회개하는 것도 지겹지 않아? 사람이 염치라는 게 있어야 하는 거 아니야? 내가 하나님이라면 괘씸죄까지 더해서 혼쭐을 낼 것 같은데 말이지. 생각해 봐, 안 그래? 기도 응답은커녕 회개도 안 받아 주실 거 같은데. 과연 하나님이 이번에 이 기도를 들어주실까?

"주께서는 노하기를 더디 하시고 인자가 크시며 모든 것을 선대하여 긍휼

---

175 "그가 헐으신즉 다시 세울 수 없고 사람을 가두신즉 놓아주지 못하느니라 그가 물을 막으신즉 곧 마르고 물을 보내신즉 곧 땅을 뒤집나니"(욥 12:14-15)
176 "능력과 지혜가 그에게 있고 속은 자와 속이는 자가 다 그에게 속하였으므로 모사를 벌거벗겨 끌어 가시며 재판장을 어리석은 자가 되게 하시며"(욥 12:16-17)

베풀기를 좋아하시며[177] 주께로 나와 긍휼을 구하는 자에게 선하사, 사죄하시기를 즐기시며 부르짖는 자에게 인자하심이 많으신 분이시라. 주는 후히 주시고 꾸짖지 않으시는 자비가 풍성하신 분이시며[178] 형제의 잘못을 용서하되 일곱에 일흔 번까지도 용서하라고 하셨으니, 하물며 자비의 하나님께서는 나의 죄와 잘못과 실수를 몇 번이나 용서하시겠는가. 이제 너 더러운 사탄은 더 이상 이곳에 나타나지 말고 이 집과 내 마음 속에서 떠나가라."

이삭은 피곤했으나 사탄의 공격은 끝이 없었다. 지루한 싸움은 밤을 넘어서고 있었다.

이제 포기하는 것은 어때? 이거 보라고. 벌써 낮이 지나고 밤이 되도록 아무 일도 일어나지 않잖아. 벌써 새벽 별들도 조금씩 물러가고 있다고. 네가 이렇게 해도 입만 고생이고 무릎만 아플 뿐이야. 아무 일도 일어나지 않을뿐더러 원래 세상일이라는 것이 다 이런 식인데, 왜 이제 와서 호들갑스럽게 유난을 떨고 그러지? 이제 그만하고 남은 재판이나 신경 쓰는 것은 어때?

"주께서는 구하는 자에게 주시고, 찾는 자에게 찾게 하시고, 두드리는 자

---

177 "여호와는 은혜로우시며 긍휼이 많으시며 노하기를 더디하시며 인자하심이 크시도다 여호와께서는 모든 것을 선대하시며 그 지으신 모든 것에 긍휼을 베푸시는도다" (시 145:8-9)

178 "주여 내게 은혜를 베푸소서 내가 종일 주께 부르짖나이다 주여 내 영혼이 주를 우러러 보오니 주여 내 영혼을 기쁘게 하소서 주는 선하사 사죄하기를 즐거워하시며 주께 부르짖는 자에게 인자함이 후하심이니이다" (시 86:3-5)

37장. 워 룸(War Room)

에게는 열어주실 것이라 했으니[179] 나는 주께 간구할 것이라. 또 주께서 일렀으되 '지존자의 은밀한 곳에 거하는 자는 전능하신 자의 그늘 아래 거하며 여호와는 나의 피난처요 나의 요새요 나의 의뢰하는 하나님이라.[180] 내가 여호와께 간구하매 그가 내게 응답하시고 내 모든 두려움에서 나를 건지실 것이니[181] 너 더러운 악한 영은 예수의 이름으로 명하노니 떠나가라!"

이삭, 기억나지? 수많은 군중과 무리가 집회하고 시위했던 거 말이야. 우리 불쌍한 이삭의 눈까지도 그때 잃었잖아. 그 수많은 사람이 이제 세례를 받은 이삭을 향해 달려들 텐데 어떻게 하지? 힘없고 무죄한 가엾은 장애인을 성범죄자로 만든 이삭은 사죄하라, 이삭을 교도소로 쳐 넣어라! 난리를 칠 텐데 말이지. 혹시 남은 눈마저 돌에 맞아 파열될지도 모를 일이고. 그때의 악몽이 재현될 수도 있을 텐데 이러고만 있지 말고 실제적인 대책을 세우는 것이 어때?

"사탄은 물러가라! 일렀으되 그의 진실함은 방패와 손 방패가 되나니, 밤의 공포와 낮에 날아드는 화살과 흑암 중에 퍼지는 전염병과 백주에 닥쳐오는 재앙을 두려워하지 않을 것은 오직 만군의 주 우리 하나님께서 날 지켜주

---

179 "구하라 그리하면 너희에게 주실 것이요 찾으라 그리하면 찾아낼 것이요 문을 두드리라 그리하면 너희에게 열릴 것이니 구하는 이마다 받을 것이요 찾는 이는 찾아낼 것이요 두드리는 이에게는 열릴 것이니라" (마 7:7-8)

180 "지존자의 은밀한 곳에 거주하며 전능자의 그늘 아래에 사는 자여 나는 여호와를 향하여 말하기를 그는 나의 피난처요 나의 요새요 내가 의뢰하는 하나님이라 하리니" (시 91:1-2)

181 "내가 여호와께 간구하매 내게 응답하시고 내 모든 두려움에서 나를 건지셨도다" (시 34:4)

기 때문이며[182] 사드락과 메삭과 아벳느고는 극렬하게 불타오르는 풀무 불에 던져 넣겠다는 사악한 불 시험에도 두려워하지 않고, 주께서 능히 타는 풀무 가운데에서 건져내실 것이며 그리 하지 아니하실지라도 악에게 절하지 않겠다고 믿음의 절개를 지켰으며[183] 욥의 고백처럼 나 또한 모태에서 알몸으로 나왔으며 주신 자도 여호와시오 취하시는 자도 여호와시니 이 모든 간구를 들어주시지 않으실지라도 나는 우리 주를 찬양하고 감사할 것이라.[184] 그러니 너 사악한 영은 나사렛 예수 그리스도의 이름으로 명하노니 이제 일곱 길로 떠나가라!"

이삭은 이 골방, 곧 워 룸에서 진정으로 회개했고 마음을 지키기 위해, 믿음을 지키기 위해, 하나님과의 언약과 그리고 이 가정과 불쌍한 의뢰인의 가정을 지키기 위해 치열한 영적 싸움을 이어 갔다. 이렇게 기

---

182 "이는 그가 너를 새 사냥꾼의 올무에서와 심한 전염병에서 건지실 것임이로다 그가 너를 그의 깃으로 덮으시리니 네가 그의 날개 아래에 피하리로다 그의 진실함은 방패와 손 방패가 되시나니 너는 밤에 찾아오는 공포와 낮에 날아드는 화살과 어두울 때 퍼지는 전염병과 밝을 때 닥쳐오는 재앙을 두려워하지 아니하리로다 천 명이 네 왼쪽에서 만 명이 네 오른쪽에서 엎드러지나 이 재앙이 네게 가까이 하지 못하리로다" (시 91:3-7)

183 "사드락과 메삭과 아벳느고가 왕에게 대답하여 이르되 느부갓네살이여 우리가 이 일에 대하여 왕에게 대답할 필요가 없나이다 왕이여 우리가 섬기는 하나님이 계시다면 우리를 맹렬히 타는 풀무불 가운데에서 능히 건져내시겠고 왕의 손에서도 건져내시리이다 그렇게 하지 아니하실지라도 왕이여 우리가 왕의 신들을 섬기지도 아니하고 왕이 세우신 금 신상에게 절하지도 아니할 줄을 아옵소서" (단 3:16-18)

184 "이르되 내가 모태에서 알몸으로 나왔사온즉 또한 알몸이 그리로 돌아 가올지라 주신 이도 여호와시요 거두신 이도 여호와시오니 여호와의 이름이 찬송을 받으실지니이다 하고" (욥 1:21)

도의 등불은 낮을 지나 밤을 거쳐 새벽에 이르렀고, 날이 밝을 무렵에 여호와의 말씀이 임하셨으니,

내가 기뻐하는 금식이 무엇이더냐. 그 마음을 괴롭게 하는 날, 그 머리를 갈대같이 숙이고 굵은 베와 재를 펴는 것을 어찌 금식이라 할 수 있겠으며 여호와께 열납될 날이라 하겠느냐. 또한, 뒤집지 않은 전병[煎餅]처럼[185] 마음을 품어 온전히 바칠 것을 너는 도둑질하고 훔쳐서 네 속에 둔 줄을 너는 정녕 몰랐더냐. 너에게 준 귀한 재능과 달란트를 어디에 쓰라고 주었더냐. 너에게 준 시간과 물질, 네가 누리는 모든 것을 어떻게 하라고 주었더냐. 오로지 네 자신의 영광과 기쁨을 위해 다 독차지하지 않았더냐. 그 귀한 재능을 나를 위해 영화롭게 하며, 사람의 유익을 위해 쓰라고 준 귀한 것들을 왜 너는 너 혼자만의 즐거움과 만족을 위해 갈취하고 살았더냐.

내가 준 아이들의 영광을 왜 네가 혼자 가로채었느냐. 귀하고 소중하게 다루도록 준 물질을 왜 너는 너 자신의 유익만을 위해 갈취했더냐. 내가 준 건강한 육신을 왜 너는 갈취했더냐. 내가 준 너의 모든 축복을 왜 너는 스스로의 즐거움만을 위해 갈취했느냐. 내가 준 귀한 시간을 너는 너 자신을 위해 오락을 구했고, 안식일을 더럽혔느니라. 이로써 네 마음이 악과 죄에서 탐심의 바알에서 돌이키고 회개하며 마음을 괴롭게 하여 온전히 회개하라.

---

185 "에브라임이 열방에 혼잡되니 저는 곧 뒤집지 않은 전병이로다" (호 7:8)

내가 기뻐하는 금식은 흉악의 결박을 풀어 주며 멍에의 줄을 풀어 주며 압제당하는 자를 자유롭게 하며 모든 멍에를 꺾는 것이 아니겠느냐. 또 주린 자에게 네 식물을 나눠 주며 유리하는 빈민을 네 집에 들이며 벗은 자를 보면 입히며 또 네 골육을 피하여 스스로 숨지 아니하는 것이 아니겠느냐.

그리하면 네 빛이 아침같이 비출 것이며 네 치료가 급속할 것이며 네 의가 네 앞에 행하고 여호와의 영광이 네 뒤에 호위하리니 네가 부를 때에는 나 여호와가 응답하겠고 네가 부르짖을 때에는 말하기를 내가 여기 있다 하리라.

만일 네가 멍에와 손가락질과 허망한 말을 제하여 버리고 주린 자에게 네 심정을 동하며 괴로워하는 자의 마음을 만족하게 하면, 네 빛이 흑암 중에서 발하여 네 어두움이 낮과 같이 될 것이며 나 여호와가 너를 항상 인도하여 마른 곳에서도 네 영혼을 만족하게 하며 네 뼈를 견고하게 하리니 너는 물 댄 동산 같겠고 물이 끊어지지 아니하는 샘 같을 것이라. 네게서 날 자들이 오래 황폐된 곳들을 다시 세울 것이며 너는 역대의 파괴된 기초를 쌓으리니 너를 일컬어 '무너진 데를 보수하는 자'라 할 것이며 '길을 수축하여 거할 곳이 되게 하는 자'라 하리라.

만일 안식일에 네 발을 금하여 내 성일에 오락을 행치 아니하고 안식일을 일컬어 즐거운 날이라, 여호와의 성일을 존귀한 날이라 하여 이를 존귀하게 여기고 네 길로 행치 아니하며 네 오락을 구하지 아니하며 사사로운 말을 하지 아니하면 네가 여호와의 안에서 즐거움을 얻을

것이라. 내가 너를 땅의 높은 곳에 올리리라. 나 여호와의 입의 말이니라.

밤을 새워 기도한 후, 아침에 전화벨이 울렸다.

"변호사님, 왜 이렇게 연락이 안 되신 거예요. 어젯밤에 연락했는데, 받지를 않으셔서……."

그랬다. 휴대폰을 꺼 놓고 계속 골방에서 기도한 것이다. 사무장은 들뜬 목소리로 쉴 새 없이 다음 말을 전하였다.

"다름이 아니라, 법원에서 '상소 회복 청구'를 진행하라고 연락이 왔습니다. 그리고 청구하면 바로 기간을 연장해서 항소장을 받겠다고 하네요. 부장 판사님이 전후 사정을 듣고 여러 판사님과 어제 늦게까지 모여서 회의를 열었고 이번 사안을 '천재지변'에 준하는 사안으로 여겨 '상소 회복 청구' 절차만 거치면 바로 항소장을 받겠다고 모두 의견을 모았다고 합니다. 우리 부장 판사님이 어찌나 위트가 있으신지 이렇게 말했다고 합니다."

여러분, 천재지변이 일어나는 것 외에는 기한이 지난 항소장은 받아들일 수 없지만, 천재지변에 준하는 사고가 터진 상황이라면 받아들일 수 있는 것이지 않습니까. 이번 사안은 변호사의 입장이 아니라, 의뢰인의 입장에서 생각해 봐야 할 사안이며 이것은 의뢰인의 입장에서는 '마른하늘에 날벼락' 같은 일이 터진 것이므로 사실 천재지변과 같은 일이 터진 것 아니겠습니까. 법에도 선처라는 것이 있고 사마리아의 선한 법도 있는 것이니 '상소 회복 청구'를 하도록 해서 일을 진행하기로 합시다. 여러분들 생각은 어떤가요?

그랬다. 회의 결과 모든 이가 찬성해서 이 기쁜 소식을 전해 받았던 것이었다. 그리고 이른 아침에 사무장은 이 반가운 소식을 이삭에게 전해 주었다. 이삭은 감격적이고 기쁜 소식을 접하고 하나님께 감사의 제단을 쌓았으며 사무실을 완전히 접고 국선전담변호사가 되어 서민들을 위한 변호사가 되기로 다짐했다. 그래서 하나님께는 영광을, 어려운 이들에게는 선을 쌓는 감람나무의 그윽한 향 기름 같은 삶을 살기로 다짐한 것이다. 국선전담변호사는 오로지 국선변호만 전담하여 변호사를 선임할 수 없는 피의자와 피고인을 대신하여 이들의 변론만 전담하는 사람이다. 또한, 사법발전재단에서 지원금이 지급되었으나 이 돈은 성폭력피해자통합지원센터의 피해 여성들에게 보탬이 되도록 지원하였다.

37장. 워 룸(War Room)

38장. 북부 연합군

그들을 두려워 말라. 내가 그들을 네 손에 넘겨주었으니 그들 중 누구도 너를 당할 자가 없을 것이니라.

이삭이 워 룸에서 기도를 시작할 무렵, 남부 연합군은 쇠털 같고 해변의 모래와 같이 많은 영이 모여 기브온에서 진을 치고 있었다. 그리고 남부 연합군은 여호와의 군대가 길갈에서 출발해서 기브온까지 오려면 적어도 사흘은 걸리기 때문에 모두 무장을 해제하고 있었다. 그런데 이때 성령의 강력한 능력이 여호와의 군대에 임하자, 이들은 사흘 걸릴 길을 한숨도 쉬지 않고 달려와 단 하루 만에 기브온으로 진격한 것이다. 그리고 사기충천하여 번개처럼 기브온으로 들어가 완전히 방심하고 있던 적들을 쳐서 기브온에서 크게 살육했고 벧호론에 올라가는 비탈에서 추격하여 아세가와 막게다까지 이르게 되었다. 벧호론은 예루살렘 서북쪽의 성읍으로 동남쪽의 기브온과 서남쪽의 아얄론 골짜기 사이에 있었다. 아세가는 아얄론 골짜기 남부의 성읍으로 베들레헴 서쪽에 위치해 있었다.

이때 여호와의 도우심으로 큰 돌덩이만 한 '우박덩이'같은 것들이 마치 불화살처럼 하늘에서 쏟아져 내렸다. 아세가에 이르기까지 악한 영들에게 우박덩이 같은 것이 쏟아지자 수많은 적이 맞아 죽었고 칼에 맞아 죽은 숫자보다 더 많은 숫자가 죽게 되었다. 이때 의의 족장은 도망치려는 적들을 하나도 남기지 않고 완전히 진멸하기 위해 어두운 밤이 물러가 환한 대낮 같게 해 달라고 여호와께 간절히 기도하였으니,

"태양아, 너는 기브온 위에 머무르라! 달아, 너도 아얄론 골짜기에서 그리 할지어다!"

그랬다. 의의 족장은 적들을 섬멸하기 위해 여호와께 능력의 간구를 드렸다. 한편, 여호와의 군대가 기브온 골짜기에서 치열하게 전쟁을 벌이고 있을 때 이삭의 워 룸에서도 낮의 해부터 밤의 달을 지나 새벽 동이 틀 때까지 기도의 등불이 꺼지지 않았다. 날이 새도록 이삭은 치열하게 영적 전쟁을 벌이고 있었으며 의의 족장과 여호와의 군대도 기브온에서 적들과 목숨을 건 전쟁을 치렀던 것이다. 그리고 기브온의 태양은 의의 족장의 기도대로 동쪽 기브온 골짜기 위에 머물렀고, 달은 서쪽의 아얄론[186] 골짜기 위에 머물러 밤이 새도록 백주 대낮처럼 밝았으며 이삭과 여호와의 군대는 날이 밝을 때까지 그들을 모두 진멸하여 실로 엄청난 영적 전쟁을 치렀다.

여호와의 군대의 강한 저항으로 수세에 밀린 악한 영의 두령들은 도망치다가 급기야 막게다 굴[187]에 숨었다. 이곳은 라기스와 에글론과 헤

---

186 산 위의 성읍으로 그 밑에 여리고 및 아얄론 평야가 위치하고 있다.
187 가나안 남부 욥바 남쪽 평지의 주요 성읍과 주변에 많이 있던 동굴 중 하나이다.

38장. 북부 연합군

브론의 중간 지점으로 악한 영들이 도망치기에 좋은 곳이었다. 이들이 막게다 굴에 숨은 것을 알고서 의의 족장은 굴 어귀를 막고 지키게 했으며, 나머지는 도망치는 대적들의 뒤를 따라가서 악한 영의 후군들을 쳐서 그들이 자기들의 성읍에 들어가지 못하게 하였다. 이때 의의 족장과 여호와의 군대가 모든 적을 크게 살육하여 거의 멸하였고 남은 몇은 견고한 성들로 들어가 숨어 버렸다.

의의 족장은 막게다 굴에 있는 악한 영의 두령들을 끌어냈으며 이들의 목을 밟아 죽여 그 어떤 악과 죄도, 더럽고 해로운 영들도 동산에 얼씬거리지 못하도록 모든 영에게 확신시켜 주었다.

아모리 연합군과의 전쟁은 이전 성읍 단위의 전투와는 차원이 다른 큰 전쟁이었으며 이들과 싸웠던 선한 영들도 두려움에 떨 정도로 굉장한 영적 싸움이었다. 이 해로운 영들과 싸워 승리하기란 계란으로 바위를 깨는 것처럼 불가능하지만, 하나님이 도우시면 바위로 계란을 깨는 것처럼 쉬운 전쟁이었다.

이에 가나안 남부 지역의 모든 성읍과 적을 쳐서 진멸하였으며 구체적으로 아모리에 남은 악한 영들과 막게다, 립나, 라기스, 게셀, 에글론에 있는 모든 성읍을 여호와의 능력으로 쳐서 진멸했다. 또한, 여호와께서 이 모든 성읍을 붙여 주시고 여호와께서 이들을 위해 싸우셨으니 산지와 네겝과 평지와 경사지와 가데스 바네아에서 가사까지와 온 고센 땅과 기브온에 이르기까지 다 쳐서 진멸하였다.

한편 이 같은 대승의 소식이 가나안 북부의 악한 영들에게 전해지자 이들도 모두가 뭉쳐 연합군을 이루어 전쟁에 임하였다. 하솔, 마돈, 시므론, 악삽 및 북쪽 산지와 긴네롯 남쪽 아라바와 평지와 서쪽 돌의 높은 곳까지이며 동서편 가나안의 남은 악한 영들을 비롯하여 아모리, 헷, 브리스, 여부스, 미스바 땅의 헤르몬 산 아래 히위 족속까지 모든 군대를 거느리고 나왔으니 사막의 메뚜기 떼처럼 산지에 가득하여 해변의 모래 같았으며 이들은 여호와의 군대와 일전을 벌이기 위해 메롬 물가에서 진을 치고 기다리고 있었다.

하솔은 크기가 여리고 성의 20배가 넘는 가나안 북부의 가장 크고 강력한 성읍이었다. 긴네롯 남쪽 아라바는 갈릴리 요단 골짜기와 아카바만까지 이어지는 저지대의 계곡이며 평지는 쉐펠라 평원 지대로 욥바에서 가사까지 이어지는 지역이다.

메롬 물가는 갈릴리 서북쪽에 위치하며 이 전쟁은 가나안 정복 전쟁의 최후 승자를 결정짓는 마지막 전쟁이었다. 여호와의 군대는 이미 가나안 중부와 남부를 정복했고, 이제 마지막 이 곳 북부 지역만 정복하면 가나안 땅 전체가 이들 손에 들어오게 된다. 그러나 만일에 이들 연합군에 패하게 되면 악한 영들이 다시 창궐하게 되는 상황이었다.

그리고 여호와께서는 의의 족장에게 말씀하셨다.

그들로 인하여 두려워 말라, 내일 이맘때에 내가 그들을 너희 앞에 붙여 몰살시키리니 너는 그들을 진멸하라.

이에 의의 족장과 여호와의 군사들은 메롬 물가에 기습 작전으로 그들을 추격했고, 모든 대적을 닥치는 대로 쳐 죽였다. 여호와의 군대는 이들보다 수적으로 열세였으나 하나님께서 이들을 붙여 주셨음을 믿음으로 의지하여 승리를 거둔 것이다.

이에 그들을 크게 격파하고 시돈과 미스르봇 마임까지 쫓고, 동편에서는 미스바 골짜기까지 쫓아가서 이들을 쳐 죽이고 멸하였다. 이에 여호와께서 함께한 전쟁에 그 온 땅 곧 산지와 온 남방과 고센 온 땅과 평지와 아라바와 모든 산지와 그 평지를 취했으니 곧 세일로 올라가는 할락 산에서부터 헤르몬 산 아래 레바논 골짜기의 바알갓까지였다. 헤브론과 드빌과 아납과 아낙 자손의 거인의 영들과 산지와 성읍을 모두 다 진멸하였던 것이다.

세일은 에돔의 산악 지대이며 할락 산은 가나안의 남방 경계 지역으로 브엘세바 남쪽에 위치했다. 그리고 이들은 가나안 중부 지역을 시작으로 남부와 북부를 차례로 점령하였으며, 이때 마음 동산에서 강제 노역과 포로 생활을 하거나 징병이 되어 비참한 생활을 하고 있던 모든 영을 구출했고 정복 전쟁을 갈무리하였다.

39장. 전쟁 종식

의의 족장은 다아낫 실로를 거쳐서 이삭의 영혼 프시케를 구하러 갔다. 그리고 이들은 기럇아르바 곧 헤브론 골짜기 막벨라 굴에서 처참한 몰골을 하고 사슬에 묶여 있는 프시케를 발견했다. 악하고 더럽고 해로운 영들에게 노예로 팔려 가 온몸은 피멍으로 가득했고, 삐쩍 말라서 버려진 나무토막 같았다. 오래전 마음 동산에서 선한 영들과 함께 노래하고 함께 어울리며 해가 지도록 행복한 날들을 보냈는데, 오랜 시간이 지난 뒤 그의 상태를 확인하고 나니 그의 처참한 모습에 눈에서는 눈물이 그칠 줄 몰랐다. 의의 족장과 함께 그를 구출하기 위해 갔던 모든 영도 프시케의 참담한 상태를 보자 경악을 금치 못하고 모두가 땅을 치며 통곡했다.

악한 이들에게 팔려 간 영혼은 참기쁨을 상실하고 마음에 평강이 사라지고 얼음처럼 차가워져서 따뜻한 긍휼을 품을 수 없게 된다. 미움과 시기, 질투, 혈기, 음란 등 온갖 더러움의 영들에게 종노릇을 하며 병들어 버린 영혼의 참모습을 보니 참담하기 이를 데가 없었다. 워낙에 심각하게 병이 들어 온전히 걸을 수도 없고 그저 산송장처럼 보일 뿐이었다.

의의 족장은 누더기처럼 거적 하나로 가려진 프시케에게 다가가 의의 옷으로 덮어 주고 일으켜 부축해서 세우고 곁에 있던 성령님이 프시케에게 안수하자 하늘 위에서 찬란한 빛이 비추기 시작했다. 그리고 그의 치유가 급속히 이루어지고 얼굴색이 회복되어 갔다. 모든 이는 프시케를 구덩이에서 이끌어 내어 생명의 빛을 비춰 주신 주님께 감사를 드렸다.[188] 프시케는 서서히 두 다리에 힘이 생겼고 온몸에 힘과 기운과 생기가 흐르기 시작하자 마냥 신난 아이처럼 뛰기 시작했다. 수십 년 만에 처음으로 참자유를 얻게 된 것이다. 두 다리로 서서 맑은 공기를 마시자 몸은 깃털보다 더 가벼운 것 같았다. 하늘을 날아갈 것 같은 기쁨에 프시케는 어린 송아지가 들판에서 뛰노는 것처럼 선한 영들과 함께 동산을 뛰기 시작했다.[189]

마음 동산에 진정한 평화와 참행복이 찾아 왔다.

여호와는 나의 목자시니
내가 부족함이 없으리로다

그가 나를 푸른 초장에 누이시며
쉴만한 물가으로 인도하시는도다

내 영혼을 소생시키시고
자기 이름을 위하여 의의 길로 인도하시는도다

내가 사망의 음침한 골짜기로 다닐지라도

---

188 "그들의 영혼을 구덩이에서 이끌어 생명의 빛을 그들에게 비추려 하심이니라" (욥 33:30)

189 "내 이름을 경외하는 너희에게는 공의로운 해가 떠올라서 치료하는 광선을 비추리니 너희가 나가서 외양간에서 나온 송아지 같이 뛰리라" (말 4:2)

해를 두려워하지 않을 것은

우리 주께서 나와 함께 하심이라
주의 지팡이와 막대기가 나를 안위하시나이다

주께서 내 원수의 목전에서 내게 상을 베푸시고
기름으로 내 머리에 바르셨으니 내 잔이 넘치나이다

나의 평생에 선하심과 인자하심이
정녕 나를 따르리니
내가 여호와의 집에 영원히 거하리로다

이제는
나의 영혼이 우리 주를 우러러 보나이다

　- 시편 23편, 25편 1절

"모두 그동안 고생이 많았소."

　의의 족장은 가나안 온 땅을 정복하여 탈환했고 영혼 프시케를 구원
하였다. 이들은 곧 산지와 온 네겝과 고센 온 땅과 평지와 아라바와 이
스라엘 산지와 평지를 점령하였으니, 곧 세일로 올라가는 할락 산에서
부터 헤르몬 산 아래 레바논 골짜기의 바알갓까지였다. 또한, 산지와 헤
브론과 드빌과 아납과 유다 온 산지와 이스라엘의 온 산지에서 아낙 족
속의 악한 영들을 진멸하였으나 가사와 가드와 아스돗에는 악한 영들
이 남게 되었다. 이에 의의 족장 이하 선한 영들은 가나안 온 땅을 점령
하여 12지파의 구분에 따라 각각을 그들의 기업으로 주었고 마음 동산

의 전쟁을 마쳤다.

가나안 땅은 12지파에게 분할하여 관할하게 하였고 땅은 나뉘어 있었으나 서로 돕는 형제와 같은 영들이므로 모두가 성령님과 더불어 평화와 끈끈한 유대와 정과 사랑으로 하나처럼 지내길 바랐다.

분배된 영역은 요단 동편은 충성, 인내, 양선 반지파, 요단 서편 남쪽은 사랑, 희락 지파, 요단 서편 중앙은 절제, 겸손, 자비 지파, 요단 서편 북쪽은 양선 반 지파, 만족, 온유, 감사, 화평 지파로 나누었다. 특히나 사랑 지파는 동쪽으로는 유대 광야와 요단이 있고, 서쪽으로는 중앙 공원 지대와 연결된 쉐펠라 지역으로 구릉과 계곡들이 많으며 남쪽으로는 네게브 광야와 북쪽으로는 고원 지대가 있으며 이곳은 절제 지파와 경계를 이루었다.

땅을 분배받지 못한 거룩 지파는 언약궤와 성전과 같은 뿔라의 포도원을 지키도록 하였다. 베데스다 연못은 예루살렘에 위치하고 있었으니 사랑 지파에게 이 연못을 지키게 했고 프시케와 여러 선한 영이 지치고 힘들어 상처를 받고 괴로울 때 이 연못에서 치유를 받고 회복하도록 하였다.

그런데 아직 정복하지 못하고 남은 성읍들이 있었으니 가사, 가드, 아스돗에 아낙 자손의 영이 소수로 남게 되었으며 블레셋, 그술, 애굽 앞 시홀에서부터 에그론 경계까지 아위, 시돈의 므아라, 그발, 헤르몬 산 아래 바알갓에서부터 하맛까지와 레바논에서 미스르봇 마임까지가 아직도 정복할 땅으로 남게 되었다. 이들은 훗날 옆구리의 가시와 같이 지속적으로 골칫거리요, 문제를 일으키는 존재들로 남게 된다.

이처럼 의의 족장은 성령이 명하신 모든 말씀을 행하였고, 12지파의 기업으로 나누며 전쟁을 마치게 되었다. 전쟁을 갈무리한 이유는 모두가 계속된 전쟁으로 피로가 누적되어 지치고 지쳐 있었기 때문에 성령께서 일단락을 시킨 것이었다. 이 같은 충성스러운 선한 영들의 노력으로 가나안 정복 전쟁은 마감되었고 비로소 가나안은 평화와 안식을 찾게 되었다. 모두가 하나님의 은혜로 누리게 된 평화였다.

모든 전쟁이 끝나자 어느덧 믿음의 씨앗이 자라서 싹이 나오고 있었다. 보혜사 성령님이 함께하시고 그룹과 스랍이 지키는 곳에 도는 칼과 가공할 불에도 회개의 방패가 있어서 수시로 드나들 수 있었다. 믿음을 확인하고 싶을 때는 언제라도 회개의 방패를 단단히 쥐고서 믿음을 확인하고, 확신해서 돌아설 수 있어서 얼마나 감사한지 모른다.

"이제는 모두 모여 마음 동산에 할례를 하도록 합시다."

성령님은 모두에게 모여 마음 동산에서 할례를 하도록 권면했다. 주님 오신 이후 모세의 율법을 받은 백성이 아닌 이면적 유대인은 율법의 저주를 풀어 주시고 새로운 영적인 이스라엘 백성으로 삼아 주셨으므로 마음에 할례를 해야 한다고 하신 것이다.[190]

그리고 모두 모여 할례를 준비하기 시작했다.

"이제 여러분은 악한 영들 밑에서 노예 생활을 하며 휘둘렀던 모든 무기를 없애야 합니다."

---

190 "오직 이면적 유대인이 유대인이며 할례는 마음에 할지니 영에 있고 율법 조문에 있지 아니한 것이라 그 칭찬이 사람에게서가 아니요 다만 하나님에게서니라"(롬 2:29)

성령님 이하 많은 영은 모두 그동안에 수도 없이 휘둘렀던 창과 칼들을 치기 시작했다. 수십 년간 악한 영들의 노예로 싸움과 다툼과 분노와 혈기를 일으켜 서로 죽고 죽이는 노예로 이용당했기 때문이다. 지식, 집중, 재능, 이해, 꼼꼼, 명철, 총명 등등 이들은 선한 곳에 쓰임 받지 못하고 온통 악한 일에만 쓰임 받았던 것이다. 돈만 벌고 무시하고 모사를 꾸미고 성공을 위해 짓밟고 상처를 주고 공격하고 분노하고 복수하고 죽이는 일에만 쓰임 받았으며 죄와 악의 노예로, 성공을 위한 더러운 바알과 아세라와 몰렉의 노예로만 쓰임 받았다. 평생을 칼과 창만 다루며 살아왔던 것이다.

이제 이 모든 비극과 참담한 현실을 자각한 이들은 미스바에 모여서 창과 칼을 쳐서 보습과 낫과 호미를 만들어 마음 동산을 아름답고 깨끗하고 사랑 가득한 동산으로 만들고 가꾸기 시작했다.[191]

"이제 여러분은 무엇보다 단단했던 땅, 돌덩이로 가득했던 땅, 찔레와 가시덤불 가득했던 이 척박했던 땅을 보습과 낫과 쟁기와 호미로 가꿔서 옥토로 만들어 가야 합니다. 마음 동산을 아름답고 새롭게 만들어야 합니다. 모든 독소를 빼내어 선하고 거룩한 동산으로 가꿔야 합니다. 돌들을 제거하고 바위를 빼내고 가시덤불은 베어 버리고 단단한 땅은 갈아엎어야 합니다. 그렇지 않으면 절대로 믿음의 씨앗은 자라지 않으며 절대로 말씀의 열매는 열

---

191 "그가 열방 사이에 판단하시며 많은 백성을 판결하시리니 무리가 그들의 칼을 쳐서 보습을 만들고 그들의 창을 쳐서 낫을 만들 것이며 이 나라와 저 나라가 다시는 칼을 들고 서로 치지 아니하며 다시는 전쟁을 연습하지 아니하리라" (사 2:4)

리지 않기 때문입니다.[192]"

성령님은 사랑의 영이 충만해진 베데스다 연못으로 갔다. 그리고는 빛이 나는 유리병을 열어 연못에 떨어뜨리기 시작했다. 바로 주님의 보혈이 담긴 병이었다.

"주님의 보혈의 능력이 없는 사랑은 육신의 사랑이요, 한계가 있는 사랑입니다. 그 사랑이 깊고 넓지 않아 모든 상처와 고통을 다 씻어 줄 수 없답니다. 그래서 시간이 흐르면 마음에는 독한 쓴 뿌리가 자라거나 우울해지거나 아니면 냉랭하고 냉소적으로 변하게 되는 것입니다. 그러나 바다보다 넓은 주님의 사랑은 연못과는 차원이 다르답니다. 하늘을 두루마리 삼고, 바다를 먹물 삼아도 그분의 사랑을 다 기록할 수 없듯이 여러분의 상처가 집채만큼이나 크다면 이 작은 연못으로는 감당할 수 없으며 타인의 아픔과 슬픔도 온전히 품어 줄 수가 없습니다. 그러나 바다에서는 집채만큼의 물을 퍼내어도 티조차도 나지 않습니다. 이 바다 같은 분이 천지를 창조하신 능력의 주님이십니다. 그래서 수고하고 무거운 짐 진 자들은 다 오라고 하신 것입니다.[193] 오직 보혈의 능력과 갈보리 십자가의 사랑만이 온전한 치유와 회복을 줄 수가 있는 것입니다. 이제 이 사랑의 연못에 주의 보혈의 능력이 더해졌고 더불어 인자, 온정, 온기, 다정, 배려, 긍휼, 섬김, 친절, 안식, 인애, 화목의 영들이 함께하여 이전과는 상상할 수도 없는 깊고 그윽한 사랑과 따뜻한 마음

---

192 "좋은 땅에 뿌려졌다는 것은 말씀을 듣고 깨닫는 자니 결실하여 어떤 것은 백 배, 어떤 것은 육십 배, 어떤 것은 삼십 배가 되느니라 하시더라" (마 13:23)

193 "수고하고 무거운 짐 진 자들아 다 내게로 오라 내가 너희를 쉬게 하리라" (마 11:28)

을 회복할 수 있게 될 것입니다. 그러면 상처가 되는 말이나 가시가 돋친 말에도 연못에 오면 급속히 회복되고 억울하고 분해서 이가 녹을 만큼 괴로워도 이 치유의 연못에서 위로를 얻어 주의 평강이 가득 채워질 것입니다.

모두 고생 많으셨습니다. 저는 여러분과 항상 함께할 것이나, 이전처럼 더럽혀지고 음란해지면 저는 여러분과 함께할 수 없게 됩니다. 그러니 꼭 선한 영들은 마음 동산을 잘 지키시고 영혼도 꼭 지켜야 합니다. 모두 주 안에서 은혜와 진리와 평강이 함께하길 주의 이름으로 축원합니다."

40장. 가족의 탄생

"꼬마야, 너 몇 살이니?"

이삭은 아내 리브가와 딸 시우와 함께 보육원을 방문했다. 그리고 어린 남자아이에게 다가가 웃는 얼굴로 물었다.

"네? 일곱 살입니다."

아이는 얼마나 똘망똘망하게 생겼는지 차렷 자세를 하고는 이삭의 얼굴을 바라보며 대답했다. 너무나 사랑스러운 아이였다. 데빌기업 때문에 자살한 누나와 부모님 사이에서 유일하게 살아남았던 그 아이였다. 엄마 배 속에서 기적처럼 하나님의 은혜로 살아났지만 가족을 잃어버려 고아가 된 아이였고, 그때부터 7년이라는 세월이 흘러 7살이 된 아이였다. 이삭은 이 아이를 입양하기 위해 아내와 딸을 데리고 왔고 온 가족이 처음으로 만나는 순간이었다. 그리고 이후에도 아이를 입양하는 과정이 복잡하고 만만치가 않았으나, 오랜 시간이 흘러서 꽤 어렵게 입양 허가를 받게 되었으니 모든 것은 다 하나님의 은혜요 축복이었다.

이삭은 아이를 쳐다보자 괜스레 눈에서 눈물이 맺히기 시작했다. 많은 그림이 눈앞에 스쳐 갔기 때문이다. 아리고 슬픈 기억, 먹먹하도록 미안하고 시리도록 아팠던 모든 이야기가 파스텔 물감으로 그려져서 스쳐 간다. 그리고 해맑게 웃는 에서의 얼굴이 덧그려지자 사무치는 그리움과 울컥하는 회한의 눈물을 도저히 참을 수가 없었다. 이삭의 표정을 보던 아내 리브가의 눈에서도 멈출 수 없는 눈물이 흐르기 시작했다. 엄마 아빠를 번갈아 보면서 딸 시우는 "으이구, 다들 주책이야."라고 하고는 눈물을 닦으면서 아이에게 물었다.

"그럼 네 이름은 뭐야?"

시우는 마치 친누나처럼 다정하게 물었다.

"네, 야곱입니다."

그랬다. 아이의 이름은 야곱이었다. 그러자 눈물을 흘리던 리브가가 빙그레 웃으며 아이에게 말을 건넸다. 소매로 눈물을 훔치면서 말이다.

"아, 그렇구나. 우리 야곱도 거듭나기 전 새아빠랑 닮아서 한 고집 하겠는데?"

리브가는 살짝 웃으며[194] 아이 얼굴을 보고 곁에 있던 이삭의 얼굴도 보았다. 그러자 이삭도 웃지 않을 수가 없어서 웃으면서 야곱의 머리를

---

194 성경을 조금이라도 아는 독자라면 리브가가 웃으며 하는 말의 의미를 알 것이다.

쓰다듬어 주었다.

"야곱아, 자라면서 하루라도 빨리 고집을 버려야 아빠처럼 고생 안 한다. 너 꼭 명심해야 해. 이 새아빠가 얼마나 고생을 많이 했는지 모른단다. 지금도 옛날 생각하면 몸서리가 쳐질 정도야."

"네?"

야곱은 무슨 말을 하는지 모르겠다는 얼굴로 어른들을 말똥히 쳐다보았다. 그랬다. 이들은 이제 새로운 가족이 되었고 이삭은 하나님께 이 아이를 친아빠의 마음으로 하나님의 법과 아버지의 사랑으로 건강하게 키우겠노라고 다짐하며 기도했고 오늘 새로운 가족이 탄생했다.

이들 가족은 근래에 이렇게 지내고 있다. 야곱의 새아빠는 국선전담 변호사가 되어서 서민들과 어려운 이들, 특히나 억울한 사연으로 고통을 받고 있는 이들을 위해 최선을 다해서 변론을 하고 있으며 틈나는 대로 이들에게 하나님과 예수님의 복된 소식을 전해 주고 있다. 그리고 이삭의 뼈요, 살인 리브가는 더 이상 개인의 힘으로 무언가를 해 보려고 노력하지 않고, 오로지 하나님께 맡기며 삶을 살아가고 있다. 학창 시절 가야금과 피아노를 잘 쳤었는데, 지금은 평일에는 주민 센터에 나가 어르신과 가난한 아이들에게 무료로 악기도 가르쳐 주고 예수님이 어떤 분이신지 틈나는 대로 전하기도 했다.

딸아이는 지금 '컴패션'이라는 아이들을 돕는 단체에서 언어가 달라 편지를 쓸 수 없는 후원자들과 아이들의 축복의 사닥다리가 되어서 번역 일로 아르바이트를 하고 있다. 대학교에 들어가자마자 부모님의 권유와 예수님이 원하실 것 같아 다른 일은 다 제쳐 두고 성심을 다해 편지를 써 나가고 있다.

이삭도 아내 리브가도 그리고 딸아이도 많이 변했다. 가끔 집에서 좋은 음악을 들으면 리브가가 기쁨의 춤을 추기 시작했고[195] 이삭도 신이 나서 덩달아서 춤을 추기 시작했다. 딸아이는 다 커서 어른들 춤판에는 끼고 싶지 않다며 흐뭇한 얼굴로 부모님을 보면서 머리로 리듬을 탔다.

이제는 길가의 연한 풀만 보아도, 바람에 스쳐 하늘거리는 리브가의 옷자락만 보아도, 손끝에 느껴지는 바람의 감촉과 소망처럼 빛나는 밤하늘의 별빛과 파도의 물마루가 포말이 되어 부서지는 작은 물보라에도 설레고 감격했다.

푸른 바다에 머리를 빠끔히 내민 초록색 물풀도, 작은 몸집으로 거센 파도를 이겨 내는 기특한 홍합도, 초가에 앉아 잠시 숨을 고르는 어린 참새만 보아도 생명의 신비 앞에 감탄과 경이로 벅차올랐다.

구름 두세 점만 떠 있는 더운 날에나 우렁찬 천둥의 기압 소리와 함께 쏟아지는 시원한 빗줄기 속에서나 가슴 시린 칼바람을 맞으며 물에 젖어 꽁꽁 언 발을 녹이는 중에도 마음에서는 평안과 기쁨이 샘솟았다.

성령이 충만해지니 가슴 설레는 사랑의 감정이 새록새록 피어났으며 이 그윽한 평화와 사랑의 감정은 고난이나 어려움이나 힘든 일 속에서도 쉽게 끊어지지가 않아서[196] 매일 따뜻한 사랑과 기쁨을 누리게 된 것이다.

---

195 "다윗 왕이 여호와 앞에서 뛰놀며 춤추는 것을" (삼하 6:14-16)
196 "누가 우리를 그리스도의 사랑에서 끊으리요 환난이나 곤고나 박해나 기근이나 적신(赤身)이나 위험이나 칼이랴" (롬 8:35)

수십 년을 함께 살았는데도 아내와 다시 연애할 때의 설렘 가득한 사랑의 감정이 되살아났다. 그리고 무심하고 무정했던 아빠에서 이제는 아이들을 위해서라면 이삭이 가장 원하는 욕심과 욕망까지 포기할 만큼 아이들을 바르게 사랑하게 되었고 정욕과 음란과 자아의 욕심을 버리면서까지 귀한 가정을 목숨처럼 지켰고 내 몸처럼 이웃을 사랑하고 마음을 파고드는 죄 죽이기에 열심을 낼 만큼 하나님을 사랑하게 되었다.

사랑과 긍휼이 마음 안에서 새로워지니 모가 났던 언행이 부드러워졌다. 너무 예민하고 냉정해서 촘촘한 명주 그물 같고 얼음덩이 같던 차가운 마음은 이제는 출렁다리처럼 공간이 넉넉해졌다. 마음이 넉넉해지니 걸리고 부딪치던 것들과 언짢던 것들이 하나도 남지 않고 다 흘러가게 되니 삶이 많이 가벼워졌다. 세상사에 대한 집착이 사라지니 지끈거려 약 없이는 잠 못 이루던 밤들이 사라져 갔다.

또한, 성령님이 가르쳐 주신 대로 감정을 새롭게 정리하고 다시 리셋하고 지각과 사고, 지성과 이성이 맑아지니 어떤 문제가 생기면 바른 지각과 의식 상태에서 건강한 지성과 이성으로 충분히 생각하고 사고했다. 이 과정에서 1차로 문제를 거름망처럼 촘촘히 걸러서 비합리적이고 비이성적인 막연한 두려움과 불안의 거품들을 제거했다. 그리고 마지막에는 영적으로 사고하고 기도로 성령님의 도우심을 구하며 문제와 상황에 대처하기 시작했다.

또한, 주 안에서는 우연이란 없어서 하나님이 택한 이들에게는 모든 일이 합력하여 선이 이루어진다는 믿음이 강해졌다.[197] 무엇보다 그분

---

197 "우리가 알거니와 하나님을 사랑하는 자 곧 그 뜻대로 부르심을 입은 자들에게는 모든 것이 합력하여 선을 이루느니라" (롬 8:28)

40장. 가족의 탄생

의 길은 바다에 있기 때문에 짧은 소견과 고집과 미련한 생각을 앞세우지 않게 되었다. 그래서 곤란한 상황도, 불쾌하고 당황스러운 일들도, 있는 그대로 받아들이며 낙심하거나 절망하지 않고 그분의 뜻이 이루어질 때까지 인내하며 믿음으로 견디고 버텼다.

더불어 문제와 상황으로 영혼까지 깊은 낙심과 절망으로 괴로울 때면 영혼에게 '영혼아, 어찌하여 낙심하느냐, 너는 낙심치 말고 도우시는 주 하나님을 바라보라.[198]'라고 선포하였다. 그리고 낙심의 수렁과 문제의 올무에 걸린 영혼을 잡아 끌어내어 영혼과 마음을 지켰다. 이삭은 이렇게 매일처럼 믿음의 선한 싸움을 해 나가고 있었다.

시간이 흐르면서 신기한 일이 하나씩 생기기 시작했다. 사소한 것들에서 기쁨과 행복을 얻은 것이다. 하나님의 말씀을 따라 살게 되니 이삭은 이 귀하고 소소한 것들을 누리며 가정의 머리로서 가정과 마음을 잘 지키며 살게 된 것이다.

"남편, 나 오늘 너무 속상한 일이 있어서 낙심에 빠지려고 했는데 믿음으로 주님께 맡겼네. 더 이상 그 문제에 빠져서 귀한 시간 낭비하지 않을 거야."

이처럼 선한 마음을 지키면 이삭은 이렇게 반응했다.

"와우, 우리 마눌 장하다! 멋있다! 음, 오늘 우리 마눌이 큰일 했는데 내가 가만있을 수 없지. 오늘은 내가 집안일 다 할 테니까 소파에서 편하게 쉬고

---

198 "내 영혼아 네가 어찌하여 낙심하며 어찌하여 내 속에서 불안해 하는가 너는 하나님께 소망을 두라 그가 나타나 도우심으로 말미암아 내가 여전히 찬송하리로다" (시 42:5)

있어."

그리고는 귀한 손님에게 대접하듯이 사과를 먹기 좋게 정성스레 깎아서 아내에게 챙겨 주고는, 이삭은 리브가 옆에 앉아서 빨래를 개기 시작한다. 옆 소파에 앉아서 사과를 우적우적 먹는 아내의 모습을 보니 얼마나 사랑스러운지, 이삭은 아내가 사과를 먹는 모습만 봐도 눈물이 맺혔다. 긴장 하나 없이 가장 편하고 평화롭게 사과를 먹는 아내 그리고 옆에 앉아 빨래를 개는 이삭은 가슴 벅찰 만큼 행복했다. 아프지 않고 맛있게 사과를 먹는 것만으로도 감사하고 대견하고 고마웠다. 열심히 먹는 모습만 보았는데도 왜 이렇게 가슴이 찡하고 애틋한지 아내가 얼마나 사랑스러워 보이는지 이전에는 전혀 느끼지 못했던 감정이었다.

흐뭇한 얼굴로 바라보는 이삭을 의식해서 리브가는 이삭을 한 번 쓱 보고는 씩 웃어 준다. 행복과 평안 그리고 이 귀한 웃음을 주시고 이 가정을 샬롬의 평화로 가득 채워 주신 하나님께 얼마나 감사한지 모를 일이었다. 선을 행하며 하나님을 예배하며 산다는 것 그리고 하나님 나라와 그 나라의 의를 위해 산다는 것이 이렇게 행복하고 기쁜 일인지 매일 새롭게 깨닫고 있는 중이었다.

"아빠, 저 왔어요. 아빠 떡볶이 좀 만들어 주세요. 야곱은 자고 있어요? 저 야곱 주려고 선물 사 왔는데. 우리 야곱 어디 있나?"

그랬다. 이제는 딸아이도 아빠가 만들어 준 요리의 참맛을 알게 되어서 이제는 엄마보다 아빠한테 시시때때로 밥을 차려 달라고 한다.

"우리 딸, 조금 기다려 봐. 아빠가 빨래 다 갰으니까, 떡볶이 맛있게 만들어 줄게."

"남편, 2인분으로 추가~"

"아빠, 야곱도 추가!"

옆에 있던 아내와 야곱까지 주문이 들어온다. 이삭은 사랑하는 가족을 위한 수고가 이제는 노동이 아니라 섬김이요, 기쁨으로 여기게 되었다. 아무리 바빠도 아내와 아이들의 마음과 영을 살펴서 사랑과 정성으로 가정을 꾸려 가고 있었다.

오늘은 주일 예배를 드리는 날이다. 온 가족 모두가 신령과 진정으로 하나님을 예배하며 그분께 삶을 맡기니 감사와 기쁨과 감격에 가슴이 벅차올랐다. 주님께 큰 목소리로 찬양을 드린다.

나의 가는 길
주님 인도하시네
그는 보이지 않아도
날 위해 일하시네

주 나의 인도자
항상 함께 하시네
사랑과 힘 베푸시며
인도하시네
인도하시네

광야에 길을 만드시고 날 인도해

사막에 강 만드신 것 보라

하늘과 땅 변해도

주의 말씀 영원히 내 삶 속에 새 일을 행하리

- 복음송 「나의 가는 길」

'오, 주님. 참으로 감사드립니다. 주를 떠나 한평생 나를 위해 내 눈에 보암직한 것과 먹음직한 것들과 내 만족, 내 기쁨을 위해 살아왔던 시절을 용서해 주옵소서. 선한 마음 지켜 드리지 못해 고집과 완고함으로 주를 거역하고 피하고 내 마음대로 살아왔던 철없던 시절을 용서해 주옵소서. 큰아들은 죽고 없지만, 이제는 이 손으로 이 가정 망가뜨리지 않겠습니다. 내 영혼이 잠잠히 주를 바라고 내 마음을 용사와 같이 지키겠습니다. 저에게 맡겨 주신 내 처와 아이들, 목숨을 다해 하늘 천국으로 인도하겠습니다. 이 가정의 머리로 들어 세우시고 기름 부으셨으니 인자와 성실과 진실로 잘 꾸려 가겠습니다. 맡겨 주신 재능과 시간 그리고 물질과 달란트, 먼저는 우리 주께 영광을 그리고 이웃과 잘 나누고 가겠습니다. 이 귀한 것들 갈취해서 혼자만의 영광을 위해 살았던 시절을 용서해 주옵소서. 거룩한 안식일, 내 마음도 성전처럼 거룩하고 경건하게 지키며 이 가정도 정성을 다해 악으로부터 죄로부터 해롭고 더러운 것으로부터 잘 지켜 갈 테니. 오, 주여. 제게 힘과 능력을 주옵소서. 주님의 귀한 아들딸들, 사랑과 주의 법으로 잘 양육할 테니 내 힘이 닿지 않는 곳곳에서는 우리 주님께서 이 아이들을 꼭 지켜 보호해 주옵소서. 우리 주님 이 가정 주셔서 감사합니다. 예수님의 이름으로 기도합니다. 아멘.'

모두가 큰 소리로 하나님께 찬양과 감사 찬송을 올려 드리며 뜨거운 눈물로 예배를 드렸다. 그리고 귓가에서 작은 음성이 들린다.

내 아들 이삭, 잘 살아 줘서 고맙구나. 내 딸 리브가, 선한 마음 지키려 애쓰고 수고하여 고맙구나. 내 아들 야곱, 건강하게 자라다오. 내 딸 시우야, 두 번 다시 우울해 하거나 낙심하지 말거라. 내가 늘 너희와 함께 할 테니 담대하거라. 내가 모두를 사랑하고 축복한단다.

이 책을 읽은 수많은 바로여

더 이상 하나님과의 어리석은 싸움을 멈추고

이제는 더러운 바알의 악한 영들과 싸우는 여룹바알들로 거듭나길…

영적 전쟁 엑소더스
거듭남의 비밀

1판 1쇄 발행 2021년 10월 10일

지은이 윤영배

교정 주현강
편집 홍새솔

펴낸곳 하움출판사
펴낸이 문현광

주소 전라북도 군산시 수송로 315 하움출판사
이메일 haum1000@naver.com 홈페이지 haum.kr

ISBN 979-11-6440-847-4 (03810)

좋은 책을 만들겠습니다.
하움출판사는 독자 여러분의 의견에 항상 귀 기울이고 있습니다.